David Conti

Don Cavelli und die Hand Gottes

David Conti veröffentlichte bei dotbooks in der Reihe um *Don Cavelli*:

Don Cavelli und der tote Kardinal – Die erste Mission
Don Cavelli und der letzte Papst – Die zweite Mission
Don Cavelli und die Hand Gottes – Die dritte Mission
Don Cavelli und das Sizilianische Gebet – Die vierte Mission

Weitere Bände sind in Vorbereitung.

Wenn Ihnen dieses Buch gefallen hat, empfehlen wir Ihnen gerne weitere Titel aus unserem Programm. Schicken Sie einfach eine eMail mit dem Stichwort »*PRINT: Don Cavelli 3*« an:

lesetipp@dotbooks.de

Wir nutzen Ihre an uns übermittelten Daten nur, um Ihre Anfrage beantworten zu können – danach werden sie ohne Auswertung, Weitergabe an Dritte oder zeitliche Verzögerung gelöscht.

Über den Autor:
David Conti wurde 1964 in Rom geboren und verbrachte dort – unterbrochen von einem mehrjährigen Aufenthalt in München – seine Kindheit und Jugend. Nach einem Studium der Theologie, Geschichte und Germanistik in Perugia, Yale und Tübingen, war er mehrere Jahrzehnte lang in verantwortlicher Position bei einer internationalen Institution in Rom tätig. Seit seinem beruflichen Ausscheiden aus dieser, verbringt er seine Zeit mit Reisen und dem Schreiben der »Don Cavelli«-Reihe. Er lebt abwechselnd in Castel Gandolfo, Zürich und Santa Barbara.

David Conti

Don Cavelli und die Hand Gottes

Die dritte Mission

dotbooks.

Druckausgabe 2021

Redaktion: Ralf Reiter
Umschlaggestaltung: Wildes Blut – Atelier für Gestaltung Stephanie Weischer unter Verwendung mehrerer Bildmotive von © shutterstock / Malivan_Iuliia / S. Borisov / pixelklex / anyaivanova / Maxim Khytra

Printed in the EU

ISBN 978-3-96655-114-4

Anmerkung des Autors

Dieser Roman wurde im Sommer des Jahres 2019 konzipiert.

Die Schreibarbeiten begannen im Dezember 2019, ein Vierteljahr vor Beginn der Coronakrise.

Alle Übereinstimmungen mit tatsächlichen Ereignissen sind zufällig und nicht beabsichtigt.

D. C.

Herr, erbarme dich unser!
Christus, erbarme dich unser!
Herr, erbarme dich unser
Christus, höre uns!
Gott Vater vom Himmel,
erbarme dich unser!
Gott Sohn, Erlöser der Welt,
Gott, Heiliger Geist,
Heilige Dreifaltigkeit, ein einiger Gott.
Heilige Maria,
bitte für uns!
Heilige Gottesgebärerin,
Heilige Jungfrau aller Jungfrauen,
Heilige Maria, du Helferin der Christen,
Heiliger Erzengel Michael,
Alle heiligen Engel,
Alle heiligen Chöre der seligen Geister,
Heiliger Johannes der Täufer,
Heiliger Josef,
Alle heiligen Patriarchen und Propheten,
Heiliger Petrus,
Heiliger Paulus,
Alle hl. Apostel und Evangelisten
Heiliger Georg, du Überwinder aller Zweifel
wider den Glauben,
Heiliger Blasius, du Helfer in Halsleiden,
Heiliger Erasmus, du Tröster in körperlichen
Schmerzen,

Heiliger Vitus, du Patron der Jugend,
Heiliger Pantaleon, du Patron der Kranken,
Heiliger Christophorus, du Retter in Gefahren zu Wasser und zu Land,
Heiliger Dionysius, du Erleuchter in Gewissensunruhen,
Heiliger Cyriakus, du Helfer in Anfechtung des bösen Feindes,
Heiliger Achatius, du Beistand in Todesängsten,
Heiliger Eustachius, du Ratgeber in den verwickeltsten Drangsalen des Lebens,
Alle heiligen Märtyrer,
Heiliger Ägidius, du Patron der Beichtenden,
Alle heiligen Mönche und Einsiedler,
Heilige Margareta, du Helferin der Mütter,
Heilige Katharina, du Patronin der büßenden Sünder,
Heilige Barbara, du Patronin der Sterbenden,
Alle heiligen Jungfrauen und Witwen,
Alle Heiligen Gottes,

Sei uns gnädig, verschone uns, o Herr!
Sei uns gnädig, erhöre uns, o Herr!
Von allen Übeln, erlöse uns, o Herr!
Von aller Sünde,
Von deinem Zorne,
Von Zorn, Hass und bösem Willen,
Von heimlicher Nachstellung des bösen Feindes,

Von Pest, Hunger und Krieg,
Von Blitz und Ungewitter,
Von dem ewigen Tode,
In all unseren Nöten und schweren Anliegen,
Durch das Geheimnis deiner heiligen Mensch-werdung,
Durch Dein Kreuz und Leiden,
Durch die Verdienste und Fürsprache
Deiner heiligsten Mutter und mächtigsten Nothelferin,
Durch die Verdienste und Fürsprache der Vierzehn Heiligen Nothelfer,
Durch die Verdienste und Fürsprache aller Heiligen,
Am Tage des Gerichtes,
Wir armen Sünder, wir bitten dich, erhöre uns!
Dass du uns verschonest,
Dass du uns verzeihest,
Dass du uns zur wahren Buße und Erkenntnis der Sünden führen wollest,
Dass du deine heilige katholische Kirche regieren und erhalten wollest,
Dass du unserem Volke Frieden und Einigkeit verleihen wollest,
Dass du die Früchte der Erde geben und erhalten wollest,
Dass du den Verstorbenen die ewige Ruhe schenken wollest,

Du Sohn Gottes.
O du Lamm Gottes, welches du hinweg nimmst
die Sünden der Welt!
Verschone uns, o Herr!
O du Lamm Gottes, welches du hinweg nimmst
die Sünden der Welt!
Erhöre uns, o Herr!
O du Lamm Gottes, welches du hinweg nimmst
die Sünden der Welt!
Erbarme dich unser, o Herr
Christus, höre uns!
Christus, erhöre uns!
Herr, erbarme dich unser!
Christus, erbarme dich unser!
Herr, erbarme dich unser!

Prolog

Sollte es jemandem einfallen, nach der Adresse des Opus Dei in Rom zu suchen, wird er auf die Villa Tevere in der Viale Bruno Buozzi 73 im eleganten Viertel Parioli stoßen. Ein sauberes, aber relativ unscheinbares Haus. Nur Eingeweihten ist bekannt, dass ein zweiter Eingang existiert. Er befindet sich in der um die Ecke gelegenen Via di Villa Sacchetti 36. Neben beiden Gebäuden finden sich zu beiden Seiten etliche weitere, die nichts mit dem Opus Dei zu tun haben, sodass kein Außenstehender auf die Idee verfallen würde, dass diese beiden Häuser, die zudem in unterschiedlichen Baustilen gehalten sind, miteinander verbunden sein könnten. Ja, der Verbindungsteil macht in der Tat den größten Teil dieser Anlage aus, die allein zwölf Speisesale und vierzehn Kapellen beherbergt. Ein Umstand, den der Gründer des Opus Dei, Josemaría Escrivá, mit den Worten kommentierte: »Daran sieht man, dass wir mehr beten als essen.«

Beide Gebäude verfügen über ihren eigenen, hermetisch verriegelten Eingang. Der in der Viale Bruno Buozzi ist den Männern vorbehalten, der in der Via di Villa Sacchetti ist für die weiblichen Angehörigen des Opus Dei, denn die sittenstrenge katholische Personalprälatur, die weltweit etwa fünfundachtzigtausend Mitglieder zählt, tut alles, um diese nicht in Versuchung zu führen.

Allerdings können die separaten Eingänge auch hilfreich sein bei Treffen, von denen nicht jeder mitbekommen soll, dass sie stattfinden.

Es war erst Mitte September, doch bereits jetzt schien der Herbst den Sommer endgültig aus der ewigen Stadt vertrieben zu haben. Der Himmel war grau, und ein schneidender Nordwind ließ die Blätter der Platanen durch die Straßen wirbeln. Der dunkelhaarige, schlanke Mann, der mit hochgeschlagenem Mantelkragen die Klingel der Sprechanlage an dem für Frauen reservierten Eingang betätigte, war telefonisch angekündigt worden. Der Anruf kam von weit oben, aus dem sogenannten Apartemento, womit die Wohnung des Papstes gemeint war. Eine Anweisung aus dem Apartemento wurde stets vom Sekretär des Papstes ausgesprochen und so behandelt, als komme sie von diesem selbst. Natürlich hatte man der Bitte um eine Sondergenehmigung sofort entsprochen. Der Mann hörte, wie im Inneren der Schlüssel fünfmal im Schloss gedreht wurde, dann wurde die schwer gepanzerte Tür geöffnet und der Mann trat eilig ein und wurde sogleich von einem durchdringenden Geruch nach Bohnerwachs umfangen. Er griff in die Innentasche seines Jacketts und zog einen dunkelgrünen Pass hervor, den die wie eine Ordensschwester gekleidete Empfangsdame mit geübtem Blick augenblicklich als vatikanisch erkannte. Sie nahm ihn mit einem knappen Lächeln entgegen und warf lediglich pro forma einen hastigen Blick hinein. Trotz seines relativ niedrigen Rangs und seines nach Kurienmaßstäben niedrigen Alters – sie schätzte ihn ein paar Jahre zu jung auf Ende Dreißig – schien dieser Mann außerordentlich wichtig zu sein. Und – wie sie mit einer Mischung aus Bewunderung und schlechtem Gewissen registrierte – viel zu gutaussehend für einen Priester. Er erinnerte sie an diesen französischen Schauspieler, für den sie in einem früheren Leben mal geschwärmt hatte, Gérard Philipe. Mit einem fast wehmütigen Lächeln reichte sie den Pass zurück.

»Grazie, Monsignore.«

Don Cavelli steckte den Pass wieder ein. Die falsche Anrede ließ er unkommentiert. Konnte man das schon als Lüge bezeichnen? Falls ja, würde es nur die erste in einer langen Reihe von Lügen sein. Dies war ja der Grund, warum man ausgerechnet ihn ausgewählt hatte. Er würde lügen, damit der Vatikan gegenüber den Medien die Wahrheit sagen konnte. Zumindest so eine Art von Wahrheit. Es war das, was in klerikalen Kreisen als Amphibolie bezeichnet wurde – mit der Wahrheit lügen.

ERSTES BUCH

Sechs Tage zuvor

Der letzte Tag im Leben von Bernardo Bassi hatte mit dem schrillen Klingeln des Telefons begonnen. Seine Hand tastete verschlafen nach dem Wecker. Es war sieben Uhr einunddreißig. Widerwillig verzog er das Gesicht. Mitten in der Nacht waren er und seine Frau von Gewittergrollen aus dem Schlaf gerissen geworden, und während Rafaela gleich wieder eingeschlafen war, hatte er stundenlang wach gelegen und fühlte sich nun wie gerädert. Er beschloss, das Klingeln zu ignorieren. Es war Sonntagmorgen, und der Anrufer hatte sich todsicher verwählt. Nach fast einer Minute verstummte das Telefon endlich. Bassi drehte sich auf der weichen Matratze um und zog die Decke höher. Erneut begann es zu klingeln. Offenbar war es *doch* für ihn. Es half nichts, er musste rangehen. Der Bürgermeister von Civita di Bagnoregio schwang die Beine aus dem Bett und schlüpfte in seine abgewetzten Cordpantoffeln. Leise, um seine Frau nicht zu wecken, schloss er die Schlafzimmertür und betrat das Wohnzimmer, das zugleich auch sein Arbeitszimmer war. Er griff zum Hörer und öffnete mit der anderen Hand ein Fenster, um den abgestandenen Essensgeruch des Vorabends hinauszulassen. Etwas Beißend-Künstliches stieg ihm die

Nase, was ihn das Fenster unverzüglich wieder schließen ließ.

»Pronto?«

Bei dem Anrufer handelte es sich um die jüngere der beiden Kassiererinnen der Talstation. Die Gute sprach so aufgeregt, dass Bassi eine ganze Weile benötigte, bis er verstand, was sie eigentlich wollte. Angeblich war auf der zweihundertfünfzig Meter langen hölzernen Fußgängerbrücke, die das Bergdorf Civita di Bagnoregio mit der Außenwelt verband, in der Nacht ein Feuer ausgebrochen. Bassi hatte Mühe, das zu begreifen. Wie sollte auf einer Brücke einfach so … Mit einem Schlag fiel es ihm ein. Das nächtliche Donnergrollen. Es war kein Gewitter gewesen. Aber wie …?

Bassi riss sich zusammen. Was war jetzt zu tun? Als Allererstes musste der Zugang in der Talstation für die Öffentlichkeit gesperrt werden, bevor der Strom der Tagestouristen einsetzte, die das malerische Bergdorf besichtigen wollten. Und auch hier oben musste unverzüglich abgesperrt werden, bevor sich Schaulustige auf die Brücke begaben, die jeden Moment einstürzen konnte. Er beendete das Gespräch und führte zwei eilige Teleonate, dann zog er sich an und verließ das Haus. Er musste unbedingt mit eigenen Augen sehen, was mit der Brücke war, vorher konnte er es einfach nicht glauben. Draußen empfing ihn sogleich wieder der beißende Gestank, den er jetzt als Brandgeruch erkannte. Mit einem flauen Gefühl in der Magengrube eilte der Bürgermeister auf dem Kopfsteinpflaster die Hauptstraße hinunter. Dann sah er die gigantische schwarze Rauchwolke und den Lichtschein. Die Brücke brannte offenbar noch immer. Von allen Seiten strömten Dorfbewohner zum Unglücksort, einige von ihnen noch im Morgenmantel. Dann sah er es. Dies war der traurigste Anblick, den Bassi je gesehen hatte. Von der unter Denkmalschutz stehenden kunstvollen Holzkonstruktion standen nur noch hier und dort kümmerliche Reste, und selbst die brachen unter lautem Krachen Stück für Stück weg. In Bassis Kopf rasten die Gedanken. So unendlich viel war nun zu tun, er wusste nicht, wo er anfangen sollte. Er spürte, wie ihm der Schweiß ausbrach, und mit einem Mal fühlte er sich krank.

Der Verlust der Brücke war eine Katastrophe. Civita di Bagnoregio war von der Außenwelt abgeschnitten. Zu seinem Glück wusste Bassi nicht, dass eine weit grausamere Katastrophe schon sehr bald folgen würde.

II

Zuerst war es nur ein senkrechter Strich, der auf einem Berg emporragte. Doch je näher der große weiße Transporthubschrauber kam, desto deutlicher wurde dieser Strich als der viereckige Kirchturm erkennbar, der die Häuser von Civita di Bagnoregio überragte, das etwa dreißig Kilometer entfernt von der alten Papststadt Viterbo einsam auf einem Hochplateau lag.

Professor Giuliana Mattoni spürte, wie ihre Hände feucht wurden. Wie gerne hätte sie sie abgewischt, doch das würde noch warten müssen. Die Hände – wie auch der Rest ihres Körpers, mit Ausnahme des Kopfes – steckten bereits in dem luftdichten roten Kunststoffanzug. Bevor sie landeten, würden sie und ihre elf Kollegen auch noch das Kopfteil aufsetzen. Dann würden sie endgültig wie Astronauten aussehen. Im Labor hatten sie diese Schutzkleidung natürlich schon diverse Male getragen, aber das hier war etwas völlig anderes. Möglicherweise – nein: wahrscheinlich – handelte es sich um falschen Alarm. Der Arzt, der mit zitternder Stimme wenige Minuten nach vierzehn Uhr im Staatlichen Institut für Seuchenbekämpfung angerufen hatte, war allerdings fest davon überzeugt gewesen, dass in Civita di Bagnoregio die Pest ausgebrochen war.

Irgendein tief in ihrem Inneren verschütteter Teil von Professor Mattoni verspürte eine Art von erregendem Jagdfieber.

Die Pest.

Wenn es eine Rangfolge für Seuchenkrankheiten gäbe, würde die Pest ganz oben stehen. Professor Mattoni kannte sogar einen Biologen, der die Pest, nicht ohne ein gewisses Maß an Zynismus, als Königin der Seuchen bezeichnet hatte, und rein vom wissenschaftlichen Standpunkt aus musste sie zugeben, dass er recht hatte. In der Tat hieß Pestis nichts anderes als Seuche. Für gewöhnlich hatte man es im Institut lediglich mit Masern und ähnlichen, nicht harmlosen, aber vergleichsweise alltäglichen Krankheiten zu tun. Natürlich war die Pest, ganz im Gegensatz zu dem, was viele glaubten, keineswegs ausgerottet. Im Winter von 1910 auf 1911 gab es in der Mandschurei auf einer Strecke von zweitausendsiebenhundert Kilometern einen Ausbruch, der sechzigtausend Menschen das Leben kostete. Von 1978 bis 1992 meldete die Weltgesundheitsorganisation WHO 1451 Todesfälle in einundzwanzig Ländern. 1994 starben sechsundfünfzig Menschen im indischen Surat. 2003 und 2008 fanden Ausbrüche im Kongo mit insgesamt einhundertvierundsechzig Toten statt. Ebenfalls 2008 starben drei Menschen in Uganda. In den USA erkranken jährlich zehn bis zwanzig Menschen durch Pesterreger, die durch Präriehunde übertragen werden. 2009 und 2014 kamen mehrere Menschen in verschiedenen Provinzen Chinas zu Tode, 2019 zwei Personen in Venezuela, und nicht zuletzt kommt es auch in Madagaskar immer wieder zu Pestausbrüchen, denen allein seit 2010 über sechshundert Menschen erlegen sind. Nein, die Pest war auch heute noch sehr real. Allerdings nicht in Italien. Nicht mehr. Natürlich hatte es in früheren Zeiten Pestausbrüche gegeben. 1347 hatte die Seuche im Land erbarmungslos gewütet, und in Venedig, Florenz, Genua und zahlreichen anderen Städten hatte es Hunderttausende von Toten zu beklagen gegeben. Historiker gingen davon aus, dass mindestens ein Drittel, wenn nicht gar die Hälfte der italienischen Bevölkerung dabei ums Leben gekommen war und weltweit insgesamt weit über fünfzig Millionen Menschen.

Aber heutzutage hatte man andere Probleme. So meldete das Auffanglager in Bari, dass unter den Migranten aus Nordafrika ein beunruhigend hoher Prozentsatz an der Krätze oder an einer besonders tückischen Tuberkulose erkrankt war, die sich in den Knochen festsetzte. Beides ansteckende Erkrankungen, die es seit Jahrzehnten in Italien nicht mehr gab; von den extrem vielen HIV-Erkrankten ganz zu schweigen. Aber die Pest? Das wollte sie sich lieber nicht ausmalen. Der Arzt hatte am Telefon von Symptomen wie bei einer schweren Grippe gesprochen, allerdings auch von Beulen in Achseln und Leisten. Typische Symptome der Beulenpest. Überdies schien die Krankheit hochinfektiös zu sein. Professor Mattoni überflog noch einmal ihre Aufzeichnungen. Nach Angaben des Arztes hatte »Patient null«, der Bürgermeister des Ortes, ein Mann namens Bassi, am Vormittag erste Krankheitszeichen an sich entdeckt, diesen aber zunächst keine größere Bedeutung beigemessen. Bereits eine Stunde später war er schwer erkrankt und einige Stunden darauf verstorben, nicht ohne inzwischen auch seine Ehefrau angesteckt zu haben. Das war der letzte Kenntnisstand, der Professor Mattoni vorlag. Um was auch immer es sich bei dieser Krankheit handelte, sie war hochansteckend und potenziell tödlich. Man durfte von Glück reden, dass die bisher einzige Meldung darüber aus diesem winzigen und abgelegenen Bergdorf gekommen war. Oberste Priorität musste sein, eine Ausbreitung zu vermeiden. Soweit sie erfahren hatte, gab es nur einen einzigen Zugang zum Dorf, und den hatte die Polizei auf Geheiß des Gesundheitsministeriums inzwischen abgeriegelt. Hoffentlich noch rechtzeitig. Die Bewohner des Ortes würden in den mitgeführten Kunststoffzelten unter Quarantäne gestellt werden. Natürlich nicht mehr, wie früher die Pestschiffe vor Venedig, für vierzig Tage (von dem italienischen quaranta – vierzig – war das Wort Quarantäne abgeleitet), aber doch mindestens, bis man herausgefunden hatte, um was für eine Infektion es sich handelte.

In ihrem Kopfhörer war die Stimme des Piloten zu hören, der ankündigte, dass die Landung des Hubschraubers aufgrund heftigen Windes etwas härter ausfallen könnte. Mattoni sah aus einem der kleinen Fenster nach unten. Sie würden direkt vor der Kirche runtergehen, offenbar die einzige größere freie Fläche in dem Dorf. Professor Mattoni setzte den Kopfhörer ab und griff nach der Schutzhaube auf ihrem Schoß. Ihre elf Kollegen waren bereits damit beschäftigt. Niemand sprach. Zum einen, weil der Lärm des Rotors viel zu laut war, zum anderen war alles Wichtige mehrfach besprochen, und niemand war in der Stimmung für Smalltalk. Sorgfältig verband sie ihre Haube mit dem Anzug und überprüfte zweimal, ob es wirklich keine undichte Stelle gab. Dann aktivierte sie an ihrem Smartphone das Bluetooth-Signal und steckte das Gerät in eine durchsichtige Tasche an ihrem linken Ärmel. Jetzt würde sie über das Sprechsystem in ihrer Haube nicht nur direkt mit ihren Kollegen kommunizieren, sondern auch nach draußen telefonieren können.

Mit einem harten Ruck, den Professor Mattoni in der ganzen Wirbelsäule spüren konnte, setzte der Hubschrauber auf. Jemand öffnete die Ausstiegsluke, und einer nach dem anderen verließen sie den Hubschrauber über die drei ausgeklappten Stufen. Schwerfällig und vorsichtig. Mattoni musste an die grobkörnigen Fernsehbilder von der Landung der Apollo 11 auf dem Mond denken. Sie sahen nicht nur aus wie Astronauten, sie verhielten sich auch beinahe so.

Zunächst würden sie den Arzt aufsuchen, um sich über den aktuellen Stand der Situation informieren zu lassen. Professor Mattoni tippte durch die durchsichtige Ärmelfolie hindurch auf die Navigationsapp ihres Smartphones, in der sie die Adresse seiner Praxis bereits gespeichert hatte. Augenblicklich erschienen eine Karte des Ortes und eine eingezeichnete blaue Linie, die an ihrem Standpunkt begann. Offenbar war es nicht weit. Natürlich nicht, in diesem winzigen Ort war nichts weit entfernt. Mit einer Geste wies sie den anderen die Richtung, und der kleine Trupp setzte sich in Bewegung. Mattoni war nicht bewusst, dass die Schutzanzüge der Ärzte nicht das einzige waren, was an die Mondlandung erinnerte: Genau wie auf dem Mond würde man hier auf kein menschliches Leben treffen.

III

Eine alte Kurienweisheit lautet: »Wer nicht länger als fünfzehn Minuten beim Papst ist, ist unwichtig.« Es handelt sich bei diesen kurzen Audienzen in aller Regel um eine reine Höflichkeit von Seiten des Heiligen Vaters, ein Ereignis, nach dem der Besucher voller Stolz verkünden kann: »Ich habe mit dem Papst gesprochen.« So gut wie nie geht es dabei wirklich um Inhalte, es ist ein mehr oder weniger steifer Smalltalk, mehr nicht. Dennoch nimmt der Strom der Besucher kein Ende. Der Papst ist eben nicht nur Regierungschef eines Landes und Oberhaupt der größten Glaubensgemeinschaft der Welt, er ist auch die prominenteste Person überhaupt. Der Promi, zu dem all die anderen Promis pilgern. Demzufolge ist die Liste derjenigen, die um eine Audienz ersuchen, weit länger, als es zeitlich überhaupt realisierbar ist. Nicht wenige Besucher, die sonst keine andere Möglichkeit sehen, lassen dem Heiligen Vater daher eine Spende für wohltätige Zwecke zukommen, für die sich dieser dann in einem persönlichen Gespräch bedankt. Es versteht sich von selbst, dass so eine Spende schon von einigem Gewicht sein sollte, einem Gewicht, das etwa bei zehntausend Euro beginnt.

Für die Audienz des nächsten Besuchers hingegen hatte man eine volle Stunde eingeplant, was diesen als »wichtige Person« auswies. Seine Lebensgeschichte war in Italien allgemein bekannt. Angelo Montechiesa war ein Unternehmer, der auf einem kleinen Bauernhof aufgewachsen war und sich nach oben gearbeitet hatte. Zunächst hatte er den Hof seiner Eltern in einen kleinen Handel für Düngemittel umgewandelt. Bald darauf hatte er auf Kunstdünger umgestellt, und von da an florierten die Geschäfte. Ende der siebziger Jahre besaß er bereits drei große Fabriken und beherrschte sechzig Prozent des ganzen italienischen Marktes für Dünger, den er in modernsten Labors produzieren ließ. In den neunziger Jahren hatten die Gewinne die Hundert-Millionen-Marke überschritten. Montechiesa hatte sich aus dem operativen Tagesgeschäft zurückgezogen und war als Mitglied des internationalen Jetsets überall zu Hause gewesen. Die erste große Wende in seinem Leben. Die zweite trat acht Jahre später ein, als seine bildhübsche Frau und seine beiden Töchter bei einem Autounfall auf der Basse Corniche bei Cap Ferrat zu Tode kamen. Für Montechiesa war eine Welt zusammengebrochen. Von heute auf morgen hatte er sich aus der Öffentlichkeit zurückgezogen, und von hier an wussten nur Wenige, was aus ihm geworden war, und diejenigen, die es wussten, konnten es kaum fassen. Montechiesa hatte sich dem Glauben zugewandt, und wie bei allem in seinem Leben tat er auch dies gründlich. Er gab sein Luxusleben auf, trat dem strengkatholischen Opus Dei bei und spendete große Summen für die Wohlfahrt. Außerdem gründete er eine Stiftung zur Förderung des christlichen Glaubens.

Vor einem Jahr hatte er zum ersten Mal dem Heiligen Vater einen, wie er es in einem begleitenden Brief formulierte, »bescheidenen Beitrag« von einer Million Euro zukommen lassen, und von da an war jeden Monat eine Spende in gleicher Höhe eingegangen. Im Gegensatz zu zahlreichen anderen Großspendern, die ihre Gabe, versteckt unter einem Maximum an beschönigenden Worten, Schmeicheleien und Demutsbekundungen, sodass man sich schon fast in die korrupten Zeiten der Borgias zurückversetzt fühlte, mit Forderungen nach handfesten Gegenleistungen verbanden, hatte Montechiesa niemals etwas Derartiges auch nur angedeutet. Vor drei Monaten dann hatte er zum ersten Mal um eine Audienz ersucht, die auch bald darauf stattgefunden hatte. Der Heilige Vater hatte ihm die Hand geschüttelt und gesagt: »Wir haben gehört, dass Sie wertvolle Arbeit leisten.« Eine vatikanische Standardformulierung, die freundlicher klingt, als sie gemeint ist. Die Betonung liegt dabei auf »wir haben gehört«, was beinhaltet, dass man nicht behaupten möchte, dass es auch wahr ist. Wie den allermeisten entging auch Angelo Montechiesa diese feine Nuance. Vielleicht war er aber auch nur zu höflich, sich etwas anmerken zu lassen. Jedenfalls hatte er sich als überaus gebildeter und angenehmer Gesprächspartner gezeigt, der kenntnisreich über die heutigen Probleme der Kirche und des Glaubens sprach. Mit den Worten Benedikt XVI. kritisierte er eine

Diktatur des Relativismus, in der alle tradierten Werte nach und nach erst in Zweifel gezogen, dann verspottet und schließlich bekämpft und abgeschafft wurden. Er beklagte den allgemeinen Verfall des Glaubens, der zur Folge hatte, dass viele Menschen, wenn überhaupt, nur noch zu Weihnachten in die Kirche gingen – und auch dies mehr in Erwartung einer feierlichen Showveranstaltung – und dass fast nur noch in ausweglosen Notsituation mit der wohlfeilen Bitte um ein Wunder gebetet wurde. Dies alles erfülle ihn mit großer Sorge und Trauer, und er sehe nicht, dass sich daran in absehbarer Zeit etwas ändern würde. Natürlich dürfe man dennoch niemals in Resignation verfallen, hatte er mit einem tapferen Lächeln hinzugefügt, sondern müsse auf bessere Zeiten hoffen, in denen der allgemeine Egoismus geschwächt werde; Zeiten, in denen man bereit sei, Opfer zu bringen, und in denen der Glaube wieder gestärkt würde.

Der Heilige Vater hatte all dem nur zustimmen können, und nach einer knappen Stunde hatte sich Montechiesa respektvoll verabschiedet. Noch zwei weitere Male war er seither zu einer Audienz erschienen, und jedes Mal war seine Heiligkeit hinterher auffällig entspannt und milde gestimmt gewesen. Die Gespräche mit Montechiesa, der freimütig aussprach, was ein moderner Papst in dieser Deutlichkeit nicht öffentlich sagen konnte, schienen ihm gutzutun; das war nicht nur seinem Sekretär, Monsignore Longhi, sondern auch anderen engen Mitarbeitern aufgefallen.

Umso überraschter war Longhi, den Heiligen Vater nach dieser letzten Audienz in einem gänzlich anderen Zustand vorzufinden. Das Kirchenoberhaupt sah grau im Gesicht aus und wirkte um Jahre gealtert. Der alte Mann schien unter Schock zu stehen. Auf Longhis besorgte Fragen nach seinem Wohlergehen reagierte er nicht. Er starrte nur mit leerem Blick auf die marmorne Schreibtischplatte vor sich und murmelte undeutlich vor sich hin. Erst beim dritten Mal verstand der Sekretär die Worte einigermaßen deutlich: »Der sanfte Weg. Der sanfte Weg.«

IV

Salvatore di Castro konnte sich noch lebhaft an den Moment erinnern, als er zum ersten Mal jemanden in einem fernen Land zurückgelassen hatte. Eine Dame mit den Namen Lundquist war das gewesen. Ihr Ehemann hatte erst mit Bitten, dann mit Drohen und schließlich mit Flehen versucht, ihn dazu zu bewegen, noch ein paar Minuten auf seine Frau zu warten, die, wie er immer wieder aufgeregt versicherte, jede Sekunde auftauchen müsste, aber di Castro war hart geblieben. Zumindest äußerlich, innerlich hatte er mit dem Paar mitgefühlt. Schließlich hatte der Mann verkündet, mit dem gesamten Gepäck von Bord gehen zu wollen, aber auch dafür war es mittlerweile zu spät gewesen. Das Schiff hatte mit dem Mann und ohne die Frau von Madeira abgelegt. Während der übrigen Reise hatte Kapitän di Castro immer wieder an die beiden denken müssen und sich mit einem schlechten Gewissen geplagt. Aber das war neunzehn Jahre her. Inzwischen hatte er den Überblick darüber verloren, wie viele Passagiere er zurückgelassen hatte. Es waren jedenfalls eine ganze Menge; er hatte schon lange kein Mitleid mehr mit ihnen. Bei Hafenliegegebühren von bis zu hunderttausend Euro pro Tag konnte man eben nicht noch zehn Minuten länger warten.

Abgesehen von der obligatorischen Seenotrettungsübung, bei der sich am ersten Tag der Reise alle Passagiere mit ihren Schwimmwesten an den ihnen zugewiesenen Sammelpunkten einzufinden hatten, war das rechtzeitige Zurückkommen an Bord die einzige Pflicht, die man den Leuten zumutete. Wer meinte, dies nicht ernst nehmen zu müssen, hatte eben Pech gehabt und – wie di Castro schon manches Mal nicht ohne Schadenfreude gedacht hatte – etwas fürs Leben gelernt. Natürlich wurde er vor dem Ablegen immer informiert, wenn ein Passagier fehlte, aber es war in der Tat nur eine Information, die er als Kapitän zur Kenntnis nahm. Mehr nicht. Auch heute war es mal wieder so weit. Ein Passagier namens Emilio Villanova war nicht rechtzeitig wieder an Bord gekommen. Und wieder einmal war es in Rio de Janeiro gewesen. Warum verpassten gerade hier so viele die Abfahrt? Das war geradezu eine Ironie des Schicksals, denn an manch anderem Ort hatte man noch Gelegenheit, den nächsten Hafen mit dem Zug zu erreichen, aber nach Rio setzte die *MS Fortuna* zur Atlantiküberquerung an. Fünf Tage auf hoher See. Di Castro war bekannt, dass unter den Offizieren gelegentlich Wetten liefen, ob der Passagier im nächsten Hafen wieder an Bord kommen würde. Die Chancen standen erfahrungsgemäß etwa fifty-fifty.

Der Mann namens Villanova, er hieß nicht wirklich so, aber dieser Name war in einen von zweihundert im Standesamt von Triest gestohlenen Blankopässen eingetragen worden, gehörte nicht zu denjenigen Passagieren, die je nach Veranlagung fassungslos, wütend oder panisch auf das Ablegen ihres Schiffes reagierten. Er hatte nie beabsichtigt, bei der Passage über den Atlantik an Bord der *MS Fortuna* zu sein, er saß inzwischen längst in der ersten Klasse eines Flugzeugs nach Rom; der eigentliche Zweck seiner Reise war bereits erfüllt.

V

Donato Cavelli blickte auf das Grab hinab. Wie lange war Helena jetzt tot? Manchmal kam es ihm wie eine Ewigkeit vor, an anderen Tagen hatte er das Gefühl, gerade erst mit ihr gesprochen zu haben, und sie sei nur für einen Moment aus dem Zimmer gegangen. Noch immer träumte er nachts von ihr, und jedes Mal traf ihn beim Aufwachen die Erkenntnis, dass sie nie wieder zurückkehren würde, wie ein Schlag in die Magengrube, und er versuchte, die Erinnerung daran zu verdrängen, dass seine Frau mitten in Rom, direkt vor dem Vittorio-Emanuele-Monument, ums Leben gekommen war. Überfahren von einem rücksichtslosen Raser, der anschließend Fahrerflucht begangen hatte und nie zur Rechenschaft gezogen werden konnte.

Cavelli kam oft an ihr Grab. Nicht nur an bestimmten Jahrestagen, wie ihrem Geburtstag, dem Hochzeitstag oder ihrem Todestag, er kam immer, wenn er sich besonders einsam fühlte, und redete ein bisschen mit ihr. Heute war wieder so ein Tag gewesen. Jetzt fühlte er sich etwas besser. Er wandte sich ab und strebte dem Ausgang des von hohen Mauern umgebenen winzigen Friedhofs zu. Der Campo Santo Teutonico lag zwar auf dem Areal der Vatikanstadt, ganz in der Nähe der modernen Audienzhalle, gehörte aber offiziell zu Italien. Dennoch bestimmte allein der Vatikan, wer hier begraben werden durfte, und nicht wenige Gläubige setzten alles daran, dass ihnen diese besonders prestigeträchtige Ehre zuteilwurde. Fast immer vergeblich, denn der Platz war äußerst knapp bemessen und wurde heutzutage fast ausschließlich an Angehörige der Erzbruderschaft zur schmerzhaften Muttergottes vergeben.

Seit 1527 hatten fast alle Mitglieder der Cavellis hier ihre letzte Ruhestätte gefunden. Ein besonderes Privileg der Cavelli-Familie. Eines von vielen. Nach neunundneunzig Jahren wurden die Gräber dann eingeebnet, bis auf eines: das Grab seines Urahns Umberto Cavelli, auf den all diese Privilegien zurückgingen. Es existierte eine Urkunde, welche Papst Julius II. am einunddreißigsten Januar 1513 – nur wenige Wochen vor seinem Tod – ausstellen ließ, in der verfügt worden war, dass Capitano Umberto Cavelli künftig »liberatus ab ullis calamitatibus« – also »frei von allen Nöten« – zu stellen sei. Diese – »in tiefster Dankbarkeit« – ausgefertigte Urkunde galt nicht nur für Umberto Cavelli selbst, sondern auch für seine Familie und all seine Nachkommen, und sie beinhaltete neben einer geradezu märchenhaft hohen pekuniären Zuwendung auch das Wohnrecht innerhalb des Vatikan sowie eine Reihe weiterer Rechte und Vergünstigungen. Was Capitano Cavelli für Julius II. getan hatte, wurde in der Urkunde nicht erwähnt, zweifellos aus gutem Grund. Einem ziemlich blutigen Grund. Die Cavellis hatten zartfühlenderweise nie versucht, es in Erfahrung zu bringen. Es war besser, die Vergangenheit nicht aufzuwühlen. Entscheidend war nur, dass die über Jahrhunderte vererbte Urkunde, die wohlverwahrt in einem Banksafe in Rom lag, weiterhin gültig war und blieb. Nicht bis in alle Ewigkeit, das nicht, aber immerhin »bis zum Jüngsten Tag«. Das war ausreichend.

Natürlich waren im Laufe der Jahrhunderte immer wieder Versuche unternommen worden, die Cavellis loszuwerden, meist von Klerikern, die in der Kurie einen mittleren Rang einnahmen, doch niemals war ein solches Ansinnen von einem amtierenden Papst unterstützt worden, denn diese verstanden nur zu gut, dass das Aufheben einer gültigen Urkunde eines früheren Papstes auch ihre eigene Unantastbarkeit in Frage gestellt hätte.

Der Vatikan war nicht aus einem Guss, er hatte sich innerhalb von Jahrhunderten entwickelt, er verfügte über viele zarte Verästelungen, die Wichtiges zum Gesamtgebilde beitrugen und an die man nicht rührte, und eine dieser unantastbaren Verästelungen war nun mal die Cavelli-Dynastie.

VI

Professor Giuliana Mattoni presste die Kiefer aufeinander, sie musste sich zwingen, äußerlich gelassen zu bleiben. Statt bei dem per Mail zugesagten Termin mit dem Gesundheitsminister saß sie nun irgendeinem Referenten namens Dr. Polo gegenüber, der oberhalb des Halses über mehr Haargel als Verstand verfügte, und versuchte nun seit fünfzehn Minuten, den Mann vom Ernst der Lage zu überzeugen, und dies ohne ihrem Gegenüber die offenbar geradezu erhoffte Gelegenheit zu geben, das Ganze als hysterischen Auftritt eines weiblichen Wissenschaftlers zu verbuchen, der es an dem gebotenen nüchternen Blick auf die Fakten mangelte. Was jetzt dringend erforderlich war, waren erweiterte Vollmachten, um ad hoc Gebiete zu Sperrzonen zu erklären, falls irgendwo weitere Krankheitsfälle auftauchen würden, sowie zusätzliche Gelder zur Entwicklung eines Impfstoffs.

»Wir hatten bereits im Kongo mit Pestausbrüchen zu tun«, führte Professor Mattoni aus, »aber dies hier ist weit schlimmer. Es handelt sich um den aggressivsten Erreger, den wir je gesehen haben. Er wird durch die Luft übertragen, und schon allerkleinste Partikel führen zur sicheren Infektion, und die wiederum – und auch das ist ungewöhnlich – ist zu hundert Prozent tödlich. Wir haben eine Reihe von Tests durchgeführt, und bislang spricht der Erreger auf keinen der geprüften Wirkstoffe an. Wir müssen daher …«

»Ihr Engagement in allen Ehren, Professor Mattoni«, Dr. Polo hob leicht seine sorgfältig manikürte Hand; in seinem Tonfall lag Nachsicht, »aber wenn ich Sie richtig verstanden habe, ist diese Krise, die wir, seien Sie dessen versichert, außerordentlich ernst nehmen, bereits vorbei. Es gab einen Ausbruch in diesem kleinen Bergdorf, bei dem tragischerweise alle Bewohner ums Leben gekommen sind. Wie das passieren konnte, wissen wir nicht. Vielleicht ein infizierter Tourist aus Afrika? Was wir aber wissen, ist, dass es seitdem in Italien zu keiner weiteren Infektion gekommen ist. Sagten Sie nicht eingangs, dass die Inkubationszeit sehr kurz ist?«

»Richtig, außergewöhnlich kurz sogar. Maximal zwei bis drei Stunden, aber dennoch …«

»Wenn es also weitere Infektionen gäbe, dann wüssten wir es bereits.«

Professor Mattoni zwang sich zu einem Lächeln. »Nicht unbedingt, und solange wir nicht wissen, *wodurch* dieser Ausbruch verursacht worden ist, dürfen wir nicht …«

»Wir dürfen vor allem eines nicht: in Panik verfallen, Professor. Seien Sie gewiss, dass wir hier im Ministerium die Lage genau beobachten. Dass das Seucheninstitut Warnungen ausspricht, ist gut und richtig, und wir danken Ihnen dafür, aber ohne Ihnen zu nahe treten zu wollen: Natürlich sehen Sie die Welt durch eine bestimmte Brille, oder sollte ich besser sagen, durch das Elektronenmikroskop. Und da sieht man natürlich überall Krankheitserreger.« Dr. Polo schmunzelte routiniert, bevor er fortfuhr. Offenbar hielt er diese kleine Rede nicht zum ersten Mal. »Wir hier im Ministerium haben hingegen die Pflicht, uns einen Gesamtüberblick zu verschaffen, der den nachgeordneten Dienststellen naturgemäß abgeht. Ich kann Ihnen versichern, zum gegenwärtigen Zeitpunkt besteht kein Anlass zur Sorge, Professor Mattoni.«

»Aber wenn weitere Krankheitsfälle auftreten …«

»Dann«, fuhr ihr Dr. Polo über den Mund, »werden wir Sie sofort hinzuziehen, das versichere ich Ihnen.« Dr. Polo erhob sich schwungvoll hinter seinem Schreibtisch, schloss den Knopf seines Brioni-Jacketts und streckte die rechte Hand aus. »Und noch mal danke fürs Kommen, Professor Mattoni.«

Die Besprechung war beendet.

VII

Inzwischen war das kleine Büro der Hafenmeisterei in Genua voll von Menschen, die alle durcheinander riefen und – sich teilweise widersprechende – Befehle erteilten. In dem Raum waren einige hundert Jahre nautische Erfahrung und mehrere Kapitänspatente versammelt, aber niemand der hier Anwesenden hatte es je mit einer solchen Situation zu tun gehabt. Dass man seit Tagen keinerlei Funksprüche von der *MS Fortuna* erhalten hatte, war ungewöhnlich, aber noch kein Anlass zu ernster Sorge. Widrige Wetterbedingungen sorgten immer wieder mal für die Unterbrechung der Satellitenverbindung. Vor zwei Stunden war die *Fortuna* dann auf dem Radar aufgetaucht, aber immer noch gingen keinerlei Funksprüche von ihr im Hafen ein. Das war nun allerdings unerklärlich, denn das Kommunikationssystem von Schiffen dieser Größe war auf Redundanz ausgelegt, das hieß, sie verfügten über mehrere Ersatzsysteme und Notstromaggregate. Nur eine erhebliche Beschädigung des Schiffes, zum Beispiel durch eine Explosion, hätte diese alle gleichzeitig lahmlegen können. Diese Explosion müsste dann allerdings so heftig gewesen sein, dass auch das Steuersystem ausgefallen wäre. Dies war aber offensichtlich nicht der Fall, denn die

MS Fortuna hielt weiter Kurs auf den Hafen von Genua. Schließlich war der Moment gekommen, an dem der Kapitän die Motoren hätte abschalten müssen. Schiffe dieser Größe hatten einen Bremsweg von über zwanzig Kilometern. Dies war jedoch nicht geschehen, und nun steuerte die *Fortuna* weiterhin mit voller Kraft auf den Hafen zu. »Noch acht Minuten«, meldete eine junge Frau mit kratziger Stimme, die vor einem Computer saß. Sie musste nicht näher erläutern, was damit gemeint war. Jeder im Raum verstand es auch so. Wenn die *MS Fortuna* noch acht Minuten ohne Richtungsänderung oder das Umschalten auf *Volle Kraft zurück* Kurs halten würde, war eine Katastrophe nicht mehr abzuwenden. Dann würde das Schiff ungebremst entweder in die Kaimauer oder – schlimmer noch – in ein vor Anker liegendes Schiff oder sogar in eines der großen Hafengebäude krachen.

Noch sieben Minuten. Die Situation hatte etwas Surreales. Keiner hier hatte etwas Ähnliches je erlebt oder auch nur davon gehört. Es gab auch keinen Notfallplan für eine solche Eventualität, weil nach menschlichem Ermessen kein Szenario existierte, das zu einer solchen Situation führen konnte. Noch sechs Minuten. Noch immer keine Funkverbindung zur *MS Fortuna*. Die Zeit schien zu rasen. »Der Feueralarm!« Alle drehten sich zu dem drahtigen Mann in der Feuerwehruniform um. Er verzog resigniert die Mundwinkel. »Besser als gar nichts«, brummte er. Einige nickten. Der Schichtleiter, der Mann, der letztlich die Gesamtverantwortung trug, starrte ihn einige

Sekunden an, dann nickte er und löste den Alarm für den gesamten Hafen aus. Ein hoher unangenehmer Dauerton legte sich wie eine bedrohliche Wolke über das Areal. Zumindest würden so noch die meisten darauf aufmerksam werden, dass Gefahr im Verzug war. Mehr war von hier aus nicht mehr machbar. Noch vier Minuten. Die *MS Fortuna* war mittlerweile unübersehbar geworden. Und noch immer hielt sie mit unverminderter Geschwindigkeit Kurs auf den Hafen. Überall rannten nun Menschen umher und versuchten, sich in Sicherheit zu bringen. Die Hafengebäude würden vielleicht noch rechtzeitig zu evakuieren sein, aber was die vor Anker liegenden großen Kreuzfahrtschiffe anging, sah es weniger gut aus. Den allermeisten Passagieren würde es wohl nicht mehr gelingen, rechtzeitig den einzigen im Unterdeck gelegenen Ausgang zu erreichen.

Noch eine Minute.

Inzwischen war die *MS Fortuna* riesig. Wie ein sich bewegendes zehnstöckiges Hochhaus wurde sie mit jeder Sekunde größer. Ein ohrenbetäubender Knall hallte über das Gelände, als das Schiff die Kaimauer rammte. Langsam, wie selbstverständlich, pflügte es hindurch und unaufhaltsam noch etwa dreißig Meter in den asphaltierten Platz dahinter. Gabelstapler wurden wie Spielzeugautos zur Seite gewirbelt, Stahlcontainer plattgedrückt. Dann kam die *MS Fortuna* mit einem fürchterlichen letzten Knirschen zum Stillstand. Noch immer hing der Feueralarm in der Luft, inzwischen jedoch mehr und mehr ergänzt durch die verschiedenartigen Sirenen von zahlreichen, rasch näherkommenden Polizei-, Rettungs- und Feuerwehrwagen. Zunächst würde das Areal weiträumig abgeriegelt werden, da die Möglichkeit bestand, dass der Aufprall an Bord des Schiffes Schäden verursacht hatte, die auch noch Stunden später zu Explosionen führen konnten. Trotzdem würde man schon sehr bald Feuerwehrleute an Bord bringen müssen, um genau das zu verhüten. Eine höchst risikoreiche Mission. Zumindest konnte man zuvor kamerabestückte Drohnen einsetzen, um sich einen Eindruck über die Situation auf den Außendecks zu verschaffen. Überall wurden in gebührendem Abstand Arbeitszelte für die verschiedenen Einsatzgruppen errichtet. Diese Aktion war keine Sache von Stunden, eher von Tagen.

Der Drohnenpilot, ein junger Mann mit rötlichem Haar, hatte mit geübten Handgriffen sein Equipment aus den ramponierten Alukisten geholt, einen hochauflösenden Bildschirm an ein Stromaggregat angeschlossen und mit der ersten Drohne synchronisiert. Dann drückte er auf den Startknopf seiner Fernsteuerungseinheit. Zunächst galt es, sich einen Überblick über den Zustand der Kommandobrücke zu verschaffen. Die Drohne gewann schnell an Höhe. Der Pilot würde sie etwa fünfzig Meter höher als das Oberdeck steuern und dann langsam absenken. Eine Sicherheitsmaßnahme, falls es an Bord zu einer großen Hitzeentwicklung gekommen war. Auf diese Weise waren bei früheren Einsätzen schon einige Drohnen zerstört worden. Sobald das übertragene Bild anfangen würde zu flimmern, war die Hitze zu groß. Bisher flimmerte nichts. Ein Feuer war nirgendwo auszumachen. Auch sonst schien alles ruhig zu sein. Allerdings fielen ihm, während er die Drohne langsam absenkte, etliche dunkle Punkte auf dem Deck auf. Waren das Liegestühle, die von einem Sturm durcheinandergewirbelt worden waren? Er ließ die Drohne um weitere zehn Meter absinken, und nun konnte er erkennen, um was es sich handelte. Erschrocken schnappte er nach Luft und griff nach seinem Funkgerät.

VIII

Don Cavelli sah den letzten Studenten zu, wie sie die Stufen zum Ausgang von Saal IV emporstiegen, dem größten Hörsaal der altehrwürdigen römischen Universität Sapienza. Es war einer dieser Vormittage gewesen, an denen er sich weniger wie ein ordentlicher Professor für die Geschichte des Papsttums vorkam, sondern eher wie ein unseriöser Vertreter für Zeitschriften-Abonnements. Die versprachen ihren Opfern stets irgendwelchen neumodischen technischen Schnickschnack als Prämie, um sie zur Unterschrift für einen Zweijahresvertrag zu bringen; wo war da der Unterschied zu ihm? Um seine mäßig interessierten Studenten zu ködern, hatte er das Seminar über Pius II., den ersten Papst der Renaissance, heute Morgen mit der Information eröffnet, dass Pius vor seiner Wahl zum Kirchenoberhaupt Verfasser einer Reihe pornographischer Schriften gewesen war. Das war bei seinen Studenten durchaus auf einiges Wohlwollen gestoßen und hatte ausgereicht, sie bis zum Ende der Stunde bei der Stange zu halten.

Nun saß er noch für einige Minuten an dem Schreibtisch vor der riesigen Tafel und machte sich Notizen zum Verlauf der abgehaltenen Stunde. Was ließ sich daran für das nächste Mal noch verbessern, welche Studentenfragen hatte er nicht beantworten können? Im Grunde keine, wenn man von dem Zwischenrufer absah, der wissen wollte, ob man die Bücher von dem Pornopapst bei Amazon bestellen könne.

Cavelli registrierte, wie die Tür des Hörsaals geschlossen wurde, achtete aber nicht darauf. Dann hörte er ein dezentes Räuspern. Er blickte auf und sah oben an der Tür einen Mann in einem hellen Sommeranzug stehen. Der Mann kam ihm bekannt vor, ziemlich bekannt sogar, dennoch konnte er ihn nicht einordnen. Ein Kollege war es jedenfalls nicht, und für einen Studenten war er zwanzig oder dreißig Jahre zu alt. Der Mann hob auf eine etwas schüchterne Art die Hand. »Haben Sie einen Moment Zeit, Signor Cavelli?«

Cavelli warf einen kurzen Blick auf die Wanduhr über der Tafel. In einer knappen Stunde begann sein nächstes Seminar, und vorher wollte er noch in seiner üblichen Osteria Mittag essen. »Ja, aber nur kurz, bitte.« Er winkte dem Mann, näher zu treten. Woher kannte er ihn bloß? Der Besucher kam eilig die Stufen hinunter, was aus irgendeinem Grund merkwürdig aussah. Er passte so wenig hierher wie ein Torero in ein U-Boot. Seine dargebotene Hand fühlte sich etwas schlaff an. »Danke, Signor Cavelli, ich weiß, Sie haben viel zu tun.« Kannte ihn der Mann? Es hatte den Anschein. Vor allem aber schien er völlig selbstverständlich davon auszugehen, dass Cavelli auch wissen müsse, wer *er* sei.

»Zunächst muss ich darauf bestehen, dass diese Unterhaltung streng vertraulich bleibt.« Cavelli blickte den Mann etwas misstrauisch an, was dieser als Zustimmung zu missdeuten schien, denn nachdem er kurz die Lippen zusammengepresst hatte, fuhr er fort. »Des Weiteren ist es mir wichtig, klarzustellen, dass ich nicht in offizieller Funktion oder gar im Auftrag des Heiligen Vaters hier bin.« In Cavellis Hirn wurde ein Schalter umgelegt. War er denn blind gewesen? Vor ihm stand Monsignore Longhi, der Sekretär des Papstes und als solcher einer der mächtigsten Männer des Vatikan. Natürlich kannte Cavelli ihn, aber er hatte ihn noch nie anders als in Soutane gesehen. Das und der Umstand, dass er völlig überraschend in der Universität auftauchte (wo er nicht hingehörte), hatte Cavellis Denken auf die falsche Bahn gelenkt. »Verstehe, verstehe«, murmelte Cavelli, die peinliche Situation mit ernstem Nicken überspielend.

Longhi sah ihn schweigend an. Er wirkte beunruhigt und schien etwas zu überlegen. »Nun, Signor Cavelli«, begann er stockend, als müsse er sich vorsichtig von Gedanken zu Gedanken tasten. »Das Ganze ist vollkommen inoffiziell. Wobei das Wort *inoffiziell* im Grunde schon viel zu viel ist. Nichtexistent wäre passender, ich bin nicht hier, und Sie sind nicht hier, ich hoffe, Sie können mir so weit folgen, Signor Cavelli.«

Cavelli war mit der Sprache der Kurie mehr als vertraut. Eine Sprache der liebenswürdigen Umschreibung. Wozu Unerfreuliches aussprechen, wenn es nicht zwingend nötig war? Und wenn es doch einmal nötig war, lautete der Standardsatz gegenüber Außenstehenden fast immer »Zitieren Sie mich nicht.« Das hier musste allerdings selbst für Kurienverhältnisse als extrem angesehen werden.

»Ich denke schon«, betätigte Cavelli. Was in aller Welt konnte der Sekretär des Papstes von ihm wollen? Es musste etwas absolut Außergewöhnliches sein, wenn er den Vatikan im Straßenanzug verließ, um Cavelli an seinem Arbeitsplatz aufzusuchen.

Longhi warf einen Blick zur Tür, als wollte er sich vergewissern, dass sie wirklich allein waren. »Nun, ich weiß nicht recht, wo ich beginnen soll. Haben Sie von dem Unglück in Civita di Bagnoregio gehört?«

»Ja, dieser furchtbare Brand, entsetzlich!«

Longhi biss sich auf die Lippe. »Nun, ich fürchte, die Sache ist etwas schlimmer, als es in den Nachrichten berichtet wurde. Zwar hat es diesen Brand dort tatsächlich gegeben, aber nicht die dadurch verursachten giftigen Dämpfe sind die Ursache dafür, dass alle Bewohner des Ortes tot sind.« Er stockte kurz, als erwarte er Cavellis Aufforderung weiterzusprechen. Dann fuhr er fort: »Der tatsächliche Grund ist – in Civita di Bagnoregio hat es einen Pestausbruch gegeben.«

Cavelli glaubte, sich verhört zu haben. »Die Pest? Wie meinen Sie das?«

»Wie ich es sage. Die Pest. Wie im Mittelalter. Beulenpest, um ganz genau zu sein.«

»Ich dachte, die wäre längst ausgerottet.«

»Dachten wir – dachte ich – auch bis vor kurzem, aber offensichtlich nicht. In Afrika tritt sie immer wieder auf, und auch an anderen Orten.«

»Aber doch nicht in Italien!«

»Bisher Gott sei Dank nicht. Nun jedoch ... Ich weiß, es ist schwer zu glauben, aber über diese Tatsache kann kein Zweifel bestehen, fürchte ich.«

»Aber die Nachrichten ...«

»Man will Panik vermeiden.«

»Das ist doch unverantwortlich, die Öffentlichkeit muss informiert werden!«

Longhi hob die Hand, als wolle er ein nörgelndes Kind zum Schweigen bringen.

»Hören Sie mir einfach erst mal zu, Signor Cavelli, wir können anschließend über Ihre Einwände sprechen.«

Cavelli holte tief Luft und schwieg.

»Also«, versuchte Longhi seinen Faden wiederzufinden, »wie wir wissen, handelt es sich um einen Erreger mit einer äußerst kurzen Inkubationszeit. Wenn sich weitere Menschen bei den Anwohnern angesteckt hätten, dann wüsste man es bereits. Aber dadurch, dass die Brücke, die abgebrannt ist, der einzige Zugang zu Civita di Bagnoregio ist – oder war – wurde dies wohl verhindert.«

Cavelli nickte. »Glück im Unglück.«

»Sozusagen – oder auch nicht.« Wieder verfiel Longhi in sein ominöses Schweigen. Offenbar hatte er das Schlimmste noch nicht ausgesprochen.

»Oder auch nicht? Was ...?«

»Dieser Pestausbruch war kein Unglück und der Brand ebenfalls nicht. Beides wurde vorsätzlich ausgelöst.«

»Mein Gott! Ein Terroranschlag? Von wem?«

»Eins nach dem anderen, Signor Cavelli.«

»Ich verstehe nicht, warum erzählen Sie *mir* das? Weiß man denn, wer …?«

»Bitte!« Longhi hob gereizt die Hände.

Cavelli schluckte seine Ungeduld mühsam hinunter. »Ja gut. Ich höre.«

»Vor einigen Tagen hatte ein Mann eine Privataudienz beim Heiligen Vater. Vielleicht ist er Ihnen vom Namen her bekannt: Angelo Montechiesa.«

Cavelli verzog nachdenklich die Brauen. »Ist das nicht dieser Playboy?«

»Früher mal. Aber schon lange nicht mehr. Inzwischen ist der Mann tiefreligiös und spendet hohe Summen für wohltätige Zwecke und die Kirche. Und mit *hoch* meine ich wirklich hoch. Es war nicht die erste Audienz, die ihm gewährt wurde. Der Heilige Vater hatte einige intensive Diskussionen mit Montechiesa. Sein Hauptanliegen ist der ständig zunehmende Verfall der christlichen Werte in der westlichen Welt, den er für das größte gegenwärtige Problem der Menschheit hält. Diesen Werteverfall zu bekämpfen hat er sich zur Lebensaufgabe gemacht. Natürlich konnte der Heilige Vater all dies nur begrüßen.«

»Natürlich.«

»Nun allerdings sieht es ganz so aus, als sei dieser Mann – nun ja – wahnsinnig.«

Wieder machte Longhi eine Pause. Diese stockende Art der Erzählung stellte Cavellis Geduld zunehmend auf eine harte Probe, doch es gelang ihm, seine Unruhe zu unterdrücken.

»Dieser Mann, Montechiesa, lebt in einer Phantasiewelt. Er sieht sich als Wohltäter und glaubt, alles tun zu dürfen, wenn es nur dem höheren Zweck dient, dass die Menschen wieder mehr glauben. Und offenbar ist er davon überzeugt, dass der Heilige Vater auf seiner Seite steht. In der letzten Audienz hat er offen zugegeben, dass er hinter dem Pestausbruch von Civita di Bagnoregio steckt und auch hinter dem Brand der Brücke.«

»Was hat das mit der Wiederherstellung des Glaubens zu tun?«

Longhi seufzte. »Viel. Kennen Sie nicht die alte Weisheit ›Not lehrt beten‹?«

»Doch sicher, aber …«

»Kurz gesagt, der Mann wird so lange Pesterreger freisetzen, bis ganz Italien nur noch Gott als letzte Rettung sieht. Über die finanziellen und technischen Mittel dazu verfügt er offenbar.«

»Hat man schon die Polizei verständigt?«

Longhi schüttelte müde den Kopf. »Bitte, Signor Cavelli, hören Sie einfach zu. Es gibt gute Gründe, warum ich zu Ihnen komme.«

Cavelli nickte zerknirscht, der Mann hatte natürlich recht.

»Montechiesa hat einen durchdachten Plan. Das hat er dem Heiligen Vater mitgeteilt. Genau genommen hat er sogar zwei Pläne, oder noch genauer zwei Varianten desselben Plans. Plan eins ist die völlig unkontrollierte Freisetzung des Pesterregers in ganz Italien, von wo sich die Krankheit natürlich schnell weltweit verbreiten würde. Ich bin kein Experte, aber wir sprechen dabei wahrscheinlich von vielen Millionen Toten. Diesen Plan – so sagte er – würde er umsetzen, falls die Polizei eingreifen und versuchen würde, ihn zu stoppen. Offenbar ist er gut vernetzt in hohen Regierungskreisen, ja er behauptet sogar, dort Unterstützer für seinen Plan zu haben. Inwieweit das ein Bluff ist, wissen wir nicht, aber seit Civita di Bagnoregio wissen wir, dass es dem Mann weder an Entschlossenheit noch an Mitteln zur Umsetzung seiner Pläne mangelt. Nein, eine Information der Behörden ist – zumindest zum gegenwärtigen Zeitpunkt – nicht zu verantworten, und das weiß er. Und somit komme ich zur zweiten – von ihm bevorzugten – Variante seines Plans. Montechiesa selbst nennt ihn den sanften Weg. Ein Weg, bei dem ihm der Heilige Vater helfen soll.«

»Was?«

»Ganz recht. Montechiesa ist völlig davon überzeugt, dass er im Sinne der Kirche handelt und dass ihn der Papst bei seinen Plänen unterstützen wird.«

»Irrsinn. Und wie soll …?«

Longhi holte tief Luft. »Montechiesa verlangt, dass der Heilige Vater bei der nächsten Generalaudienz auf dem Petersplatz der Welt eine Verkündigung macht.« Longhi presste die Lippen zusammen, alles in ihm schien sich dagegen zu sträuben, das Ungeheuerliche auszusprechen. Dann blickte er Cavelli mit ernsten Augen an. »Der Heilige Vater soll verkünden, dass Gott zu ihm gesprochen hat.«

IX

Im Hörsaal Nr. IV war es totenstill. Irgendwo in weiter Ferne war kurz das Schlagen einer Tür zu hören, dann erneut Stille.

Cavelli suchte nach Worten. Schließlich sagte er das Erste, was ihm durch den Kopf ging. »Der Heilige Vater würde sich vor aller Welt zum Gespött machen.«

Longhi verzog unbehaglich den Mund. »Zunächst schon, aber das würde sich sehr schnell ändern.«

»Ich verstehe nicht.«

»Man darf Montechiesa nicht unterschätzen. Der Mann ist zweifellos geistesgestört, aber dennoch hochintelligent; er hat alles bis ins Detail durchdacht. Was der Heilige Vater auf der Generalaudienz sagen soll, würde zunächst verrückt klingen, doch nicht lange, dann würde es sich auf schreckliche Weise bewahrheiten.«

»Und das wäre?«

Longhi schluckte, als schämte er sich fortzufahren. »Der Heilige Vater soll darüber sprechen, dass die Menschheit mit ihrem Atheismus und Hedonismus Gottes Zorn auf sich gezogen hat. Darum habe Gott beschlossen, die Menschheit zu strafen, und dies so lange, bis sie auf den rechten Weg zurückgefunden hat – den Weg des Glaubens.

Der Heilige Vater wird dann zwei weitere Orte nennen, die bald von der Pest heimgesucht werden. Montechiesa wird wenige Minuten später dafür sorgen, dass diese Prophezeiung wahr wird, er wird die Erreger freisetzen und …«

»Das ist Irrsinn, warum sollte sich der Papst dafür hergeben?«

»Ja, es ist Irrsinn, aber dennoch – hören Sie einfach weiter zu. Als Beweis dafür, dass Gott wirklich zu ihm spricht und dass Gott einen Plan hat, wird der Heilige Vater verkünden, dass einer der beiden Orte gerettet werden wird. Und zwar derjenige, welcher der gottesfürchtigere ist. Montechiesa besitzt offenbar zwei unterschiedliche Erregerstämme, die Symptome sind die gleichen, aber der eine ist tödlich, von dem anderen kann man sich erholen. Dadurch, dass er den Erreger genau während der Ansprache des Heiligen Vaters freisetzt, sorgt er einerseits dafür, dass sich die Bewohner nicht rechtzeitig in Sicherheit bringen können, und andererseits, dass niemand sagen kann, der Heilige Vater würde lediglich auf eine bereits bekannte Entwicklung reagieren. Montechiesa sprach auch darüber, dass er ganze Listen darüber besitzt, welche Orte besonders stark vom *rechten Wege* abgekommen sind. Orte mit der geringsten Anzahl an Christen, den wenigsten Kirchenbesuchern, den höchsten Scheidungs- und Verbrechensraten, Orte, in denen Kirchen zu Geschäftsgebäuden umgewidmet wurden, und vieles mehr. Und natürlich hat er auch Listen mit Orten, in denen es genau anders herum ist. Er hat das alles jahrelang vorbereitet. Solange der Heilige Vater sich weigert, wird Montechiesa weiterhin an verschiedenen Orten die todbringende Variante der beiden Erreger freisetzen. Das Entsetzliche ist, auch dieser Weg würde funktionieren, in der größten Verzweiflung fängt jeder an zu beten, nur dass es so länger dauern und viel mehr Tote fordern würde. Durch die Prophezeiungen des Heiligen Vaters und durch Montechiesas – nun wie soll ich es nennen? – *Beweise*, dass diese Prophezeiungen echt sind, würden, so glaubt Montechiesa zumindest, die Menschen sehr viel schneller zum Glauben finden. Dabei es ist nicht einmal so, dass Montechiesa den Heiligen Vater zur Eile auffordert. Seine genauen Worte in diesem Zusammenhang, waren, glaube ich: ›Ich vertraue Ihrer Weisheit, den richtigen Augenblick zu wählen.‹ Verstehen Sie, Signor Cavelli, in welchem unglaublichen Dilemma der Vatikan steckt? Wenn der Papst Montechiesas Anweisungen nicht folgt oder sich an die Behörden wendet, werden sehr viel mehr Menschen sterben. Es könnten Hunderttausende sein. Wenn nicht gar viele Millionen. Heilige Muttergottes!« Longhi schnappte nach Luft und bekreuzigte sich.

Cavelli nutzte die Gelegenheit, sich zu Wort zu melden: »Einen Moment bitte. Woher wissen wir, dass dieser Signor Montechiesa überhaupt die Wahrheit sagt? Die Behörden haben verlauten lassen, dass die Opfer in Civita di Bagnoregio durch giftige Brandgase ums Leben gekommen sind. Wer sagt, dass das nicht die Wahrheit ist? Vielleicht gibt es gar keinen Pesterreger, vielleicht …«

Longhi winkte müde ab. »Doch, leider müssen wir davon ausgehen. Inzwischen gibt es einen weiteren Ausbruch. Vor wenigen Stunden wurden wir von einem Priester kontaktiert. Heute Morgen ist in Genua ein führerloses Kreuzfahrtschiff namens *MS Fortuna* angekommen. Alle Menschen an Bord sind tot. Gestorben an der Pest. Natürlich wurde auch hier eine offizielle Informationssperre verhängt, der Priester – man hatte ihn angesichts der vielen Toten hinzugeholt – hätte uns gar nicht kontaktieren dürfen, Gott sei Dank hat sein Gewissen gesiegt.«

Cavelli hatte das Gefühl, sich sammeln zu müssen. Das waren zu viele beunruhigende Neuigkeiten auf einmal. »Ein Kreuzfahrtschiff mit lauter Infizierten? Mit Landgängen in jedem Hafen, dann wird es bald überall Krankheitsausbrüche geben!«

»Nein, wie schon gesagt, Montechiesa hat jedes Detail bedacht. Bei der Abfahrt in Rio de Janeiro waren noch alle an Bord gesund, jemand muss den Erreger direkt vor der Abfahrt freigesetzt haben. Auf perverse Weise genial. Von da an befand sich die *Fortuna* fünf Tage auf dem Atlantik, ohne die Möglichkeit, einen Hafen anzulaufen. Und als sie in Genua eintraf, waren schon alle tot. Wenn es Ausbrüche in anderen Hafenstädten gegeben hätte, wäre es längst bekannt. Montechiesa setzt alles daran, die Krankheit unter Kontrolle zu halten. Noch! Ich glaube allerdings nicht, dass es den Behörden ein zweites Mal gelingt, alles zu vertuschen. Es waren Passagiere aus vielen verschiedenen Ländern an Bord. Etliche Behörden weltweit werden mit diesem Vorfall zu tun haben. Spätestens übermorgen weiß es die ganze Welt. Und so wird es weitergehen, Montechiesa plant sicher bereits den nächsten Anschlag – wenn er ihn nicht sogar schon ausgeführt hat.«

»Und was will der Vatikan nun unternehmen? Oder dürfen Sie mir das nicht sagen?«

»Signor Cavelli, ich kann Ihnen das Gleiche sagen, was ich auch jeder italienischen Behörde oder den Medien sagen würde – wahrheitsgemäß sagen würde: Wir unternehmen gar nichts. Der Vatikan kann sich niemals zum Mittäter eines Verbrechens machen lassen. Aus moralischen Gründen nicht und auch aus anderen nicht. Stellen Sie sich doch nur den ungeheuerlichen Skandal vor, wenn herauskäme, dass der Vatikan in so eine Verschwörung verwickelt wäre, selbst wenn es aus den besten Absichten geschähe. Jemandem mit Ihren Kenntnissen muss ich ja nicht erklären, wie die Nachwelt auf die nachgiebige Haltung von Pius XII. gegenüber Hitler reagiert hat. Pius war der Ansicht, mehr Juden retten zu können, wenn er das Dritte Reich nicht offen verurteilte. Aber die gute Absicht wird bis heute nicht anerkannt, sondern ganz im Gegenteil. Nach unserer Einschätzung ist Montechiesa unberechenbar, heute gibt er sich als Freund der Kirche und des Papstes, doch was wird morgen sein? Was, wenn Montechiesa Unwahrheiten verbreitet, wenn er behauptet, er wäre vom Vatikan beauftragt worden? Wer würde uns glauben, wenn der Papst Teil dieser Ereignisse gewesen wäre?«

»Aber Sie müssen doch irgendetwas unternehmen!« Cavellis Stimme klang etwas schriller, als er beabsichtigt hatte.

»Wie schon gesagt, der Vatikan kann nichts unternehmen, Signor Cavelli.« Longhi zögerte, dann sprach er mit etwas leiserer Stimme weiter. »Sollte jedoch eine *Person*, die zwar nicht für den Vatikan arbeitet, sich aber dennoch dort bestens auskennt, auch was Sitten und Gebräuche angeht, und die sogar eine Vatikanische Telefonnummer besitzt, eine Person, der man absolut vertrauen kann und die sich in der Vergangenheit bereits in außergewöhnlichem Maße um die Kirche verdient gemacht hat, jemand, der diskret und geschickt ist – sollte also eine solche hypothetische Person eigenmächtig, also ohne unseren Auftrag, in Verhandlungen mit Montechiesa treten, dann würde man dadurch diesen Kontakt nicht abreißen lassen und könnte möglicherweise Einfluss nehmen. Kein Priester, aber doch jemand, den man aufgrund seines Vornamens Don leicht dafür halten könnte.«

Cavelli glaubte, sich verhört zu haben. »Sie wollen, dass ich …?«

»Wir wollen gar nichts und beauftragen niemanden«, schnitt ihm Longhi das Wort ab. »Sollten Sie den Medien oder irgendjemandem sonst gegenüber je etwas anderes behaupten, werden wir es kategorisch abstreiten. Wir stehen in keiner wie auch immer gearteten Weise in Verbindung mit Montechiesa. Es gab ein paar Audienzen, was weiß Gott ja nichts Ungewöhnliches ist, und in einer davon äußerte dieser einige etwas verrückte Sätze – was erst recht nichts Ungewöhnliches ist. Einige der Herrschaften bei Audienzen haben ja auch schon ein gesegnetes Alter erreicht, da lassen die Geisteskräfte leider gelegentlich schon etwas zu wünschen übrig. Das ist die Wahrheit, die ganze Wahrheit, und nur die können wir auf Nachfrage bestätigen; wir wollen und werden nicht lügen. Ansonsten stehen wir in keinem Kontakt zu diesem Herrn. Möglicherweise hatten wir seine Handynummer, aber die muss verloren gegangen sein.« Beiläufig zog Longhi einen Zettel aus der Innentasche seines Jacketts und warf ihn achtlos auf Cavellis Pult. »Heute ist Freitag. In fünf Tagen findet die nächste Generalaudienz auf dem Petersplatz statt, und eines ist sicher: Der Heilige Vater wird auf keinen Fall behaupten, dass Gott zu ihm gesprochen habe, und auch keinerlei *Prophezeiungen* aussprechen. Wenn Montechiesa das sieht, wird er den Weg, den er den sanften nennt, verlassen und den Erreger unkontrolliert freisetzen.«

Cavelli war auf seinen Schreibtischstuhl gesunken. Er bekam kaum mit, wie sich Monsignore Longhi von ihm verabschiedete und die Stufen des Hörsaals emporstieg. An der Tür drehte er sich noch einmal um, als sei ihm gerade noch etwas eingefallen. »Ach ja, ich weiß nicht, ob ich das Ihnen gegenüber schon mal erwähnt habe: Falls Sie aufgrund Ihrer Vatikanischen Privilegien von irgendwelchen Sonderrechten Gebrauch zu machen wünschen, in welcher Form auch immer, zögern Sie nicht, sich an mich zu wenden. Jederzeit, ohne Begründung, wir vertrauen

Ihnen vollkommen.« Er warf noch einen unsicheren Blick zu Cavelli hinüber, als wollte er sicher gehen, dass der verstanden hatte, dann verließ er leise den Saal.

Einige Minuten saß Cavelli nur da und versuchte, das Gehörte zu verarbeiten. Das alles kam ihm nicht real vor. Was verlangte man da von ihm? Dann erhob er sich langsam, er fühlte sich um Jahre gealtert. Er griff nach dem Zettel auf seinem Schreibtisch und faltete ihn auseinander.

X

Das Smartphone-Video war teilweise etwas verwackelt, so, als sei es heimlich aufgenommen worden, aber dafür ließen die Bilder dieses Videos an Deutlichkeit nichts zu wünschen übrig. Bilder wie aus einem Horrorfilm. Hunderte von Leichen. In den Kabinen, in den Speisesälen, auf den Gängen, auf Deck, überall. Verzerrte Gesichter mit blauen Lippen und blutiger Auswurf, wohin man sah.

Die Szenen, die sich auf der *MS Fortuna* abgespielt haben mussten, waren kaum vorstellbar. Dazu kommentierte eine offensichtlich am Computer generierte männliche Stimme sachlich, was dort zu sehen war. Vor allem die Krankheitssymptome, an denen die Menschen gelitten hatten, wurden genauestens dokumentiert. Auf der *MS Fortuna* war unzweifelhaft die Beulenpest ausgebrochen. Das knapp dreiminütige Video mit dem Titel »Pest auf Kreuzfahrtschiff MS Fortuna, Genua« war drei Stunden und vierzehn Minuten nach dem Eintreffen des Schiffes bei Youtube hochgeladen worden und zunächst unbeachtet geblieben. Doch bereits elf Minuten später war es ein Toptreffer für all die Angehörigen, die bei Google nach dem Schiffsunglück in Genua suchten, immerhin Menschen aus einundzwanzig Nationen. Siebzig Minuten darauf war das Video über zwei Millionen Mal angeklickt worden. Auch etliche Nachrichtensender weltweit berichteten darüber. Im italienischen Gesundheitsministerium schäumte man. Nicht umsonst hatte man, wie im Falle Civita di Bagnoregio, eine strikte Nachrichtensperre verhängt, aber irgendeiner der zahlreichen Ersthelfer in Genua, die auf der *MS Fortuna* im Einsatz gewesen waren, hatte sich nicht daran gehalten. Die Polizei würde in den nächsten Tagen alle Beteiligten gründlich verhören und sämtliches Kameramaterial, das die Einsatzkräfte an Bord offiziell produziert hatten, beschlagnahmen und auswerten. Und sei es auch nur zur Abschreckung in künftigen Fällen, von deren Eintreten man im Ministerium intern längst ausging, denn die wackelige Kameraführung ließ befürchten, dass das Video heimlich mit einem privaten Smartphone gemacht worden war. Außerdem arbeitete man bereits mit Hochdruck daran, die Spur zu verfolgen, welche die verantwortliche Person beim Hochladen des Videos hinterlassen hatte. Bisher leider ohne Erfolg. Die IP-Adresse des Rechners war künstlich generiert und existierte nicht, ja, nicht einmal das Land, in dem der Rechner stand, ließ sich ermitteln. Offenbar verstand der Unbekannte sein Handwerk.

Man wäre wahrscheinlich überrascht gewesen, wenn man erfahren hätte, dass Computerspielereien dieser Art für ihn ein rein privates Interesse darstellten und er ansonsten Sozialwissenschaften in Ferrara studierte. Seine Eltern unterstützten ihn finanziell, aber das reichte hinten und vorne nicht. Ohne die monatliche Unterstützung seiner Lieblingstante Giuliana, die in Rom ein hohes Tier beim Seuchenschutz war, wäre er völlig aufgeschmissen gewesen.

XI

Don Cavelli stand auf der Terrasse seiner riesigen Wohnung und blickte in die Vatikanischen Gärten hinunter. Der Zettel mit der Telefonnummer in seiner Hosentasche fühlte sich an wie ein glühendes Stück Kohle. Seit dem Gespräch mit Monsignore Longhi waren zwei Stunden vergangen, und Cavelli versuchte verzweifelt, Ordnung in seine Gedanken zu bringen. Normalerweise wäre er heute Abend wie jede Woche zum Ringen gegangen. Dies war zusammen mit dem täglichen morgendlichen Joggen seine Methode, sich fit zu halten, aber im Augenblick kam ihm seine normale Welt weit weg und fast irreal vor. Es war absoluter Irrsinn, was man von ihm verlangte. Abgesehen davon, dass er einen Würdenträger des Vatikan aufgrund seiner Biographie und seiner wissenschaftlichen Arbeit und vielleicht noch seines als Don abgekürzten Vornamens mühelos darstellen konnte, war er in keiner Weise für diese Aufgabe geeignet. Zwar hatte er der Kirche bereits einmal helfen können, als eine Bedrohung durch eine fremde Macht bestanden hatte*, aber da war er einfach zur richtigen Zeit am richtigen Ort gewesen. Diesmal

---

* Mehr darüber erfahren Sie in »Don Cavelli und der letzte Papst«.

ging es um zahllose Menschenleben. Andere waren weitaus geeigneter als er für diese ungeheuer verantwortungsvolle Aufgabe.

Allerdings fiel ihm niemand ein. Die Polizei schied aus, da Montechiesa dort Verbündete in hohen Positionen hatte. Behauptete er zumindest. Vielleicht ein Bluff, aber das ließ sich nicht feststellen. Milliardäre hatten in der Regel gute Kontakte. Das Risiko war zu hoch. Alle Mitarbeiter der Kirche schieden ebenfalls aus, da man sich in keiner Weise zum Komplizen eines Terroristen machen durfte. Am geeignetsten wäre wohl ein professioneller Verhandlungsführer. Allerdings würde diesem das Wissen fehlen, um sich glaubwürdig als Mitarbeiter des Vatikan ausgeben zu können. Außerdem hätte man sehr schnell jemanden finden müssen, der garantiert Stillschweigen bewahren würde. Und dann war da noch Cavellis einmalige Position als vatikanischer Bürger, die es erlaubte, Montechiesa jemandem »aus dem Vatikan« zu schicken, gleichzeitig aber, falls nötig, gegenüber den Medien wahrheitsgemäß abstreiten zu können, dass irgendein Mitarbeiter des Vatikan mit diesem gesprochen habe. So verrückt das alles klang, langsam setzte sich in Cavellis Bewusstsein die Erkenntnis durch, dass der Vatikan nicht anders handeln konnte. Natürlich war er, Cavelli, nicht qualifiziert für diese Aufgabe, aber er war die einzige Option, die man überhaupt hatte. Eine verzweifelte Option. Cavelli hatte nicht die geringste Vorstellung, was er tun konnte, um Montechiesa von seinem Vorhaben abzubringen. Der Mann war offenbar ein Wahnsinniger, der sich auf einer göttlichen Mission wähnte, solche Leute waren vernünftigen Argumenten für gewöhnlich nicht zugänglich. Und wenn Cavelli nicht rational, sondern religiös argumentieren würde? Wäre dies ein möglicher Zugang in Montechiesas Gedankenwelt? Würde er Cavelli überhaupt als Gesprächspartner akzeptieren, nachdem er schon mehrfach mit dem Papst selbst gesprochen hatte? Cavelli wandte sich ab und betrat sein Wohnzimmer. Es hatte keinen Sinn zu spekulieren. Zunächst musste er Montechiesa kennenlernen. Und dann würde er improvisieren müssen. Aussichten auf einen Erfolg waren so gut wie nicht vorhanden, aber er fühlte sich verpflichtet, es zumindest zu versuchen. Er setzte sich an seinen Schreibtisch, griff nach einem Schreibblock und begann, sich einige Notizen zu machen. Hauptsächlich darüber, wie er sich selbst glaubwürdig als einen Mitarbeiter des Papstes präsentieren konnte. Würde Montechiesa irgendetwas Schriftliches sehen wollen? Ein Beglaubigungsschreiben des Vatikan würde Cavelli nicht bekommen und ein Celebret, also einen Priesterausweis, erst recht nicht. Aber vielleicht … Er öffnete die Schublade seines antiken Schreibtisches und steckte seinen Vatikanischen Pass ein. Dann hatte er noch eine Idee. Er griff zum Telefon und rief Monsignore Longhi an und fragte, ob er wohl ein Konferenzzimmer in der römischen Opus-Dei-Zentrale nutzen dürfe. Longhi schwieg einen Augenblick, dann antwortete er betont beiläufig: »Ich nehme an, für eine externe Universitätsveranstaltung. Da sehe ich gar kein Problem, das tun wir gerne für Sie, Signor Cavelli, informieren Sie mich dann noch, wann genau Sie den Raum benötigen.«

Cavelli schüttelte lächelnd den Kopf über Longhis Geistesgegenwart. Selbst falls dieses Telefonat abgehört werden würde, konnte es den Vatikan nicht belasten. Aber auch die Opus-Dei-Idee war nicht übel. Montechiesa war selbst dort Mitglied. Er würde sich dort sicher fühlen, gleichzeitig war das Gebäude zwar nicht im Besitz des Vatikan, aber doch diesem sehr nahestehend, sodass das Treffen einen offiziellen Charakter bekommen würde. Und dann war da noch die Sache mit den zwei Adressen und den zwei Eingängen. Niemand würde ihn und Montechiesa dasselbe Gebäude betreten sehen. Im Ernstfall ließe sich also glaubhaft abstreiten, dass dieses Treffen überhaupt je stattgefunden hatte.

Zunächst musste Cavelli allerdings dafür sorgen, *dass* es stattfand. Wie würde Montechiesa auf seinen Anruf reagieren?

Cavelli spürte, wie ihm der Schweiß ausbrach. Zumindest sein Vorname würde ihm helfen. In der Cavelli-Familie war es seit Jahrhunderten Brauch, den männlichen Kindern einen Namen zu geben, der sich mit »Don« abkürzen ließ. So gab es unter seinen Ahnen jede Menge Donatos und – wie sein Vater geheißen hatte – Spiridons. Ursprünglich hatte man wohl damit beabsichtigt, dem Träger dieser Namen, der identisch mit der respektvollen Ansprache für einen Priester war, das Leben in der Vatikanstadt etwas zu erleichtern. Aber manchmal hatte diese

Verwechslung auch außerhalb des Vatikan handfeste Vorteile. Heute zum Beispiel. Cavelli griff nach dem Zettel mit Montechiesas Nummer und wählte. Es tutete dreimal, dann meldete sich eine freundliche Stimme.

»Pronto?«

Cavelli blickte nervös auf seine Notizen. »Hier spricht Don Cavelli, ich rufe aus dem Vatikan an.«

Die Stimme am anderen Ende der Leitung wurde noch ein Stück freundlicher. »Na ganz wunderbar. Ich hoffe, Sie haben gute Nachrichten für mich.«

Die Art, wie Montechiesa redete, verunsicherte Cavelli. Der Mann klang, als wenn es um die Planung einer Cocktailparty ging. Es war schwer vorstellbar, dass er den Tod von zahllosen Unschuldigen plante. Lag Longhi möglicherweise völlig falsch? Das war eher unwahrscheinlich. Cavelli würde bei seinem Gesprächsplan bleiben. Bisher hatte er die Wahrheit gesagt. Nun würde die erste Lüge kommen, aber die ging auf seine Kappe, nicht auf die des Vatikan. Er räusperte sich kurz. »Zunächst überbringe ich Ihnen die Segenswünsche des Heiligen Vaters. Er bat mich, mit Ihnen ein Treffen zu vereinbaren. Möglichst bald. Würde es noch heute passen?«

Montechiesas Stimme dröhnte laut aus dem Hörer: »Ich kann in zwei Stunden im Vatikan sein.«

Darauf war Cavelli vorbereitet. »Nun, vielleicht besser an einem … äh«, er hüstelte nach Art vieler Kurienmitarbeiter, bevor sie Heikles äußerten, »*diskreteren* Ort. Sie verstehen, die Augen der Welt liegen auf dem Vatikan.«

Montechiesa lachte. »Natürlich, wie unbedacht von mir. Wo dann?«

»Wir hatten an das Haus in der Viale Bruno Buozzi gedacht. Passt das?«

»Hervorragende Idee. Sagen wir um … achtzehn Uhr dreißig?«

»Ausgezeichnet.«

»Ich danke Ihnen, Don Cavelli. Der Herr sei mit Ihnen.«

Dann war die Leitung tot.

XII

Die Nachricht von einem Pestausbruch auf einem Kreuzfahrtschiff im Hafen von Genua war von der italienischen Öffentlichkeit mit bemerkenswerter Gleichmut aufgenommen worden. Sicher, man bedauerte die Opfer, allerdings weniger, als man die Opfer eines Tsunamis in Asien bedauert haben würde. Denn die Pestopfer schienen wohlhabende Leute zu sein, die sich zum eigenen Vergnügen auf dem Schiff befunden hatten, zumindest die Passagiere unter ihnen. Sie waren – auch wenn man das nicht aussprach – gewissermaßen selber schuld an ihrem Schicksal. Das Ganze wurde etwa so betrachtet wie ein Meteoriteneinschlag in Sibirien. Sowas kam vor, war sicher bedauerlich, aber auch kurios und vor allem weit weg. Es betraf einen nicht, und da alle Beteiligten tot waren, ging von ihnen auch keine Ansteckungsgefahr aus. Ein konservativer Politiker aus der zweiten Reihe forderte im Fernsehen, dass bis auf Weiteres keine Personen, die mit Flugzeugen oder Schiffen aus Brasilien kamen, mehr nach Italien einreisen dürften, aber etwas Entsprechendes hatte er schon bei der letzten Ebola-Epidemie in Afrika gefordert, und wie schon damals verhallten seine Forderungen folgenlos. Immerhin beschlossen die Behörden, die damals angeschafften Temperaturscanner wieder in Betrieb zu nehmen, die alle ankommenden Fluggäste im Vorbeigehen auf erhöhte Temperatur überprüften. Eine fast schon überfürsorgliche Maßnahme, wie man fand, da aus Brasilien kein einziger Pestfall gemeldet worden war. Die ganze Geschichte war offenbar eine sehr unglückliche Verkettung von nun nicht mehr nachvollziehbaren Ereignissen gewesen, quasi ein negativer Sechser im Lotto, der sich nach menschlichem Ermessen so nie wieder ereignen würde.

XIII

Nachdem die Empfangsdame der Opus-Dei-Zentrale in der Via di Villa Sacchetti 36 sich vorschriftsgemäß von Cavellis Identität überzeugt hatte, sprach sie leise in ein Telefon hinter ihrem Tresen und informierte ihn, dass er von der Leiterin des Zentralassesorats abgeholt würde. Dann bot sie ihm an, auf einem der zwei schlichten Stühle Platz zu nehmen, die dort für Besucher bereitstanden. Cavelli lehnte freundlich, aber bestimmt ab. Eine Minute später erschien aus dem Inneren des Hauses eine weitere Frau, sie trug die gleiche Nonnentracht, war aber sofort als Vorgesetzte erkennbar. Cavelli schätzte sie auf über siebzig, konnte aber nicht sagen, woran er das erkannte. Die Frau hielt sich kerzengerade, und ihre Falten waren lediglich als kaum sichtbare Linien vorhanden. Sie musterte ihn mit einem höflichen Lächeln und wachsamen Augen.

»Ich bin Schwester Callista. Hier entlang bitte, Monsignore.« Sie hielt ihm die Tür auf, aus der sie gekommen war. Cavelli trat ein, und sie verschloss sorgfältig die Tür. Ihm fiel auf, dass diese aus dickem Metall war und genau wie auf der Außenseite auch innen keine Türklinke hatte. Dann führte sie ihn durch mehrere rechtwinklig verlaufende Flure. Cavelli sah zahlreiche weitere Türen, aber keine einzige Bewohnerin des riesigen Hauses. Sie betraten einen kleinen Aufzug; Schwester Callista steckte einen Schlüssel in das Bedienfeld und drückte auf den untersten Knopf. Nachdem sich die Fahrstuhltür wieder geöffnet hatte, durchschritten sie einen langen Gang und fuhren in einem weiteren Aufzug, der ebenfalls nicht ohne einen Schlüssel bedient werden konnte, mehrere Stockwerke nach oben. Ohne es beweisen zu können, war sich Cavelli sicher, dass sie sich nun in dem Gebäude in der Viale Bruno Buozzi befanden. Er blickte auf seine Armbanduhr. Es war achtzehn Uhr vierundzwanzig. Er war immer noch ein paar Minuten zu früh und fragte sich, ob Angelo Montechiesa wohl in diesem Moment den Männern vorbehaltenen Eingang betrat. Er spürte, wie er nervös wurde.

Dann wurde er in eine Kapelle geführt, die ihm seltsam bekannt vorkam. Sie war klein, bestand aber aus mehreren Räumen und war überaus prächtig ausgestattet. Glänzende Marmorsäulen, Marmorstatuen, goldene Mosaiken und eine Reihe schmaler Fenster links und rechts. Eine Räumlichkeit, die an einen Vatikanischen Thronsaal erinnerte, nur viel kleiner, keinesfalls etwas, das man in einem normalen Gebäude erwarten würde. Der Geruch von Weihrauch hing in der Luft. Schwester Callista schien sich voll und ganz der Tatsache bewusst zu sein, dass sie Cavelli eine außerordentliche Gnade zuteilwerden ließ. »Es war Signor Montechiesas Wunsch, dass Sie sich hier treffen.« Das »hier« untermalte sie mit einer beidhändigen Geste, als legte sie ihm die Welt zu Füßen. »Er wird jeden Moment bei Ihnen sein.« Sie verbeugte sich, wobei sie ihm durchdringend in die Augen sah, was einen leicht unheimlichen Effekt hatte, und verschwand. Dann herrschte Stille.

Cavelli wurde bewusst, dass er allein und ohne die Fahrstuhlschlüssel nicht wieder hinausgelangen konnte. Er rief sich innerlich zur Ordnung, das war Unsinn. Als wenn ihm hier eine Gefahr drohte. Zudem wusste Monsignore Longhi ja, wo er war.

Er blickte um sich und studierte die Kapelle genauer. Woher kannte er sie bloß? Dann fiel sein Blick auf eine kunstvolle Marmorbüste eines älteren Mannes mit Brille. Das hatte etwas unfreiwillig Komisches. Dann fiel es ihm ein. Er kannte ein weiteres Abbild dieses Mannes. Er befand sich als komplette Statue – aber ebenfalls mit Brille – unter den Statuen von weiteren Heiligen an der Außenseite des Petersdoms. Allerdings etwas schamvoll an der Seite verborgen. Sie fiel einem nur auf, wenn man vom Dom aus zur Schatzkammer ging. In beiden Fällen stellten die Statuen den Gründer des Opus Dei dar, Josemaría Escrivá. Und der silberne Sarkophag dort unter dem Hauptaltar war sein Grab. Cavelli hatte schon Fotos von dieser Kapelle gesehen, aber in der Realität wirkte sie wesentlich eindrucksvoller. Oder kam ihm das aufgrund des Anlasses, aus dem er hier war, nur so vor? Dass das Opus Dei Montechiesa diesen allerheiligsten Raum für ein Treffen zur Verfügung stellte, war mehr als bemerkenswert. Offenbar spendete er ungeheure Summen an das Opus. Wie viel mochte es wohl sein? Millionen? Zig Millionen?

Nun kamen Schritte näher. Sie verharrten kurz, und jemand sagte etwas, was Cavelli nicht verstehen konnte. Dann öffnete sich die Tür und ein Mann trat ein. War das Montechiesa? Dieser Mann entsprach nicht im Entferntesten den Vorstellungen, die sich Cavelli von ihm gemacht hatte. Er war Anfang sechzig oder etwas älter, von durchschnittlicher Größe, aber etwas dicklich, was in Kombination mit seinem Tweedjacket, seiner gut geschnittenen hellen Hose und seinen auf den ersten Blick als Maßanfertigung erkennbaren Schuhen einen durchaus respektablen, ja vertrauenswürdigen Eindruck machte. Montechiesa wirkte wie ein leutseliger Landadeliger, der sich um einen großen Gutshof kümmerte. Ein breites Lächeln lag auf seinem Gesicht, und seine Augen blitzten jungenhaft offen. Nein, dies konnte unmöglich Montechiesa sein. Oder doch? Unwillkürlich kam Cavelli Hannah Arendts Formulierung von der Banalität des Bösen in den Sinn. Schurken sahen nur im Kino aus wie Schurken, in der Realität wirkten sie ganz normal oder sogar sympathisch. Cavelli musste an das Teddybärengesicht des brutalen Drogenbarons El Chapo und die traurigen Augen von Osama bin Laden denken. Montechiesa verharrte am Eingang.

»Don Cavelli?« Montechiesas Stimme war chronisch heiser, aber zugleich sanft und angenehm.

Cavelli verbeugte sich leicht. Diese Anrede war ein guter Anfang gewesen, offenbar zog Montechiesa nicht in Zweifel, mit einem Mitarbeiter des Vatikan zu sprechen. Montechiesa trat näher und streckte seine ziemlich große Hand aus. »Pax.«

Cavelli zögerte, aber nur kurz. »In Aeternum«, vollendete er den ihm wohlbekannten, unter Mitgliedern des Opus Dei üblichen Gruß, der den ewigen Frieden beschwor und gleichzeitig so etwas wie eine Geheimparole war, um sich untereinander zu erkennen. Wenn der Mann ihn für ein Mitglied hielt, umso besser. Allerdings würde er es auf Nachfrage auf keinen Fall behaupten; zu leicht ließe sich das Gegenteil feststellen. In diesem Fall würde er einfach aus Höflichkeit so geantwortet haben. Nichts an Montechiesas Äußerem ließ auf dessen Mitgliedschaft im Opus Dei schließen. Das war allerdings nicht ungewöhnlich. Nur die sogenannten Numerarier kleideten sich wie Ordensleute und lebten in einem Haus des Opus Dei. Supernumerarier hingegen, zu denen auch Montechiesa zählte, lebten in der Regel ein relativ normales Leben und gingen bürgerlichen Berufen nach. Allerdings wandten sie einen großen Teil ihrer freien Zeit für den Dienst am Opus auf und spendeten diesem beträchtliche Summen, oft bis zu neunzig Prozent ihres Einkommens. Dann fiel Cavelli doch etwas auf. Montechiesa trug einen dicken goldenen Ring, auf dem ein Christliches Kreuz prangte, das von einem Kreis umschlossen war, das Siegel des Opus Dei.

Montechiesa vollführte eine Geste, die Cavelli von Kopf bis Fuß einschloss. »Sie kommen in Zivil?« Lag da ein Hauch Missbilligung in der Stimme?

»Wie schon gesagt, Signor Montechiesa: Diskretion. Wir wollen doch kein unnötiges Aufsehen erregen.«

»Natürlich nicht«, lächelte Montechiesa.

»Zunächst bittet mich seine Heiligkeit, Ihnen noch einmal für Ihre überaus hochherzigen Spenden zu danken.«

Montechiesa winkte bescheiden ab. »Versichern Sie dem Heiligen Vater meine tiefe Ergebenheit und meine kindliche Liebe. Dank ist ganz unnötig. Es ist nur ein unbedeutender Beitrag im Dienste des Glaubens. Der Herr hat es gut gemeint mit meinen Geschäften, da ist es nur recht und billig, wenn ich etwas zurückgebe. Außerdem …«, er blinzelte spitzbübisch, »setze ich diese Beträge von der Steuer ab, insofern … « Er ließ das Ende des Satzes in der Luft hängen und sah Cavelli erwartungsvoll an. Die Zeit des Smalltalks war nun vorüber. Wie beginnen? Cavelli war bewusst, dass er Montechiesa auf keinen Fall verärgern oder etwas äußern durfte, das diesen veranlassen könnte, misstrauisch zu werden. Sicher war es günstiger, wenn er zunächst den Eindruck gewann, dass man im Vatikan seine Ansichten teilte.

»Weiterhin bat mich seine Heiligkeit, Ihnen noch einmal zu versichern, wie sehr er Ihre Sorgen wegen des allgemeinen Rückgangs des Glaubens teilt.«

Montechiesa presste die Lippen zusammen und schüttelte mit geschlossenen Augen den Kopf. Es war ihm anzusehen, dass er schon die Vorstellung unerträglich fand. »Was die Leute heute nicht mehr verstehen«, brach es aus ihm heraus, »der Mensch muss an etwas glauben. Jahrtausendelang war dies eine Selbstverständlichkeit, die niemand je in Zweifel gezogen hätte. Bis zur sogenannten Aufklärung, als Gott auf einmal in Frage gestellt wurde, als Philosophen eine Welt ohne Gott entwarfen, als man in Frankreich alle Kirchen zu *Tempeln der Vernunft* umwidmete.« Angewidert spuckte er den Begriff fast aus. »Und was passierte im selben Moment?« Er lachte ironisch. Es war klar, dass Montechiesa diese Rede nicht zum ersten Mal hielt. Cavelli hütete sich, ihn zu unterbrechen. »Die Menschen wandten sich dem Mystischen zu«, fuhr er fort. »Es war die Zeit von Männern wie Cagliostro und ähnlichen Scharlatanen. Das ist kein Zufall! Der Mensch *will* glauben, er braucht es. Und es ist ein Irrtum, anzunehmen, dass es die Wissenschaft ist, die den Glauben abgelöst hat. Nein, es ist der moderne Anspruch an die grenzenlose Freiheit der Menschen, der sie dazu treibt, sich gegen jegliche Autorität aufzulehnen. Gegen Lehrer, Polizisten und wer weiß noch alles. Und natürlich erst recht gegen die Kirche und Gott. Man hält die Regeln, die von oben gegeben werden, für eine Einschränkung der Freiheit und begreift nicht, dass ohne Regeln Anarchie herrscht, das Recht des Stärkeren, das Gegenteil von Freiheit. Man sägt auf dem Ast, auf dem man sitzt. Stattdessen wendet man sich der Politik zu, die inzwischen zu einer Glaubensfrage geworden ist. Political Correctness, Weltuntergang durch Klimawandel, Sozialismus, das sind die Religionen heute, und wer daran nicht mit der gleichen Inbrunst glaubt wie man selbst, ist ein Ketzer.« Montechiesa hatte sich in Rage geredet, nun hielt er einen Moment inne, um Atem zu holen, während Cavelli nachdenklich nickte. Mit einigem davon hatte Montechiesa ja tatsächlich recht. »Und was tut die Kirche?«, griff dieser den Faden wieder auf. »Statt mit aller Macht dagegenzuhalten, rennt sie ausgerechnet denen nach, welche die Kirche ohnehin verachten. Zu welchem Zweck nur? Diese Leute werden nie Anhänger der Kirche werden, stattdessen lässt man die wahren Gläubigen im Regen stehen.«

Er sah schweigend zu Boden, dann blickte er Cavelli direkt in die Augen. »Das muss ein Ende haben.«

Cavelli nickte ernst. »Zweifellos muss es das.«

»Aber?« Montechiesa musterte ihn mit einer seltsamen Art von Amüsement.

»Was meinen Sie mit *aber*?«

»Monsignore Cavelli, ich bin kein Idiot. Mir ist bewusst, dass mein Plan vielen, ja den meisten Menschen als viel zu radikal, ja verbrecherisch erscheinen muss. Ihnen auch?«

Das war die Frage, die Cavelli die ganze Zeit gefürchtet hatte. So lange er auch zuvor darüber nachgedacht hatte, ihm war keine befriedigende Antwort eingefallen. Sein Auftrag bestand darin, Montechiesa von seinen Plänen abzubringen. Wie konnte er das, wenn er keine Einwände geltend machte? Allerdings, *wenn* er sie machte, würde er nicht als Gesprächspartner betrachtet werden, sondern als Gegner, also als jemand, dem Montechiesa nicht vertrauen konnte.

»Ich stimme hundertprozentig mit Ihrer Analyse und auch mit Ihrem Ziel überein«, begann er. »Einzig und allein was die Wahl der Mittel betrifft, frage ich mich …«

»Ja glauben Sie denn nicht, dass auch ich mich das gefragt habe, wieder und wieder?«, kam ihm Montechiesa aufgebracht zuvor. »Sie scheinen anzunehmen, ich tue dies aus einer verrückten Laune heraus. Ich versichere Ihnen, es gibt keinen anderen Weg. Den Menschen geht es heute zu gut. Und das Paradoxe ist, je besser es ihnen geht, desto unzufriedener werden sie und desto maßloser werden ihre Ansprüche. Denn ihre Sinne sind wach, während ihre Seele schläft. Den Versuch, sich an den Zeitgeist anzupassen, hat die Kirche schon unternommen. Er ist fürchterlich gescheitert. Nennen Sie mir *einen* Weg, wie man die Menschen zum Glauben zurückholt, und ich werde ihn mit größter Freude beschreiten. Es gibt keinen. Aber ganz sicher wissen Sie, was der Teufel aus Wittenberg gesagt hat.« Cavelli bemerkte, dass sein Gesprächspartner diesen altertümlichen Schmähnamen für Martin Luther ohne jede Ironie gebrauchte. Montechiesa ließ die Frage einen Moment im Raum stehen, bevor er weitersprach: »Er sagte: Pest macht fromm.« Montechiesa hielt inne und wiederholte es noch einmal, nur diesmal leiser und mehr für sich, als handele es sich um ein persönliches Mantra. »Pest macht fromm.« Dann fuhr er fort: »Und in diesem einen Punkt hatte er voll und ganz recht. Ich habe viel über die historischen Pestausbrüche gelesen. Es muss entsetzlich gewesen sein. Überall Gestank, überall Leichen.

Überall brannte es, weil die Leute jedes Haus anzündeten, von dem sie auch nur entfernt vermuteten, dass ein Pestkranker darin wohnte. Wer krank wurde, auch wenn es eine harmlosere Sache war, verhungerte, weil seine Familie unter dem Vorwand, einen Arzt zu holen, das Haus verließ und niemals zurückkam. Viele Menschen wurden beerdigt, obwohl sie noch nicht ganz tot waren. Und die Ärzte? Sie waren machtlos. Wussten Sie, dass jeder Arzt damals zugleich auch Astrologe war? Sie wurden in dieser Zeit allgemein verachtet. Denn wenn sie aus der Stadt flohen, waren sie feige, und wenn sie blieben, wurden sie als geldgierig angesehen, da sie ja ohnehin nichts ausrichten konnten. Es herrschte allgemeine Panik, die zu den seltsamsten Auswüchsen führte. In England beispielsweise waren so viele Priester gestorben, dass man vor jeder beliebigen Person die Beichte ablegen durfte, selbst vor Frauen. Schließlich fürchtete man, sich bereits durch Blickkontakt infizieren zu können. Am Ende war von den insgesamt fünfundsiebzig Millionen Menschen im damaligen Europa ein Drittel tot. Furchtbar!« Montechiesa sah ehrlich betroffen aus. »Andererseits, ohne die große Pest hätte es wohl nicht den Aufstieg der Mittelschicht gegeben. Wussten Sie das, Monsignore Cavelli? Durch die vielen Toten kamen die Überlebenden mit dem Erben kaum noch hinterher. Menschen, die vorher gerade so zurechtgekommen waren, wurden nun plötzlich reich. Millionen von ihnen. Vor allem aber haben die Menschen gebetet wie die Wahnsinnigen. Was blieb ihnen auch übrig? Wenn alles andere versagt, bleibt nur beten. Manche dieser Gebete wirken sogar bis heute nach. Sind Ihnen die Passionsspiele in Oberammergau ein Begriff?«

Cavelli nickte.

»Seit Jahrhunderten finden sie immer noch alle zehn Jahre statt, weil sich die Stadt damals dazu verpflichtete, sollte sie der Herrgott von der Pest erlösen. Er tat es, und sie halten bis heute Wort.« Montechiesa schwieg und begann, andächtig die Kapelle zu betrachten, als sähe er sie zum ersten Mal. Dann deutete er auf den silbernen Sarkophag unter dem Altar. »Wissen Sie, wer darin ruht, Monsignore?«

Cavelli nickte. »Signor Escrivá.« Er versuchte, es so respektvoll wie möglich zu betonen.

Montechiesa lächelte, es schien ihn mit Genugtuung zu erfüllen, dass Cavelli es wusste. »Ganz recht. El Padre persönlich. Der Gründer des Opus. Schon zu Lebzeiten kam er oft hier hinunter, um an seinem Grab zu sitzen.« Montechiesa warf einen seltsam sehnsuchtsvollen Blick auf den Sarkophag, bevor er fortfuhr. »Als Josemaría Escrivá sechsundzwanzig war, hörte er beim Beten plötzlich die Glocken der Kirche Unserer Lieben Frau von den Engeln und empfing die Weisung, eine Organisation für Laien zu gründen, die Gott dienen wollen. Er schuftete Tag und Nacht und überwand dabei allergrößte Widerstände, und doch hatte das Opus nach zehn Jahren erst zwanzig Mitglieder. Der große Erfolg kam erst viel später. Dank der unermüdlichen Beharrlichkeit des Padre. Heute ist das

Opus die stärkste Stütze des Heiligen Vaters. Was für ein gewaltiges Werk. Was el Padre stets predigte, war Demut. Man kann mit allem Gott dienen, und wenn es das Wischen des Bodens ist. Arbeit ist beten, und Demut ist der Schlüssel. Geld und Ruhm bedeuten mir schon lange nichts mehr. Ich selbst wäre gern Numerarier im Opus, doch ich habe eine Verantwortung gegenüber meinen Firmen und Angestellten. Also helfe ich von außen, so gut ich es vermag. Gott hat mich mit Geld und Verstand ausgestattet, und dann hat er mir meine Familie genommen. Und nun versuche ich, meine Gaben in seinem Sinne einzusetzen. Zum Wohle aller. Ich will etwas Gutes hinterlassen. Natürlich würde ich nie behaupten, dass Gott zu mir direkt gesprochen hätte. Ich bin nicht el Padre. Aber mein ganzer Lebensweg führt auf diese Aufgabe zu. Es würde sonst nicht den geringsten Sinn ergeben. Gott hat mich zum perfekten Werkzeug für genau diesen Auftrag geformt. Andere Menschen haben von ihm andere Pflichten auferlegt bekommen, ich diese. Und glauben Sie mir, Monsignore, eins habe ich inzwischen gelernt: Der richtige Weg ist immer der schwerste.« Er sah Cavelli mit tief in den Höhlen liegenden Augen durchdringend an.

Es hat etwas von einer Beichte, dachte Cavelli. Immerhin befanden sie sich in einer Kapelle und Montechiesa hielt ihn, wenn auch zu Unrecht, für einen Priester. Allerdings für einen schlecht informierten. Demut? Glaubte er, dass Cavelli noch nie von den geradezu legendären Wutanfällen von el Padre gegenüber Untergebenen gehört hatte, wenn etwas seinem Willen zuwiderlief? Oder davon, dass Escrivá seinen Namen in eine eigenwillige Form brachte, die an einen Adelstitel erinnerte, und sich später sogar einen solchen zulegte? *Demut?* Cavelli schob den Gedanken beiseite. Instinktiv beschloss er, diese spezielle Stimmung nicht zu zerstören. Er nickte mit zu Boden gerichtetem Blick und machte eine kleine Geste, die Montechiesa zum Weitersprechen aufforderte.

»Ich habe mich geprüft, Monsignore, wieder und wieder, ich habe Gott angefleht, mir einen anderen Weg zu weisen, mit dem sich die Menschen zum Glauben zurückholen ließen, einen leichteren, einen gnädigeren. Aber Gott schwieg, und ich habe mich meiner furchtbaren Aufgabe zu stellen. An die Hunderttausende, wenn nicht sogar Millionen von Opfern darf ich dabei nicht denken, es wäre nicht zu ertragen.« Montechiesa schloss für einen Moment die Augen. »Ich will Ihnen eine kleine Geschichte erzählen, die sich hier im Haus vor einigen Jahren zugetragen hat. Dazu müssen Sie wissen, dass es eine Tür zwischen dem Männer- und Frauentrakt gibt, die eine Zeitlang von einigen Männern genutzt wurde, denen – wie soll ich es sagen? – nun, denen der Sinn nach weiblicher Gesellschaft stand. Als die Leitung des Hauses davon erfuhr, ließ sie die Tür verschließen. Augenblicklich wurden Stimmen laut, die dies nicht guthießen, da es sich um eine Fluchttür für den Fall eines Feuers handelte. Die Antwort der Leitung auf diesen im Grunde berechtigten Einwand war diese: *Besser im Diesseits verbrennen als in Ewigkeit in der Hölle schmoren.* Wahre Worte. Und sagte nicht schon der Padre: *Wenn das Leben nicht zur Verherrlichung Gottes da ist, dann muss man es verachten.* Aber die Erkenntnis des Richtigen ist das eine; es ist das Handeln, das so unendlich schwer ist. Viele Menschen glauben, die Augenbinde sei ein gnädiger Akt für die zum Tode Verurteilten, die vor einem Erschießungskommando stehen. Was für ein Irrtum. Die Augenbinde verhindert, dass die Schützen ihrem Opfer in die Augen sehen müssen. Auch diejenigen, die hierbei schon zu Tode kamen, und alle, die noch folgen werden, auch sie werden wir – so Gott will – nicht aus der Nähe sehen. Jeder einzelne von ihnen ist ein Kind Gottes, und doch muss es getan werden. Es ist nicht an uns, Gottes Entscheidung anzuzweifeln. Demut ist unsere Pflicht. Wir werden nicht leiden wie Jesus am Kreuze. Unser Märtyrertum ist viel geringer. Wir haben Märtyrer des schlechten Gewissens zu sein, indem wir es auf uns nehmen, schuldig zu werden. Aber aus dieser Schuld wird Gutes erwachsen, Monsignore.«

Stille breitete sich in der Kapelle aus. In Cavellis Kopf toste es. Was konnte er all dem entgegensetzen? Wo war der schwache Punkt in einer solchen Argumentation? Nicht irgendein logischer oder ethischer Punkt, sondern einer, der in Montechiesas Gedankenwelt Gewicht hatte.

Dieser schien Cavellis Gedanken zu lesen. »Nun, Monsignore, sagen Sie mir: Bin ich auf dem falschen Weg? Befinde ich mich im Irrtum? Ich habe immer wieder darum gebetet, dass sich ein anderer Weg zeigt. Also, Monsignore

Cavelli, hier am Grabe von el Padre, sprechen Sie zu mir, was glauben Sie?«

Cavelli hörte das Blut in seinen Ohren rauschen. Er musste Zeit gewinnen. Wie würde sich ein echtes Mitglied der Kurie verhalten? Halt, wie ging noch dieser Spruch mit der Kurie und der Sonnenuhr. Cavelli biss sich auf die Zunge. »Nun«, begann er zögerlich. Dann fiel es ihm endlich ein. »Es ist nicht wichtig, was *ich* meine, Signor Montechiesa. Alle Mitarbeiter des Heiligen Vaters haben zu sein wie die Sonnenuhren. Wir zeigen nur den Schatten an, den er wirft. Ohne ihn sind wir nichts.«

Montechiesa sah ihn mit einer Mischung aus Verblüffung und Wohlgefallen an, bevor er antwortete: »Aber Sie sind hier im Auftrag seiner Heiligkeit. Ich weiß nicht, ob Sie das wissen, Monsignore, aber ich durfte mit ihm mehrere Gespräche führen. Lange und gute Gespräche. Wir teilen dieselben Überzeugungen und …«

»Allerdings … « unterbrach ihn Cavelli. Jetzt war ihm etwas eingefallen. Das einfachste und klarste Argument überhaupt, und eines, dass Montechiesa nicht widerlegen konnte. »… erinnert der Heilige Vater an das fünfte Gebot. Gott will nicht, dass wir Menschen töten.«

Montechiesas Antwort kam ohne zu zögern. »Persönlich, um privater Vorteile willen würde ich es auch niemals wagen, und ich verurteile jeden, der solches tut. Aber es ist Gottes Entscheidung. Er handelt nicht zum ersten Mal so. Was war mit der Sintflut, was mit Sodom und Gomorra? Es ist nicht an uns zu richten. Wir sind nur Werkzeuge seines Willens. Mir ist bewusst, dass viele das nicht verstehen können. Hören Sie, Monsignore, ich habe Ihnen gesagt, dass der Lebensweg, auf den mich Gott geführt hat, nur so Sinn ergibt. Eines habe ich noch nicht erwähnt. Sie mögen darüber lachen, aber für mich ist das ein Zeichen. In jungen Jahren las ich eine Biographie über Winston Churchill, die mich über alle Maßen beeindruckt hat. Er war mein Vorbild, ja fast schon so was wie mein Idol. Wussten Sie, dass er, wenn man bei den Briten in einer Umfrage nach dem bedeutendsten Engländer aller Zeiten fragt, immer ganz vorne liegt? Noch weit vor Shakespeare? Und was hat er dafür getan? Er hat sein Volk durch den Zweiten Weltkrieg geführt, und man hat an ihn geglaubt. Trotz hoher Verluste an der Front und der Bombardierung von London. Er hat seinen Landsleuten nie den Sieg versprochen, sondern nur *Blut, Schweiß und Tränen.* Und genau das hat er gehalten. Mehr nicht. Es war daher fast so etwas wie ein letztes Zeichen Gottes, als mir vor zwei Jahren etwas auffiel, was so offen zutage liegt, wenn man es erst mal weiß, aber dennoch nie bemerkt wird. Churchill ist die abgeschliffene Form von Church-Hill, also Kirchenhügel. Und genau das, Signor Cavelli, ist auch die Bedeutung meines Namens – Montechiesa.« Er schüttelte den Kopf, als könne er seine eigene ungeheure Bedeutsamkeit selbst kaum glauben. Dann straffte sich sein Körper, der lange Monolog schien ihn erfrischt zu haben. »Doch ich rede und rede. Ich bitte um Verzeihung, Monsignore Cavelli. Wie heißt es schon bei Lukas? Wes das

Herz voll ist, des geht der Mund über. Sie hätten mich stoppen müssen, Ihre Zeit ist sicher so kostbar wie die meine. Jetzt ist es an mir, zu schweigen und von Ihnen die Botschaft zu empfangen, die mir seine Heiligkeit sendet.« Beinahe andächtig blickte er auf Cavelli, als wollte er seine Demut vor dem Papst zur Schau stellen.

Cavelli hatte Mühe, seine Abscheu zu verbergen, Montechiesas Demut war nur Pose und passte nicht zu einem Mann, der sich gleichzeitig für ein auserwähltes Werkzeug Gottes und eine Art Reinkarnation von Winston Churchill hielt. Cavelli schluckte. Was wollte Montechiesa jetzt von ihm hören? Ganz sicher keine Einwände. Die Frage nach dem fünften Gebot hatte er mit Leichtigkeit pariert. Er schien völlig selbstverständlich davon auszugehen, dass – da der Heilige Vater seinen Wunsch teilte, die Menschen zum Glauben zurückzuholen – dieser auch die Wahl der Mittel billigte. Nein, Montechiesa würde mit keinem noch so guten Argument von seinem Plan abzubringen sein; das war Cavelli nun klar geworden. Dieser Mann hatte alles durchdacht und auf jeden Einwand eine Antwort. Auch die Polizei fürchtete er nicht, da er dort hochrangige Sympathisanten hatte, wie er gegenüber dem Papst angegeben hatte. Cavelli spürte, wie sich Kälte in seinem Körper ausbreitete. Es gab nur einen Ausweg. Die Flucht nach vorn. Er räusperte sich vorsichtig. »Nun, der Heilige Vater ist dankbar für das, was Sie tun, er betet für Sie und das gute Gelingen.« War das zu dick aufgetragen? Cavelli suchte im Gesicht seines Gegenübers nach einer negativen Emotion, aber er konnte keine entdecken. Offenbar gefiel Montechiesa, was er hörte.

»Allerdings eine Frage beunruhigt seine Heiligkeit nicht wenig.«

»Welche?« Montechiesa schnappte nach dem Köder wie ein Raubfisch. Es war ihm anzusehen, dass er es kaum erwarten konnte, diese Beunruhigung augenblicklich zu entkräften. Cavelli setzte eine sorgenvolle Miene auf. »Bitte verstehen Sie dies nicht falsch, Signor Montechiesa, aber wie Sie ja sicher wissen, bekommt der Papst täglich Pläne für die mannigfaltigsten Projekte vorgelegt. Die allermeisten sind mit den besten Absichten erdacht worden, doch leider ist oft der gute Wille größer als der Sinn für die Realitäten. Ihre Vision, Signor Montechiesa, ist in der Tat gewaltig, doch die Frage ist: Sind Sie auch in der Lage, sie logistisch umzusetzen?«

Einige Augenblicke starrte Montechiesa ihn ausdruckslos an. Es schien eine kleine Ewigkeit zu brauchen, bis Cavellis Antwort in seinem Gehirn einen Sinn ergab. Sein Mund öffnete und schloss sich mehrere Male, bevor er etwas herausbrachte. »Ob ich in der Lage bin …« Montechiesas linkes Augenlid zuckte unregelmäßig. Ein kurzer Ausdruck von Fassungslosigkeit – oder war es Empörung? Cavelli war sich nicht sicher – huschte über sein Gesicht. Dann war es urplötzlich vorbei und Montechiesa hatte sich wieder in der Gewalt. Er lächelte großmütig. »Der Heilige Vater möchte Beweise? Dann wollen wir sie ihm zuteilwerden lassen.« Er nickte ein paarmal, als würde er zunehmend Gefallen an dem Gedanken finden, dann berührte er Cavelli auf seltsam ungelenke Art am Arm und wies mit der anderen Hand zum Ausgang der Kapelle. »Bitte, Monsignore.« Ohne eine Reaktion abzuwarten, eilte Montechiesa zum Ausgang und hielt die Tür auf.

Cavelli zögerte einen Moment, bevor er sich innerlich zur Ordnung rief. *Mach schon, niemand misstraut hier irgendwem, ich ihm nicht und er mir nicht.* Zügig durchschritt er die Tür. Montechiesa griff zu einem Wandtelefon und tippte eine dreistellige Nummer ein. Am anderen Ende wurde offenbar sofort abgenommen. »Wir sind jetzt so weit, Schwester«. Er legte auf und wandte sich wieder zu Cavelli. »Man wird Sie zum Ausgang begleiten. Wir wollen das Haus so verlassen, wie wir es betreten haben. Getrennt. Gehen Sie dann nach links, bis zur nächsten Straßenecke, da sammele ich Sie wieder ein.«

»In Ordnung.«

Ein oder zwei Minuten vergingen mit höflichem Smalltalk, dann betrat Schwester Callista die Kapelle. Sie nickte Montechiesa auf eine geradezu gütige Weise zu, die in krassem Kontrast zu ihrer ansonsten kühlen Art stand. Montechiesa lächelte ebenso herzlich zurück, dann wandte er sich noch einmal an Cavelli. »Seien Sie nett zu Schwester Callista, Monsignore. Sie ist nicht irgendwer. Sie durfte el Padre noch persönlich dienen, ist das nicht wunderbar? Und sie war es auch, die mich zum Opus gebracht hat. Ich verdanke ihr alles; sie ist auf dem Weg zum Glauben gewissermaßen meine spirituelle Mutter gewesen.«

Cavelli fand das etwas uncharmant, Schwester Callista mochte kaum fünf Jahre älter sein als Montechiesa, doch ihr schien es nichts auszumachen. Zwar winkte sie bescheiden ab, aber es war ihr deutlich anzusehen, wie sehr sie diese Worte erfreuten. »Serviam«, murmelte sie nur, »Serviam.« Cavelli musste einen Moment nachdenken, bis ihm einfiel, was es damit auf sich hatte. Die lateinische Übersetzung von »Ich werde dienen« war das Motto des Opus Dei. Montechiesa nickte noch einmal knapp, und bevor Cavelli noch etwas entgegnen konnte, war er um eine Ecke verschwunden.

»Bitte hier entlang.« Schwester Callista deutete auf den Gang, durch den man zum Fahrstuhl gelangte. Er hatte den Eindruck, dass sie nun einen anderen Weg nahmen als auf dem Hinweg. War das Zufall oder wollte sie verhindern, dass er ihn sich einprägte? Er verdrängte den Gedanken. Das war jetzt nicht wichtig, er musste sich voll und ganz auf Montechiesa konzentrieren.

Fünf Minuten später stand er wieder auf der Straße. Die schwere Metalltür fiel hinter ihm ins Schloss, und er konnte hören, wie der Schlüssel auf der anderen Seite erneut fünfmal herumgedreht wurde. Inzwischen hatte die Abenddämmerung eingesetzt und der Wind nachgelassen. Aus irgendeinem Fenster hörte man jemand Cello üben. Eine bestimmte Passage wurde viermal wiederholt, bis der unsichtbare Spieler endlich zufrieden war und im Stück fortfuhr. Wie von Montechiesa angewiesen, wandte Cavelli sich nach links und ging die Straße hinunter. Er hatte die Ecke beinahe erreicht, als er einen schwarzen Schatten wahrnahm, dessen Geschwindigkeit in einem seltsamen Gegensatz zu seiner Lautlosigkeit stand. Eine elegante Limousine war an der Ecke zum Stehen gekommen. Ein Mercedes der Luxusklasse. Aber irgendetwas war ungewöhnlich. Nein, kein Mercedes, ein Maybach. Für manche das beste Automobil der Welt. Lautlos fuhr im Fond eine schwarz getönte Scheibe herunter, wobei gleichzeitig Montechiesas Gesicht Stück für Stück sichtbar wurde.

Erst in diesem flüchtigen Moment, ohne den ständig lächelnden Mund, fiel Cavelli auf, wie starr dessen Augen waren.

»Steigen Sie ein, Monsignore!« Es klang, als würde er Cavelli zu einem gemütlichen Wochenendausflug einladen.

Cavelli öffnete die Wagentür und hielt vor Überraschung mitten in der Bewegung inne. Das Innere der ohnehin luxuriösen Limousine war in beinahe schon grotesker Weise mit rotem Samt und goldenen Verzierungen ausgestattet. Es war eher eine Opernloge als das Innere eines Fahrzeugs. Behutsam ließ er sich in das weiche Polster neben Montechiesa sinken. Nein, keine Opernloge, jetzt wusste Cavelli, an was ihn das hier erinnerte. An das Automobil von Papst Pius XII., das man im vatikanischen Automobilmuseum besichtigen konnte. Die einzigen wesentlichen Unterschiede waren, dass es dort statt einer Rückbank einen Thron gab, während etwaige Mitfahrer sich gegenüber dem Papst auf winzige Notsitze zu quetschen hatten, und eine Schalttafel mit Knöpfen, deren Betätigung vorne beim Chauffeur Befehle wie »links«, »rechts«, »halt« und »zum Vatikan« aufleuchten ließen, da es damals noch unter der Würde des Papstes war, das Wort an niederes Personal zu richten. Montechiesa hingegen nannte dem Fahrer höchstselbst das Fahrziel – Cavelli bekam es zu undeutlich mit, um es zu verstehen – bevor er die Trennwand hochfuhr. Cavelli hielt es für ratsam, Bewunderung zu heucheln. Montechiesa nahm es mit gespielter Bescheidenheit und kaum verhohlener Freude auf. Was hatte er vorhin noch von der Demutsforderung Escrivás erzählt? Es war absurd. Genau wie Escrivá war Montechiesa offensichtlich ein Heiliger, der Wasser predigte und Wein trank. Aber das war im Moment das kleinste Problem. Wohin fuhr Montechiesa mit ihm? Für einen kurzen Moment spürte er Panik in sich aufsteigen. Was, wenn Montechiesa ihn durchschaut hatte? Niemand wusste, wo er war. Was, wenn man ihn einfach irgendwo verschwinden ließ? Nein, das war Unsinn. Cavelli rief sich innerlich zur Ordnung. Wenn er von diesem Treffen nicht zurückkehrte, würde man im Vatikan die richtigen Schlüsse ziehen, das musste bei aller Exzentrik auch Montechiesa klar sein. Dumm war der Mann keineswegs, ganz im Gegenteil. Cavelli entspannte sich und versank in dem weichen Polster. Durch das Fenster sah er das leuchtende und blinkende Rom in der Abenddämmerung. Im Wagen war es vollkommen lautlos. Weder der Verkehrslärm noch ein Motorengeräusch war zu vernehmen, und der Chauffeur war ein exzellenter Fahrer. Er glitt zügig durch den Feierabendverkehr, und es hatte beinahe den Anschein, als würde er auf jegliches Bremsen und Lenken verzichten. Es war nur ein stetiges angenehmes Gleiten zu spüren. Zusammen mit der opulenten Innenausstattung ergab das ein Gefühl, als befinde man sich in einem eigenen Universum, das mit der Welt dort draußen nicht das Geringste zu tun hatte. Cavelli fragte sich, ob das wohl auch ein Sinnbild für Montechiesas wahnhaftes Denken sein konnte, das sich der wirklichen Welt weitestgehend verschloss. Er sah zu ihm hinüber und überlegte, ob er etwas sagen sollte, aber Montechiesa blickte gedankenverloren aus dem Fenster und schien völlig vergessen zu haben, dass er nicht allein war.

XIV

Was hatte Cavelli erwartet? Er wusste es nicht, wahrscheinlich irgendetwas Geheimnisvolles, aber jedenfalls nicht das, worauf Montechiesa eben mit dem beiläufig hingeworfenen Hinweis »da wären wir« gedeutet hatte und auf das sie nun zusteuerten: ein hässliches Hochhaus aus den sechziger Jahren, dessen einziges Geheimnis in der Frage bestand, warum man diesen baulichen Schandfleck im Herzen von Rom nicht längst abgerissen hatte. War dies etwa Montechiesas Hauptquartier? Das konnte unmöglich wahr sein. Wieder kam Cavelli der Gedanke an die Banalität des Bösen in den Sinn. Montechiesa schien erneut seine Gedanken zu lesen: »Der Handel mit Düngemitteln ist nicht ganz so glamourös, wie die meisten denken.« Er lachte routiniert über seinen Witz, der zweifellos zu seinem festen Repertoire gehörte. »Dies ist nur eines meiner Verwaltungsgebäude«, erläuterte er, während der Chauffeur den Wagen auf einer spiralförmigen Fahrbahn in eine Tiefgarage hineinsteuerte. Obwohl Montechiesa sich humorvoll gab, schien ihm das Gebäude peinlich zu sein. Offenbar legte er Wert darauf, dass Cavelli verstand, dass dieses Haus ihn nicht repräsentierte. »Die Miete ist angesichts der zentralen Lage überaus günstig«, fuhr er fort, »und dann hat es noch einen weiteren unschätzbaren Vorteil für mich.«

Sie waren im untersten Geschoss angekommen. Der Fahrer drückte auf einen Knopf, und ein Rollgitter, das einen separaten Teil des Parkhauses verschloss, glitt klirrend zur Seite. Er fuhr hinein und bog in einen Bereich ab, der vom übrigen Parkhaus aus nicht einsehbar war. Cavelli hörte, wie sich das Gitter wieder schloss. Sie steuerten auf eine Wand zu, vor der bereits ein schwarzer Mercedes 600, ein silberner Bentley und ein SUV standen. Elegant rollte der Maybach in die Lücke zwischen Mercedes und Bentley, und alle stiegen aus. Sie gingen auf einen Fahrstuhl zu, und der Chauffeur drückte auf den Knopf für das Erdgeschoss.

»Gute Nacht, Rolando«, rief Montechiesa leutselig, als dieser den engen Fahrstuhl verließ. Dann drückte er auf den obersten Knopf der mit einer 20 beschriftet war. Langsam und unter besorgniserregendem Gerumpel quälte sich der schäbige Fahrstuhl in die Höhe. Montechiesa warf Cavelli einen Blick zu, als wollte er ihn auffordern, nach dem Ziel zu fragen; er schien geradezu zu platzen vor mühsam unterdrückter Vorfreude. Doch Cavelli entschied, ihm diesen Gefallen nicht zu tun. Er hatte so ein Gefühl, dass Montechiesa umso mehr erzählen würde, desto weniger neugierig man ihm erschien. Mit einem lauten Seufzen kam der Aufzug zum Stehen. Montechiesa ließ Cavelli mit einer eleganten Geste den Vortritt, die eher zum Spiegelsaal von Versailles gepasst hätte als zu dem trostlosen Bürokorridor mit dem zerkratzten Linoleumboden, auf dem sie sich nun befanden.

Das hässliche Neonlicht, das grell von der Decke strahlte, und der Geruch von Bohnerwachs vervollständigten den Eindruck von antiquierter Spießigkeit. Am Ende des Korridors erblickte Cavelli eine zweiflügelige Glastür, hinter der er ein verwaistes und ebenso uninteressantes Großraumbüro erkannte. Seit 1960 schien es hier keine nennenswerten Neuerungen gegeben zu haben. Montechiesa schritt zu einer Metalltür ohne Klinke, nestelte einen umfangreichen Schlüsselbund aus der Jackentasche und schloss auf. Hinter der Tür befand sich eine Treppe, auf der den beiden ein eiskalter Wind ins Gesicht schlug. Schließlich hatten sie das Ende erreicht und traten ins Freie. Cavelli schnappte vor Überraschung nach Luft. Sie befanden sich auf einem Flachdach, das ringsum mit einem ein Meter hohen Zaun umgeben war. Erst jetzt bemerkte er, dass dies das höchste Gebäude in der gesamten weiteren Umgebung war. In der Mitte des Daches stand ein kleines Flugzeug, wie es Cavelli noch nie gesehen hatte, denn es hatte zusätzlich zu den Flügeln auch einen großen Rotor auf dem Dach der Kabine. Montechiesa lachte, offenbar genoss er Cavellis Verwirrung. »Darf ich vorstellen: Der X3, ein Flugschrauber. Halb Hubschrauber, halb Flugzeug. Erheblich schneller als der schnellste Helikopter der Welt und ungleich wendiger.« Montechiesa klang wie ein Musterschüler, der es gar nicht abwarten kann, vor dem Lehrer mit seinem Wissen zu glänzen. »Er kann aber wie ein Hubschrauber senkrecht starten und landen, kurz und gut: das Beste aus beiden Welten. Ich hoffe, Sie haben keine Flugangst, Monsignore.« Montechiesas mokantes Lächeln ließ Cavelli vermuten, dass dieser in Wirklichkeit das Gegenteil hoffte. Er beschloss, sich naiv und arglos zu geben. »Ich bin noch nicht oft geflogen«, log er, »aber ich sage immer, je näher man Gott kommt, desto sicherer darf man sich fühlen.« Montechiesas Lächeln erstarb, fast als fühle er sich ertappt. Er nickte, Cavelli schien genau den richtigen Ton getroffen zu haben. Montechiesa zog wieder seinen Schlüsselbund hervor und machte sich an der Einstiegsklappe des Flugschraubers zu schaffen, woraufhin diese nach unten aufschwang und zu einer kleinen Treppe wurde. Wieder ließ er Cavelli formell den Vortritt. Das Innere war luxuriös und geräumig und bot reichlich Platz für bis zu zwanzig Personen. Ein künstlicher Geruch von Flieder hing in der Luft.

»Suchen Sie sich einen Platz aus, Monsignore.«

Cavellis Blick schweifte über die breiten Ledersessel. »Welcher ist Ihrer, Signor Montechiesa, ich will Sie nicht von Ihrem Stammplatz vertreiben.«

Wieder lachte Montechiesa. »Das dürfte Ihnen kaum gelingen, Monsignore. Mein Stammplatz ist im Cockpit hinter dem Steuerknüppel.«

Cavelli durchrieselte es unbehaglich. Erst ein Treffen in der abgeschiedenen Kapelle, dann eine Fahrt in Montechiesas seltsamem Wagen und nun ein Flug ins Unbekannte mit ihm selbst als Piloten. Zug um Zug geriet er immer tiefer in dessen Welt. »Darf ich fragen, wo wir hinfliegen?«

Montechiesa lächelte. »Ich möchte Ihnen nicht die Überraschung verderben, Monsignore.«

Cavelli versuchte es anders: »Wann werde ich in etwa zurück sein?«

»So schnell wie möglich, Monsignore, so schnell wie möglich.« Montechiesas Mund lächelte immer noch, aber aus seinen Augen sprach nun Gereiztheit. Es war ihm anzusehen, wie sehr ihm die Fragerei auf die Nerven fiel. Cavelli nickte freundlich, als sei dies eine befriedigende Antwort. Montechiesa war offenbar nicht nur ein Soziopath, der den massenhaften Mord an Unschuldigen kaltschnäuzig als notwendige Maßnahme rechtfertigte, sondern gleichzeitig auch ein Sensibelchen, das man, wenn es um ihn selbst ging, mit Glacéhandschuhen anzufassen hatte.

»Genießen Sie den Flug«, beendete Montechiesa die Unterhaltung, dann verschwand er im Cockpit und zog die Tür etwas heftiger als nötig hinter sich zu.

Nicht mal eine Minute später erwachte die Maschine zum Leben, und Cavelli spürte ein leichtes Vibrieren. Der Motor war kaum zu hören. Es war schwer vorstellbar, dass dieser sogenannte Flugschrauber schneller als jeder Helikopter sein sollte.

Im nächsten Moment schienen sie schwerelos in die Höhe zu steigen – waren es hundert Meter, zweihundert Meter? Cavelli vermochte es nicht einzuschätzen – um dann in einem eleganten Bogen die Richtung zu ändern. Cavelli war noch nie über das Zentrum von Rom geflogen. Wie es aus der Dunkelheit hervorleuchtete, wirkte es lebendig und schön. Aber wie lange noch würde es so sein? Cavelli schob den düsteren Gedanken beiseite und versuchte, sich auf die Strecke, die sie nahmen, zu konzentrieren. Offenbar flogen sie nach Norden. Er bemerkte, dass er mit den Zähnen knirschte. Seine eigene Passivität machte ihn wütend. Bislang war er nur ein Statist, den Montechiesa nach Belieben durch die Gegend schob. Aber was konnte er tun? Nichts. Er sah auf seine Armbanduhr, um später zumindest die Flugzeit angeben zu können. Vielleicht ließ sich daraus in etwa der Aufenthaltsort Montechiesas ermitteln. Eine eher unwahrscheinliche Aussicht, wie er sich eingestehen musste. Cavelli sah aus dem Fenster, blickte auf die vorbeirasenden Lichter am Boden und zwang sich zur Ruhe. Jetzt war nicht der Augenblick, etwas zu unternehmen.

Und wenn dieser Augenblick überhaupt nicht kam? Sein Gegner hatte nicht nur das Drehbuch verfasst, sondern auch niemandem mitgeteilt, was darin stand. Was, wenn …? Er versank in einem Meer aus trüben Ahnungen und Hoffnungen.

Eine erneute Kursänderung des Flugschraubers riss ihn aus seinen Gedanken. Was war das? Cavelli traute seinen Augen nicht. Ungläubig blickte er erneut auf seine Uhr. Seit dem Start waren einundfünfzig Minuten vergangen.

Sie konnten doch unmöglich über vierhundert Kilometer zurückgelegt haben. Aber so musste es sein. Der Campanile di San Marco war unverkennbar. Sie befanden sich über Venedig.

XV

Montechiesa hatte das Tempo nun stark gedrosselt. Sehr langsam schwebten sie über die Stadt dahin. Cavelli fragte sich, wo er zu landen beabsichtigte. Mitten im Zentrum war es wohl kaum möglich, höchstens auf dem Markusplatz, aber das war mit Sicherheit nicht erlaubt. Oder war Venedig gar nicht ihr Ziel? Denn schon hatten sie das Lichtermeer hinter sich gelassen und befanden sich nun über der Lagune. Unter ihnen war nichts als Dunkelheit. Nach Cavellis Berechnung mussten sie sich gleich über dem Lido, der Venedig vorgelagerten Insel, befinden. Aus dem Cockpit drang gedämpft Montechiesas Stimme. Offenbar sprach er mit der Flugsicherheit. Im nächsten Moment wurde es am Boden hell. Ein grelles rundes Licht beleuchtete eine achteckige Hubschrauberlandeplattform. Was um die Plattform herum war, vermochte Cavelli nicht zu erkennen. Nun verloren sie sehr schnell an Höhe. Cavelli spannte sich angesichts des zu erwartenden harten Aufpralls an, aber im letzten Augenblick musste Montechiesa abgebremst haben, denn die Landung war kaum spürbar. Eins musste man dem Mann lassen, fliegen konnte er. Im nächsten Moment trat Montechiesa aus dem Cockpit und streckte sich, als sei ihm das längere Sitzen nicht gut bekommen. Dann öffnete er die Kabinentür. Cavelli folgte ihm ins Freie, wo ihn eine weitere Überraschung erwartete. Was er aus der Luft für eine Hubschrauberplattform auf dem Lido gehalten hatte, war in Wirklichkeit eine winzige, achteckige Insel – etwa zwanzig Meter im Durchmesser – die mitten in der Lagune lag, wenn auch in Sichtweite der Lido-Insel, nur ein paar Meter neben einer sehr viel größeren Insel, an deren Rand sich mehrere längliche miteinander verbundene, palastartige Gebäude befanden. Sogar einen Campanile gab es. Das Ganze wirkte wie die Disneyland-Version von Venedig. Mit einem Male wurde ihm klar, wo sie hier waren.

»Willkommen auf der Insel des Todes, der Seucheninsel.« Montechiesa lachte dröhnend. »So steht's zumindest im Internet, wenn Sie nach *Poveglia* suchen.« Er schritt auf eine kleine, etwa fünfzehn Meter lange Brücke zu, die an beiden Enden mit einem Gittertor und Stacheldraht gesichert war, schloss das Tor auf und winkte Cavelli, ihm zu folgen. »Richtig ist, im achtzehnten und neunzehnten Jahrhundert gab es hier ein Krankenhaus, in dem auch Pestkranke behandelt wurden. Ende der Geschichte, aber die Leute lieben es nun mal dramatisch. Anfang des zwanzigsten Jahrhunderts befanden sich hier komfortable Altersheime, seit den siebziger Jahren wurde die Insel aufgegeben und versank in eine Art Dornröschenschlaf.« Sie hatten das Ende der Brücke erreicht, und Montechiesa schloss das gegenüberliegende Gittertor auf. So langsam wurde Cavelli klar, warum er so viele Schlüssel besaß.

»Jahrzehntelang verfiel hier alles«, fuhr er fort, »dann, 2014, entschloss sich die italienische Regierung, ein neunundneunzigjähriges Nutzungsrecht meistbietend zu versteigern. Was für eine unglaubliche Gelegenheit. Ich war wie von Sinnen, als ich davon erfuhr. Ich musste die Insel einfach haben.« Wieder lachte er. »Wahrscheinlich habe ich viel zu viel gezahlt, aber jedenfalls habe ich alle meine Konkurrenten aus dem Feld geschlagen. Damals plante ich einfach nur, hier in Frieden zu leben, aber angesichts der nun eingetretenen Umstände kommt mir die Insel natürlich doppelt gelegen.«

Montechiesa führte ihn über einen in beschaulichen Kurven verlaufenden gepflasterten Weg in Richtung des Hauptgebäudes, aus dessen zahlreichen Fenstern warmes Licht fiel. Erst jetzt bemerkte Cavelli, dass das Gelände in Form eines japanischen Gartens angelegt war. Hier war nichts zufällig. Dort ein an der genau richtigen Stelle platzierter Felsen, dort ein Teich, über den eine kleine Holzbrücke führte, und diverse Kirschbäume.

Nirgendwo auf dem akkurat gestutzten Rasen lag auch nur ein einziges Blatt geschweige denn irgendwelche Papierschnipsel oder etwas Derartiges. Montechiesas Gärtner – bei der Größe des Gartens mussten es mehrere sein – kümmerten sich zweifellos mehrfach täglich darum. Nun näherten sie sich dem breiten Eingangsportal, und der rechte Türflügel öffnete sich. Eine hagere Frau von undefinierbarem Alter in einem bodenlangen schlichtschwarzen Kleid mit einem bitteren Zug um die

Mundwinkel erwartete sie. Montechiesa nickte ihr zu, und sie betraten gemeinsam die zweistöckige Eingangshalle mit einer gewaltigen Freitreppe in der Mitte. »Fühlen Sie sich ganz wie zu Hause, Monsignore, und wenn Sie irgendetwas benötigen, wenden Sie sich an Consuela, sie ist der gute Geist dieses Hauses. Nicht wahr, Consuela, Sie werden sich um Monsignore Cavelli kümmern?«

Die Angesprochene blickte ernst zu Boden und nickte. »Ja, Padre.«

Dann wandte sich Montechiesa an Cavelli. »Willkommen in meinem kleinen Stück Spanien.« Cavelli sah sich um. In der Tat war der Anblick, der sich ihm darbot, einigermaßen verblüffend. Während das Gebäude außen typisch venezianisch aussah, war es innen komplett im altspanischen Stil gehalten. Die Hacienda eines spanischen Großgrundbesitzers zu Beginn des neunzehnten Jahrhunderts. Ein Anwesen, das nur mit einem Heer von dienstbaren Geistern bewohnt werden konnte. Allein die Hunderte von Kerzen in dem gigantischen Kronleuchter anzuzünden, war zweifellos eine Aufgabe, für die man Stunden aufwenden musste. Anscheinend war Montechiesa Eklektizist. Das Nebeneinander von japanischer, italienischer und spanischer Architektur schien für ihn nicht im Widerspruch zu stehen, offenbar erschuf er sich seine eigene Idealwelt, ohne Rücksicht auf geschmackliche Konventionen zu nehmen. Cavelli hatte sowas Ähnliches schon einmal gesehen, und zwar auf dem prächtigen Landsitz San Simeon in Kalifornien, wo der berüchtigte

Zeitungsmogul Randolph Hearst auch alle möglichen Baustile von der französischen Kathedrale bis zum altrömischen Schwimmbad nach eigenem Gusto nebeneinander gestellt hatte. Oder Schloss Neuschwanstein in Bayern. Hier verhielt es sich sogar noch krasser. Jeder Raum war anders gestaltet, sogar eine Grotte gab es. Hearst war ein rücksichtsloser Verleger gewesen, der mit fragwürdigen Methoden arbeitete, und Ludwig II. war am Ende wahnsinnig geworden. Es schien ein Merkmal solcher Männer zu sein, sich eine Welt nach eigenen Vorstellungen zu formen, ohne dabei Rücksicht auf irgendwelche Regeln zu nehmen. Cavelli hätte sich nicht gewundert, wenn ihn im nächsten Raum ein Wasserfall erwartet hätte.

Irgendwo hörte er eine Tür ins Schloss fallen. Er sah unwillkürlich in die Richtung, aus der das Geräusch gekommen war. Montechiesa war verschwunden.

»Der Padre zieht sich vor dem Abendessen immer noch für eine Stunde zum stillen Gebet zurück.« Auch mit Cavelli sprach Consuela mit leiser Stimme, die Augen zu Boden gerichtet. Auf den ersten Blick wirkte sie bescheiden, fast demütig, aber Cavellis Gefühl misstraute dem Eindruck. Es kam ihm so vor, als wenn sich hinter Consuelas Demut etwas anderes versteckte. Hochmut. Es war, als würde sie voller Stolz ein freiwilliges Opfer bringen. Wem galt dieses Opfer? Gott? Montechiesa? Sie hatte ihn mit *Padre* angesprochen. Das war verrückt. Soweit Cavelli wusste, hatte Montechiesa kein kirchliches Amt inne, er war Geschäftsmann. Sah er sich etwa nicht nur als geistigen Bruder Winston Churchills, sondern auch als eine Art wiedergeborener Josemaría Escrivá? War dieses Haus ein Opus Dei im Kleinen? Cavelli fiel wieder der spanische Stil des Gebäudes ins Auge. Montechiesa war Italiener, Escrivá hingegen war Spanier gewesen. Wie auch Consuela? Und dann ihr schmuckloses schwarzes Kleid, ihre ganze Art – sie hätte hervorragend auch die Oberin eines Hauses des Opus sein können und gehörte ihm auf jeden Fall an, da war sich Cavelli so sicher, wie er sich jemals etwas sicher gewesen war.

»Wenn Sie erlauben, führe ich Sie auf Ihr Zimmer, Monsignore.«

»Danke sehr.« Cavelli beschloss, auf dem Weg dorthin so viele Informationen wie möglich über das Haus zu sammeln.

Über die große Freitreppe gelangten sie in den ersten Stock. Cavellis Zimmer lag am Ende eines mit dicken Teppichen ausgelegten Flurs, dessen Wände mit Heiligenbildern und Ikonen geschmückt waren. Es war ausgestattet wie die Suite eines Luxushotels und bot einen atemberaubenden Blick auf die Lagune und Venedig. Unter anderen Umständen hätte er sich hier wie im Urlaub gefühlt. Aber dies war kein Urlaub, er war hier, um Schreckliches zu verhindern. Cavelli fühlte sich auf einmal müde. Er versank in seinen Gedanken. Würde er etwas erreichen können? Noch immer zog Montechiesa die Fäden, an denen er hing. Alles hing davon ab, dass sein Gastgeber ihm vertraute. Würde er das tun? Und falls ja, würde er ihn tatsächlich in seine Pläne einweihen? Und was, wenn er ihm *nicht* vertraute? Vor einer Stunde war er noch in Rom gewesen, und nun fand er sich vierhundert Kilometer entfernt auf einer Privatinsel wieder, die wie eine kleine Opus-Dei-Zentrale geführt wurde. Was hatte Montechiesa mit ihm vor?

In diesem Moment erweckte ein kleines Licht seine Aufmerksamkeit. Es leuchte über der dunklen Lagune und wurde schnell größer, dann wurden es zwei Lichter. Wahrscheinlich ein Boot, das schnell näher kam. Die Lichter wurden größer und größer, und er bildete sich ein, Motorengeräusche zu hören. Irgendwer war auf dem Weg zur Insel. Dann, genauso plötzlich, wie die Lichter erschienen waren, verlöschten sie und es herrschte wieder Stille. Offenbar hatte das Boot angelegt. Cavelli wandte sich ab, plötzlich kam ihm zu Bewusstsein, dass er nicht mal eine Zahnbürste und Kleidung zum Wechseln dabei hatte. Er sah sich im Zimmer um. Hinter einer Tür befand sich ein komfortables und blitzsauberes Badezimmer mit Marmorausstattung und einer kompletten Garnitur an luxuriösen Toilettenartikeln. Im Kleiderschrank hingen drei verschiedene Anzüge in seiner Größe, in einer Kommode befand sich akkurat gefaltete Unterwäsche. Alles nagelneu. Das Bett war breit und luxuriös. Ungewöhnlich nur, dass sich das Kopfkissen auf einem Sessel in der Nähe des Bettes befand. Dies und die beiden dünnen Bretter, die neben dem Bett an der Wand lehnten, wiesen Cavelli darauf hin, dass er sich eben doch nicht in einem Hotel befand.

Viele Mitglieder des Opus Dei schliefen ohne Kopfkissen und legten nachts zwei Bretter auf die Matratze. Es diente der Mortification, der sogenannten Abtötung, welche die sinnlichen Gelüste der Gläubigen im Keim ersticken sollte. Oft durchaus erfolgreich. Doch Montechiesa ließ seinen Gästen offenbar die Wahl. Ein Kissen war vorhanden. Oder war das etwa ein Test? Erst jetzt fiel ihm auf, dass in dem ganzen Luxus zwei Dinge fehlten, die selbst im billigsten Hotel zur Standardausstattung gehörten: ein Fernseher und ein Telefon.

Cavelli beschloss, Monsignore Longhi darüber zu informieren, wo er sich aufhielt. Das war das Einzige, was er im Moment tun konnte, zumal er vielleicht – Cavelli verdrängte den Gedanken sofort wieder – später gar nicht mehr in der Lage wäre, etwas zu unternehmen. Auf einen Anruf würde er verzichten – man musste hier mit versteckten Mikrofonen rechnen – sondern stattdessen eine Textnachricht schicken. Er zog sein Smartphone aus der Tasche und tippte den Code zum Entsperren ein. Der Bildschirm wurde hell, und Cavelli spürte, wie sein Magen verkrampfte. Hier gab es keinen Empfang.

XVI

Etwa eine Stunde später hörte Cavelli es an die Tür klopfen. Die Mutter Oberin, so nannte Cavelli Consuela in Gedanken, murmelte etwas, das zu leise war, um es zu verstehen, aber Cavelli nahm an, dass sie Auftrag hatte, ihn zum Abendessen zu führen.

Montechiesa wartete schon auf ihn. Er saß am Stirnende einer langen Tafel in einem hohen Lehnstuhl und zog behaglich an einer Zigarre. Das Ambiente um ihn herum erinnerte an den Speisesaal einer mittelalterlichen Burg: Wände, die aus großen Quadern gemauert waren, hohe Kerzenleuchter sowie ein Kamin, dessen Breite Cavelli auf mindestens sechs Meter schätzte und in dem ein kräftiges Feuer loderte. All das passte ausgezeichnet zu Montechiesas größenwahnsinniger Haltung. Hier fühlte er sich wahrscheinlich wie ein König. Zu seiner Rechten saß an der Längsseite des Tisches ein blonder, hohlwangiger Mann, vielleicht Mitte dreißig, der erschrocken herumfuhr, als Cavelli den Saal betrat, und ihn feindselig anfunkelte.

»Nehmen Sie Platz, Monsignore!« Montechiesa deutete leutselig auf den Platz zu seiner Linken. Cavelli durchmaß den Weg von der Tür bis zum Tisch, lächelte dem jüngeren

Mann höflich zu und nannte seinen Namen. Dann nahm er Platz. Der Angesprochene nickte mit verkniffenem Mund knapp zurück, wobei er es vermied, ihm in die Augen zu sehen, hielt es aber offenbar nicht für nötig, sich ebenfalls vorzustellen. Montechiesa registrierte es mit leichtem Missfallen. Er machte ungelenk eine entschuldigende Geste, die nicht recht zu seinem üblichen Gebaren passte. »Wir haben nur sehr selten Gäste hier. Monsignore Cavelli, das ist Mariano, mein … «, er zögerte, » … mein Sekretär. Mariano, das ist der Abgesandte des Heiligen Vaters, Monsignore Cavelli, oder sollte ich vielleicht sagen … «, er blinzelte verschwörerisch zu Cavelli hinüber, »… unser Mann im Vatikan.«

Mariano rang sich ein säuerliches Lächeln ab. Cavelli antwortete mit einer höflichen Floskel. Dann dankte er Montechiesa für die Einladung und lobte seine luxuriöse Unterbringung, wobei er wie nebenbei erwähnte, dass er auf seinem Zimmer keinen Handyempfang habe. Montechiesa nickte verständnisvoll. »Entschuldigen Sie diese Unbequemlichkeit. Aber was hätte es für einen Sinn, sich auf eine einsame Insel zurückzuziehen, wenn alle fünf Minuten ein Telefon bimmelt? Wir konzentrieren uns hier auf unsere Arbeit für Gott, weltliche Ablenkung wäre da nur hinderlich. Darum habe ich hier einen – « Montechiesa unterbrach sich mitten im Satz. Offenbar hatte er mehr gesagt, als er wollte. Umständlich drückte er seine Zigarre im Aschenbecher aus. Dann fuhr er fort. »Es gibt ein Telefon in meinem Arbeitszimmer, aber das ist nur für wirkliche Notfälle bestimmt; doch Gott sei Dank waren wir noch nie in der Verlegenheit, es tatsächlich zu benötigen. Falls Sie aber unbedingt – « Er machte eine Geste, als sei er bereit, ein Martyrium auf sich zu nehmen.

»Keineswegs, keineswegs, ich kann mich ohne weiteres noch gedulden«, beeilte sich Cavelli abwinkend zu versichern, als sei es geradezu absurd, dass er telefonieren wollte. Er konnte spüren, dass Montechiesa das Thema missfiel. Für einen Augenblick hing eine Wolke des Misstrauens in der Luft.

In diesem Moment öffnete sich die Tür hinter Cavelli und eine junge Frau rollte einen Servierwagen herein. Cavelli schätzte sie auf höchstens zwanzig, aber sie sah verhärmt und blass aus. Wie auch Consuela trug sie ein fast bodenlanges schwarzes Kleid, was sie noch düsterer wirken ließ. Auch sie hatte etwas an sich, das sie für Cavelli sofort als Mitglied des Opus Dei erkennbar machte. »Was möchten Sie trinken, Monsignore?« wandte sich Montechiesa an Cavelli und fügte schnell hinzu: »Wein haben wir, fürchte ich, nicht. Also San Pellegrino oder Chinotto?«

»Pellegrino bitte.« Für die bittere Brause, die oft als das italienische Coca Cola bezeichnet wurde, hatte Cavelli nie viel übrig gehabt. Aber seine Gastgeber schienen sie zu schätzen. Schweigend füllte die junge Frau die Gläser, dann servierte sie das Essen. Gekochten Fisch und ein wenig Gemüse. Montechiesa senkte den Kopf, um zu beten. Mariano und Cavelli folgten seinem Beispiel. Zu Cavellis Überraschung betete Montechiesa nicht laut. Allerdings tat er es gründlich. Es dauerte fast eine Minute, bevor er wieder aufschaute. Mariano betete sogar noch länger. Doch während es bei Montechiesa schlicht und echt wirkte, hatte es bei diesem etwas zur Schau Gestelltes. War er nur ein Angestellter, der sich den Gepflogenheiten seines Arbeitgebers anpasste? Nein, da war mehr. Cavelli hatte den Eindruck, dass Mariano alles daran setzte, seinen Boss zu beeindrucken. Auch seine Art zu beten wirkte übertrieben. Er hielt die gefalteten Hände in Höhe des Gesichts, sodass es schon theatralisch wirkte. Was war das für ein dunkler Fleck an seiner linken Hand? Cavelli sah genauer hin und bemerkte etwas Seltsames. Genau wie Montechiesa trug er einen Opus-Dei-Ring, allerdings nicht wie üblich einen aus Metall; seiner war auf den Ringfinger tätowiert worden. Hatte das etwas mit Selbstgeißelung zu tun, oder wollte er sich so dem Opus noch näher fühlen? Cavelli entschied sich für eine dritte Möglichkeit: Mariano hoffte, Montechiesa so seine religiöse Hingabe zu beweisen.

»Ich hoffe, es macht Ihnen nichts aus«, wandte sich Montechiesa erneut an Cavelli, »eine unserer Hausregeln lautet, dass während der Mahlzeiten Schweigen herrscht. Es ist besser, *eine* Sache richtig zu machen, als zwei nur halb.« Cavelli heuchelte Zustimmung und widmete sich seinem Essen. Zu seiner Überraschung war es miserabel. Der Fisch war trocken, das Gemüse wässrig und fast ohne Geschmack, Gewürze fehlten gänzlich. War das Montechiesa egal, war ihm Essen unwichtig, oder war das ein

Akt der Selbstkasteiung? Cavelli vermutete, dass es Letzteres war. Hatte nicht Josemaría Escrivá etwas Derartiges gesagt? Es war etliche Jahre her, dass Cavelli dessen Büchlein *El Camino* gelesen hatte, eine Sammlung von neunhundertneunundneunzig religiösen Betrachtungen und Handlungsanweisungen, ein Werk, das unter den Mitgliedern des Opus oft eine wichtigere Rolle spielte als die Bibel. Stand da nicht so etwas wie *Schlemmerei ist der erste Schritt in Richtung Sünde*? Montechiesa schien diese Gefahr schon im Keim ersticken zu wollen. Die nächsten fünf Minuten vergingen in fast völliger Stille, nur das Geräusch der Bestecke hallte von den Wänden wider. Cavelli richtete es so ein, dass er gleichzeitig mit seinem Gastgeber fertig war. Gleichgültig schob Montechiesa seinen Teller von sich weg, dann wandte er sich an seinen Sekretär: »Danke, Mariano, ich brauche Sie heute nicht mehr, der Monsignore und ich haben einiges zu besprechen.«

Mariano erhob sich. Es war ihm deutlich anzusehen, dass er es nur mit äußerstem Widerwillen tat. »Dann schlafen Sie wohl, Padre«, sagte er mit tonloser, dünner Stimme. Es war das erste Mal, dass er überhaupt gesprochen hatte. Anschließend beugte er sich über Montechiesas Hand und küsste sie. Der nahm es selbstverständlich hin. Cavelli konnte es kaum fassen; er wusste zwar, dass die Anhänger Josemaría Escrivás diesem ebenfalls auf diese Weise ihre Ehrerbietung gezeigt hatten, aber das war Jahrzehnte her. Selbst der Papst reagierte inzwischen mit Missfallen, wenn man dergleichen bei ihm versuchte.

Doch hier bei Montechiesa lebte dieser Brauch immer noch fort. Mariano lächelte Montechiesa unsicher zu, wobei er vergeblich versuchte, dessen Blick zu erhaschen, dann verbeugte er sich schroff in Cavellis Richtung und verschwand durch die Tür, durch die auch das Dienstmädchen gegangen war. Montechiesa wartete, bis sich die Tür geschlossen hatte. Dann öffnete er den Humidor, der vor ihm auf dem Tisch stand, entnahm ihm zwei Zigarren, knipste mit einem fein ziselierten Zigarrenabschneider die Enden ab und überreichte eine davon Cavelli. Es war in seinen Augen wohl so etwas wie eine Auszeichnung. Dass Cavelli Nichtraucher sein könnte, schien ihm nicht für einen Augenblick in den Sinn zu kommen. Cavelli hielt es für klüger, nicht abzulehnen. Zwei Männer, die zusammen rauchten, es gab schlechtere Maßnahmen, um ein Gefühl von Gemeinsamkeit aufzubauen. Montechiesa schob ihm ein schweres Tischfeuerzeug hinüber. Während Cavelli seine Zigarre anzündete, las er die Banderole. *Ducados*. Unwillkürlich schielte er zu Montechiesa hinüber, um etwas zu überprüfen. Tatsächlich, an dessen rechtem Jackenärmel fehlte ein Knopf. Der Mann war fast schon die Karikatur eines Opus-Dei-Mitglieds. Ducados, der fehlende Knopf am Jackenärmel, die spezielle Grußformel, das alles galt als geheimes Erkennungszeichen, aber Cavelli hatte noch nie jemanden getroffen, der, wenn überhaupt, mehr als eines davon verwendete. Was wollte Montechiesa damit beweisen, fragte sich Cavelli. Dass er wirklich glaubte? Nein, wohl eher, dass er wirklich dazu gehörte. War dies seine Schwachstelle? Dass er ein Spätberufener war? Dass er nach seinen jetzigen Maßstäben von Moral jahrzehntelang ein sündiges und gottloses Leben geführt hatte? War es dieser nie zu tilgende Makel, der ihn so fanatisch gemacht hatte? Montechiesa hatte inzwischen in einem umständlichen Ritual ebenfalls seine Zigarre angezündet. Er nahm einen tiefen Zug und blies den Rauch in die Luft. Eine Wanduhr schlug zur vollen Stunde und dann achtmal.

Montechiesa erhob sich. »Wir sollten anfangen, es ist schon spät, und wir gehen hier früher zu Bett als gemeinhin üblich. Der Heilige Vater hat Beweise verlangt, dass ich logistisch in der Lage bin, das große Projekt umzusetzen. Die soll er erhalten.«

XVII

Seit einer Stunde befand sich Cavelli nun mit Montechiesa in dessen nicht weniger eindrucksvollem Arbeitszimmer. Getäfelte Wände, zahlreiche Porträts von diversen Heiligen und gegenüber seinem riesigen Schreibtisch aus Palisanderholz – natürlich – ein Gemälde von Josemaría Escrivá in voller Lebensgröße. Montechiesa hatte ihm zunächst Fotos von einem Großraumlabor gezeigt, dann eine von einem gewissen Dr. M. de Luca verfasste, viele Seiten dicke Studie über die Entwicklung eines modifizierten Pestbakteriums, die in ihrer Aufmachung glaubwürdig wirkte, aber für Cavelli vollkommen unverständlich war. Und zu seinem Entsetzen fehlte das Wichtigste: Nirgendwo in der Studie oder auf den Fotos konnte er einen Hinweis entdecken, aus dem sich schließen ließ, *wo* sich dieses Labor befand.

Cavelli setzte ein betrübtes Gesicht auf. »Verstehen Sie mich nicht falsch, das alles ist sehr überzeugend für mich, aber ich bin kein Wissenschaftler. Dieses Labor könnte auch eines Ihrer Labore für Düngemittel sein, und mir fehlt es erst recht an Kompetenz, diese Studie zu verstehen. Ich möchte den Heiligen Vater gerne überzeugen, aber dafür brauche ich Ihre Hilfe.«

Montechiesa nickte bereitwillig. »Was schwebt Ihnen vor, Monsignore?«

»Nun, wenn ich Ihr Labor einmal besichtigen könnte, dann –«

»Das würde Ihnen auch nicht weiterhelfen«, schnitt ihm Montechiesa brüsk das Wort ab. »Wenn Sie nichts von Chemie verstehen, sieht ein Labor aus wie das andere.« Mit schroffen Bewegungen packte Montechiesa die Studie zusammen mit den Fotos zurück in den geräumigen Wandsafe, dem er die Unterlagen zuvor entnommen hatte. Sein Kopf war gerötet, und es schien ihn zu ärgern, dass er dieses Material überhaupt gezeigt hatte. Dann hatte er sich wieder im Griff. »Sie haben völlig recht, Monsignore, Sie sollen etwas zu sehen bekommen, was unwiderlegbar ist. Schauen Sie genau hin, denn aus der Hand geben kann ich es nicht einmal für den Heiligen Vater. Es wäre ein unnötiges und viel zu hohes Risiko, wenn es in falsche Hände geriete.« Erneut trat er an den Safe und schien ihm etwas zu entnehmen. Dann ging er zu einem großen Fernseher hinüber, der sich in dem altertümlichen Ambiente wie ein Fremdkörper ausnahm. Jetzt erkannte Cavelli, dass sich in Montechiesas Hand zwei DVDs befanden; einige Augenblicke schien er zu überlegen, welche er wählen sollte, dann legte er die eine ungeschickt in den Player unter dem Fernseher und startete die Wiedergabe. Cavelli starrte gebannt auf den Bildschirm. Im ersten Moment hätte man das Video für einen Urlaubsfilm halten können. Die Kamera schwenkte über die Silhouette einer offenbar südlich gelegenen Stadt, denn es waren Palmen zu sehen, dann kam der Zuckerhut ins Bild. Rio de Janeiro also. Cavelli verspürte einen kleinen Stich im Magen. Er ahnte, was nun kommen würde. Die Kamera vollführte eine langsame Drehung um fast einhundertachtzig Grad, jetzt war ein Hafen zu sehen, in dem mehrere große Passagierschiffe ankerten, eines der Schiffe herangezoomt, bis sein Name groß im Bild war. Es war, wie Cavelli befürchtet hatte: *Fortuna*. Dann bewegte sich die Kamera auf die Gangway des Schiffes zu. Offenbar wollte der Kameramann niemand von dem dort postierten Schiffspersonal filmen, möglicherweise befürchtete er, dass es verboten sei, und er wollte keine Aufmerksamkeit erregen. Eine Weile waren nur ein paar hellbraune Herrenschuhe auf ihrem Weg in das Innere des Schiffes zu sehen. Dann kam ein Treppenhaus in Sicht, das erste Stockwerk nüchtern mit Lineol ausgelegt, ab dem zweiten mit gemustertem Teppichboden. Die Kamera flog auf einen kleinen gläsernen Lift zu, dessen Türen sich gerade öffneten, und dann hinein. Schnell schwebte die Kamera sieben Stockwerke nach oben, während die Empfangshalle unten immer kleiner wurde. Die Türen öffneten sich, und die Kamera bewegte sich durch eine Art Vorraum, hinter dem sich ein überdachtes Deck mit einem Swimmingpool befand. Überall waren Menschen zu sehen. Sie schwammen in dem Pool oder lagen auf einer der zahlreichen Liegen. Männer, Frauen, junge, alte. Kleine Kinder rannten ausgelassen kreischend umher. Die Kamera überquerte das Deck und befand sich nun in einem Speisesaal mit Hunderten von Tischen, von denen jedoch die allermeisten nicht besetzt waren. Dann kamen mehrere Buffets in Sicht, auf denen sich eine Auswahl aller möglicher Tortenstücke befand. Es musste am Nachmittag sein. Einige Stunden vor dem Abendessen. Das erklärte, warum kaum jemand in der Nähe war. Für einen Moment wurde die Kamera abgelegt und blickte an die Decke. Benötigte der Kameramann gerade beide Hände für etwas anderes? Jetzt kam wieder Leben ins Bild. Eine Männerhand mit einer kleinen braunen Flasche erschien. Für den Bruchteil einer Sekunde blitzte in Cavellis Hirn die Frage auf, ob es sich um Montechiesas Hand handelte. Einige Momente lang ruhte das Bild auf dem Flaschenetikett, das mit einer längeren Formel beschriftet war. Dann wurde die Flasche bewegt und es war deutlich zu sehen, wie daraus ein Tropfen einer farblosen Flüssigkeit auf dem ersten Tortenstück landete. Die Hand glitt nach rechts, und die Prozedur wiederholte sich etwa zwanzig Mal. Schließlich entfernte sich die Kamera von dem Buffet. Die Hand warf die kleine Flasche in einen Mülleimer, und der Mann hinter der Kamera verließ das Schiff auf demselben Weg, auf dem er gekommen war. Noch einmal kam der Name des Schiffes ins Bild, dann brach das Video abrupt ab.

Montechiesa drückte auf die Taste, welche die DVD auswarf. »Genügt das, oder möchten Sie auch den zweiten Film sehen? Er wurde am Vorabend der Infektion in Civita di Bagnoregio aufgenommen.«

Cavelli schüttelte den Kopf. »Das wird nicht nötig sein.« Noch während er es aussprach, wurde ihm bewusst, dass er einen Fehler gemacht hatte. Möglicherweise enthielt ja dieses Video irgendwelche brauchbaren Anhaltspunkte, um Montechiesa auf die Spur zu kommen. Cavelli verfluchte sich innerlich. Warum hatte er bloß so schnell nein gesagt? Wahrscheinlich, weil ihn schon das erste Video in seiner klinischen Nüchternheit angewidert hatte. Hier wurde vorgeführt, wie mit wenigen Handgriffen Tausende von unschuldigen Menschen einem grauenhaften Tod überantwortet wurden. Es war zynisch und ekelerregend.

»Die Idee, diese, äh, Vorgänge filmisch zu dokumentieren, ist mir in letzter Sekunde gekommen«, erläuterte Montechiesa, während er die beiden DVDs wieder im Safe einschloss. »Und obwohl zu diesem Zeitpunkt nichts dafür, aber einiges dagegen sprach, bin ich dieser Eingebung gefolgt. *Gott sei Dank* darf man nun wohl sagen.« Montechiesa blickte auf seine Armbanduhr. »Ich denke, alle berechtigten Zweifel, ob ich in der Lage bin, dieses Projekt zu verwirklichen, dürften damit ausgeräumt sein.« Er trat an seinen Schreibtisch, schrieb etwas auf einen Block, dann riss er das Blatt ab, faltete es zusammen und übergab es Cavelli. »Hier habe ich seiner Heiligkeit die nächsten beiden Orte aufgeschrieben, die von der Seuche heimgesucht werden. Wir sind in der Lage, dafür Sorge zu tragen, dass dies präzise während der Papstaudienz am Mittwoch geschieht. So stellen wir einerseits sicher, dass niemand in den Dörfern gewarnt wird, wenn seine Heiligkeit während der Audienz darüber spricht, und andererseits wird niemand behaupten können, der Papst habe auf natürliche Weise davon erfahren. Und dann –«

»Wird das nicht in den Dörfern zu Panik führen? Viele werden flüchten, was bedeutet, dass sich das Bakterium unkontrolliert im ganzen Land –«

»Seien Sie unbesorgt, Monsignore.« Montechiesa hob begütigend die Hand. »Es ist uns bei den bisherigen Aktionen gelungen, dies zu verhindern, und so werden wir auch weiterhin verfahren. Diese Orte, wie auch jene zuvor, sind nicht zufällig gewählt worden, sondern weil sie sich leicht vom Rest der Welt abschneiden lassen. Bei dem einen Ort wird es eine Schneelawine sein, beim anderen Steinschlag. Beides wird von uns zum richtigen Zeitpunkt ausgelöst, womit jeweils die einzige Straße aus den beiden Orten für Tage blockiert sein wird. Bis sie wieder passierbar sind, hat sich die Nachricht vom Krankheitsausbruch verbreitet und die Dörfer stehen unter Quarantäne. Seine Heiligkeit muss da keine Sorge haben. Dass wir die Seuche unter Kontrolle haben, ist einer der beiden Kernpunkte dieser Aktion. Denn einer dieser beiden Orte wird errettet werden.«

Cavellis fragendes Gesicht ließ Montechiesa fortfahren: »Sie müssen wissen, es ist uns gelungen, zwei unterschiedliche Bakterienstämme zu züchten. Beide haben zunächst die gleichen Symptome, allerdings ist der eine tödlich, während man sich von dem anderen vollständig erholt.«

Cavelli hatte Mühe, all diese Informationen so schnell zu verarbeiten. »Sie sprachen von *zwei* Kernpunkten. Welcher ist der andere?«

Montechiesa sah ihn verwundert an. »Nun, der Papst natürlich. Durch ihn stellen wir für die Menschen die Verbindung zu Gott her. Wie sollen sie sonst wissen, dass es nicht einfach eine Epidemie ist, wie sie nun mal gelegentlich vorkommt, sondern dass es Gottes Art ist, seine verirrten Kinder auf den richtigen Weg zurückzuführen? Wenn seine Heiligkeit den Massen erklärt, dass Gott zu ihm gesprochen hat und dass Unheil über diese Dörfer kommen wird, und dies dann tatsächlich geschieht, und wenn er dann noch prophezeit, welche Orte Gott erretten wird und welche nicht … «, Montechiesa schien den Gedanken einige Augenblicke auskosten zu wollen, bevor er weitersprach, »… dann werden den ganzen Atheisten und den ganzen lauen Christen die Augen geöffnet, und sie werden verstehen, dass nur in der totalen Hingabe an Gott die Rettung liegt. Und wenn sie es jetzt noch nicht verstehen, dann etwas später. Wir können so lange weitermachen, wie es nötig sein wird.«

»Und was, wenn die Menschen sich weigern umzudenken?«

Montechiesa verzog das Gesicht. »Dann müssen wir zum letzten Mittel greifen. Unkontrollierte Freisetzung des Bakteriums. Ein entsetzlicher Gedanke. Beten wir darum, dass es nicht nötig sein wird.« Er legte Cavelli die Hand auf die Schulter und sah ihm ernst in die Augen.

»Und nun entschuldigen Sie mich bitte.« Er ging zum Kamin und zog an einem kunstvoll gewebten Klingelzug. »Leider kann ich hier nicht weg, ich habe in den nächsten Tagen noch viel vorzubereiten, ich fürchte daher, dass Sie den Rückweg nach Rom mit Alitalia antreten müssen. Ein Ticket für die Business Class wurde inzwischen auf Ihr Zimmer gebracht. Mariano wird dafür sorgen, dass Sie rechtzeitig am Flughafen Marco Polo sind. Ich hoffe aber, dass Sie mir noch beim Frühstück Gesellschaft leisten, dann können wir uns noch ein wenig unterhalten.«

»Sehr gerne.«

»Wunderbar. Bis Punkt sechs Uhr dann.«

Die Tür öffnete sich, und Consuela erschien. Abwartend blieb sie stehen und wartete geduldig auf Montechiesas Befehle.

»Consuela, bringen Sie Monsignore Cavelli bitte auf sein Zimmer. Gute Nacht, Monsignore, und schlafen Sie gut.«

Es war der bizarrste Gutenachtwunsch, den Cavelli je gehört hatte.

XVIII

Seit zwei Stunden saß Cavell in einem Lehnstuhl und wartete. In seinem Zimmer war es dunkel, und das Mondlicht, das durch das große Fenster hereinfiel, ließ gerade noch die Umrisse der Möbel erkennen. Zum tausendsten Mal sah er auf seine Armbanduhr. Noch eine Stunde bis Mitternacht. Für das, was er vorhatte, wäre es an den meisten anderen Orten viel zu früh gewesen, doch Menschen vom Schlage Montechiesas hatten dieselbe Angewohnheit, wie Cavelli sie aus dem Vatikan kannte: Man ging früh zu Bett und stand früh auf. Im Vatikan begann die Nacht um neun Uhr abends und der Arbeitstag um fünf Uhr morgens. In diesem Hause schien es ähnlich zu sein. Cavelli atmete einmal tief ein und aus, dann erhob er sich leise und ging langsam auf genau jenem Weg zu seiner Zimmertür, von dem er sich zwei Stunden zuvor überzeugt hatte, dass keine der Dielen, auf die er trat, knarrte. Vorsichtig öffnete er die Tür ein kleines Stück und lauschte. Von draußen hörte er den Wind pfeifen, und irgendwo aus dem Haus kam ein leiser, aber stetiger Brummton. Wahrscheinlich von einer Lüftung oder Heizungsanlage. Cavelli betrat den Flur und rief sich noch einmal den Weg zu Montechiesas Arbeitszimmer ins Gedächtnis. Leise bewegte er sich vorwärts.

Was würde geschehen, wenn man ihn erwischte, während er nachts im Haus herumgeisterte? Immerhin hatte er den Pyjama angezogen, den er in einer der Schubladen gefunden hatte, so würde er weniger verdächtig wirken. Er hatte alle möglichen Ausreden in Betracht gezogen. Dass er schlafwandele, hatte er als extrem unglaubwürdig gleich wieder verworfen. Die Idee, dass er die Toilette suche und in seiner Schlaftrunkenheit und noch dazu in einem fremden Haus nicht daran gedacht hatte, dass sich direkt neben seinem Schlafzimmer ein Bad befand, war da schon etwas besser, aber auch nicht wirklich befriedigend. Schließlich hatte er eine Entscheidung getroffen. Im Falle seiner Entdeckung würde er behaupten, dass er rasende Kopfschmerzen habe und gehofft hatte, in der Küche Aspirin zu finden. Das Gegenteil würde ihm niemand beweisen können. Andererseits, jemand wie Montechiesa würde keine Beweise brauchen. Vorsichtig wie er war, würde er lieber einen Menschen zu viel als einen zu wenig töten.

Cavelli hatte das Ende des Flurs erreicht. Er blieb stehen und lauschte erneut. Immer noch war alles ruhig. Langsam schlich er die große Freitreppe hinunter, wobei er sich ganz am Rand hielt, da er aus Erfahrung wusste, dass ausgetretene Bodendielen dort am wenigsten knarrten. Cavelli spürte, wie ihm der Schweiß von der Stirn lief. Tat er das Richtige? In seiner Pyjamatasche befand sich der Zettel, auf den Montechiesa die Namen der nächsten beiden Orte geschrieben hatte, in denen er die Pest ausbrechen lassen würde. Montechiesa hatte Cavelli damit in eine entsetzliche Lage gebracht. Er konnte nicht einfach zusehen, wie all diese unschuldigen Menschen einem hinterhältigen Attentat zum Opfer fielen, die Menschen mussten gewarnt werden, damit sie sich noch rechtzeitig in Sicherheit bringen konnten. Allerdings, was würde das an der Gesamtsituation ändern? Montechiesa konnte einfach zwei andere Orte auswählen. Und was noch schlimmer war: Er würde wissen, dass er Cavelli nicht vertrauen konnte. Es war sogar damit zu rechnen, dass er dieses Misstrauen auf den Heiligen Vater erweitern würde. Und dann? Ohne den Papst würde die Variante seines Plans, die er *die sanfte* nannte, nicht funktionieren, und dann würde Montechiesa zu einem Plan B übergehen, die unkontrollierte Freisetzung, die zu einer weltweiten Pandemie führen konnte.

Cavelli hatte inzwischen die Haupthalle und einen Flur durchquert und stand nun vor Montechiesas Arbeitszimmer. Langsam drückte er die Klinke hinunter und öffnete die Tür einen Spalt weit. In dem Raum war es still und dunkel, aber der Mond spendete gerade genug Licht, um sich zu orientieren. Vorsichtig glitt er hinein und schloss leise die Tür. Er durchquerte den riesigen Raum, trat an Montechiesas Schreibtisch und sah auf das Telefon. Im letzten Moment wurde er unschlüssig. Was tun, um Himmels willen? Die bereits von Montechiesa ausgewählten Opfer warnen und sie retten und damit wahrscheinlich tausendfach mehr Menschen in Gefahr bringen, die noch niemand kannte? Wenn er Longhi informierte, würde der

Mittel und Wege finden, die Menschen zu warnen. Seine Hand schwebte über dem Hörer. Ja, er musste es tun. Die Schlüsselwörter in diesem Moment waren *bereits ausgewählt* und *wahrscheinlich*. Er musste die sicheren Opfer retten, denn was dann geschah, konnte niemand wissen. Seine Hand lag auf dem Hörer. Und wenn er so die größte Pandemie der Weltgeschichte auslöste? In diesem Augenblick überkam Cavelli Übelkeit und ein geradezu überwältigendes Verlangen, ein zutiefst gläubiger Mensch zu sein. Nicht von der Art wie Montechiesa, aber wie jemand, der sich im Gebet mit der Bitte um Beistand an seinen Gott wenden konnte. Sein Blick fiel auf das riesige Porträt Josemaría Escrivás gegenüber dem Schreibtisch. Escrivá war darauf mit einer Soutane abgebildet und trug einen undurchdringlichen Blick zur Schau, der direkt auf den Betrachter gerichtet war und ihn wie einen misstrauischen Buddha wirken ließ. »Was würdest *du* tun?«, flüsterte Cavelli leise. Natürlich erhielt er keine Antwort. *Hör auf mit dem Quatsch*, rief er sich wütend zur Ordnung. Er musste endlich eine Entscheidung treffen. Eine, die so oder so falsch sein würde, denn eine richtige gab es hier nicht. Wieder fiel sein Blick auf Escrivá. Dieser misstrauische Gesichtsausdruck. Was hatte das Bild an sich, dass er es betrachten musste? War el Padre etwa wirklich heilig? Nein, das war Nonsens, aber was war es dann? Cavelli spürte, wie ihn ein Gefühl der Kälte durchrieselte. Das Misstrauen. Das war's. Montechiesa gab sich zwar leutseliger, war aber ebenso misstrauisch wie sein Idol Escrivá.

Der Mann, der ihm nicht einmal verraten hatte, wie lange der Flug hierher dauern würde, der Mann, der ihn sein Labor nicht besichtigen lassen wollte, dieser Mann würde ihm niemals seine nächsten Anschlagsziele verraten. Die Pest würde an zwei Orten ausbrechen, aber ganz sicher nicht an den beiden auf dem Zettel. Wahrscheinlich würde der Heilige Vater sie erst im letzten Moment erfahren. Montechiesa hatte ihn auf die Probe gestellt, und er war nur um Haaresbreite einer Katastrophe entgangen.

Cavelli atmete tief durch, dann verließ er leise das Arbeitszimmer und schlich durch den Flur zurück in die Haupthalle. Einen Moment überlegte er, ob er für den Fall, dass man ihn auf dem Rückweg erwischte, zuvor tatsächlich die Küche suchen und dort nach Aspirin Ausschau halten sollte. Er entschied sich dagegen. Je länger er hier umherirrte, desto größer wurde das Risiko, entdeckt zu werden. Den Rückweg legte er fast doppelt so schnell zurück wie den Hinweg, der Drang, so bald wie möglich wieder zu seinem Zimmer zu kommen, machte ihn unvorsichtig. Als er eben im Begriff war, auf den oberen Korridor einzubiegen, ließ ihn ein Geräusch erschrocken zurückzucken. Mit angehaltenem Atem presste er sich an die Wand. Für eine volle Minute verharrte er so. Waren das da Schritte, die näher kamen? Gleich würden überall im Haus die Lichter angehen. Man würde ihn ergreifen und verhören, und dann würde ihn Montechiesa einfach verschwinden lassen. Auf dem Grund der Lagune würde kaum jemand nach ihm suchen. Es dauerte eine Weile, bis ihm bewusst wurde, dass es das Wummern seines Herzschlags war, was da in seinen Ohren pochte. Keine Schritte. Aber irgendwo knarrte ganz leise der Boden. Und noch etwas war da. Jemand atmete. Es war einige Meter weit weg, aber doch unverkennbar. Cavellis Gedanken rasten. Was, wenn es dem Unbekannten als Nächstes einfallen sollte, den Gang hinunter zu gehen? Dann würde er direkt auf Cavelli prallen. Er überlegte, die Treppe wieder hinunter zu schleichen und sich irgendwo in der Haupthalle zu verstecken. Nein, die Gefahr, dabei ein Geräusch zu verursachen, war zu groß. Cavelli zwang sich zur Ruhe. Spielten ihm seine angespannten Nerven einen Streich? Waren das nur ganz natürliche Geräusche, wie sie nachts in einem alten Gemäuer zu hören waren? Der Atem des Hauses? Er musste daran denken, dass der Petersdom aufgrund seiner enormen Grüße tatsächlich atmete, wobci sich seine Mauern täglich um bis zu elf Zentimeter zusammenzogen und weiteten. Cavelli biss sich auf die Lippe. Er konnte hier nicht ewig stehen. Vorsichtig ließ er sich auf ein Knie sinken. Unendlich langsam schob er seinen Kopf so weit vor, dass er um die Ecke sehen konnte, und blickte in den dunklen Flur. Nichts. Wenn da etwas gewesen war, war es jedenfalls nicht mehr dort. Dann plötzlich ein Schatten im Dunkeln. Ganz hinten in dem Gang bewegte sich etwas. Etwa dort, wo sich sein Zimmer befand. Nein. *Genau* dort. Direkt vor seiner Zimmertür stand jemand. Cavelli kniff die Augen zusammen. Tatsächlich. Offenbar ein Mann. Er stand untätig da und starrte auf die Tür.

Mariano!

Was tat er dort? Und wie lange würde er noch dort stehen? Vorsichtig zog Cavelli den Kopf zurück und richtete sich auf, als plötzlich der Boden unter ihm laut knarrte. Im nächsten Moment waren am Ende des Gangs hastige Schritte zu hören, die sich eilig entfernten. Dann fiel irgendwo eine Tür ins Schloss. Cavelli rannte, so schnell er konnte, in sein Zimmer und drehte zweimal den Schlüssel herum. Er legte sich ins Bett und wartete, bis sein Atem sich beruhigt hatte. Dann stand er noch einmal auf und schob eine Stuhllehne unter die Türklinke.

XIX

Die Nacht verbrachte Cavelli in einem unruhigen halbwachen Zustand. Zu schlafen wagte er nicht. Jedes Geräusch ließ ihn hochschrecken. Als endlich die Morgendämmerung heraufzog, fühlte er sich wie gerädert. Immerhin hatte er es nun überstanden. Bei Tageslicht sah die ganze Sache schon etwas anders aus. Möglicherweise hatte er die Situation auch dramatischer wahrgenommen, als sie es verdiente. Hatte Mariano wirklich derartig lange vor seiner Tür gestanden? Oder war er nur zufällig vorbeigekommen und hatte sich aus irgendeinem harmlosen Grund dort einen Moment aufgehalten? Cavelli stand auf, machte seine morgendlichen Übungen, je fünfzig Liegestütze, fünfzig Sit-ups und einige Dehnübungen, anschließend duschte er erst heiß und dann kalt und machte sich fertig. Mittlerweile war es fünf Uhr vierzig. Das Frühstück begann um sechs, aber es konnte nicht schaden, ein paar Minuten früher unten zu sein. Vermutlich würde Montechiesa Überpünktlichkeit zu schätzen wissen. Außerdem verspürte Cavelli wenig Verlangen, den Weg wieder unter der strengen Aufsicht von Schwester Consuela zurückzulegen. Während er den Stuhl unter der Türklinke entfernte, erschien vor seinem inneren Auge ein Bild von Mariano, wie er ihm draußen auflauerte. Es war lächerlich, trotzdem konnte er es nicht verhindern. Irgendetwas stimmte nicht mit diesem Mariano. Diese geradezu hündische Ergebenheit für seinen Arbeitgeber, die feindseligen Blicke Cavelli gegenüber, sein nächtliches Umherschleichen. Cavelli verspürte ein körperliches Unwohlsein, wenn er nur an diesen seltsamen Mann dachte.

Lautlos drehte er den Schlüssel herum. Dann öffnete er die Tür. Natürlich war niemand dort. Cavelli fuhr sich noch einmal mit den Händen durch die Haare, wie ein Schauspieler kurz vor seinem Auftritt, und allzu weit davon entfernt war seine Situation ja auch nicht. Er setzte ein optimistisches Gesicht auf und machte sich auf den Weg zum Speisesaal. Während er die Treppe hinunterlief, erblickte er in der Haupthalle Montechiesa. Er befand sich im Gespräch mit einer zierlichen Frau um die Vierzig. Sie hatte kastanienbraunes Haar, das sie in einer Hochsteckfrisur trug. Offenbar war sie im Gehen begriffen, denn Montechiesa schüttelte ihr gerade die Hand und ein Diener wartete mit einer kleinen Reisetasche, die unverkennbar einer Frau gehörte, bereits an der Tür. War das Montechiesas Freundin? Falls ja, konnte ihm Cavelli nur gratulieren, sie war nicht nur äußerst attraktiv, sondern hatte auch eine offene Ausstrahlung, die Cavelli auf Anhieb sympathisch war.

Aber warum war er ihr im Haus bisher nicht begegnet? Warum hatte sie nicht am Abendessen teilgenommen? Hielt Montechiesa sie versteckt, weil er nicht wollte, dass

Außenstehende erfuhren, dass er doch kein so reines und zölibatäres Leben a la Escrivá führte, wie es nach außen den Anschein hatte? Cavelli konnte sich nicht entscheiden, ob das Montechiesa etwas sympathischer oder noch unsympathischer machte. Wahrscheinlich beides. Es ließ ihn ein wenig menschlicher erscheinen, aber auch verlogener.

»Guten Morgen!«, machte sich Cavelli bemerkbar. Montechiesa fuhr herum, als sei ihm Satan persönlich erschienen. Seine Augen funkelten Cavelli wütend an, aber nur für einen Moment, dann erschien ein Lächeln auf seinen Lippen. »Guten Morgen, Monsignore, einen kleinen Augenblick noch, dann stehe ich ganz zu Ihrer Verfügung.« Er machte eine Geste in Richtung Speisesaal, offenbar in der Absicht, ihn dort hin zu lotsen. Cavelli tat, als ob er es übersehe, trat zu den beiden und streckte der Frau die Hand hin. »Cavelli. Freut mich, Sie kennenzulernen.«

Die Frau sah ihn mit neugierigen Augen an und lächelte etwas unsicher. »Ganz meinerseits. De Luca.«

»Dr. de Luca«, schaltete sich Montechiesa lauter als nötig in das Gespräch ein, »hat noch viel zu erledigen, ich möchte sie nicht länger aufhalten.«

Dr. de Lucas Blick zuckte mehrere Male irritiert zwischen Cavelli und Montechiesa hin und her, bevor er an dessen Gesicht hängenblieb. War es nur Cavellis Wunschdenken oder entdeckte er da eine große Reserviertheit, ja fast schon Abscheu in ihren braunen Augen? Offenbar spürte sie genau, dass Montechiesa dieses Zusammentreffen missfiel, denn sie sah flüchtig auf ihre Armbanduhr, viel zu flüchtig, als dass sie die Zeit wirklich hätte ablesen können, und rief mit etwas verkrampfter Munterkeit: »O, schon so spät, ich muss wirklich los.« In Windeseile hatte sie sich von den beiden Männern verabschiedet, wobei sie Montechiesa ganz formell mit seinem Nachnamen anredete. *Also doch nicht seine Freundin*, dachte Cavelli mit klammheimlicher Genugtuung. Oder war dies nur eine Scharade, um vom Naheliegenden abzulenken? Der Diener hatte bereits die Tür geöffnet und wartete nun draußen. Montechiesa legte der Frau die Hand auf den Rücken. Es sollte wohl wie eine väterliche Geste wirken, aber Montechiesa hatte es offenbar derartig eilig, dass sie verschwand, dass er sie beinahe schon hinausschob. Ein kurzes Lächeln, ein noch kürzeres Winken, das eher ein Hochzucken der Hand war, dann schloss er die Tür und ein erleichtertes Schnaufen entfuhr ihm. Zwei Sekunden später hatte er sich wieder im Griff, und er klatschte gutgelaunt in die Hände. »Und jetzt wird gefrühstückt.« Ohne eine Antwort abzuwarten, setzte sich Montechiesa in Bewegung. Cavelli folgte ihm. Im Speisesaal war bereits alles gedeckt. Zu Cavellis Erleichterung war außer ihnen niemand dort. Kein Mariano. Wieder begann Montechiesa mit einem ausführlichen stillen Gebet, dann wünschte er eine gesegnete Mahlzeit. Das Frühstück war noch schlichter als das Abendessen. Weißbrot, Orangenmarmelade und schwarzer Tee. Nicht einmal Butter gab es. War vielleicht doch etwas dran an dem alten Spruch, dass reiche Leute nicht reich waren, weil sie viel verdienten, sondern weil sie wenig ausgaben? Montechiesa schien daran gelegen zu sein, den peinlichen Moment von eben möglichst schnell vergessen zu machen, denn er hielt sich nicht an seine eigene Regel, alle Mahlzeiten schweigend einzunehmen. Stattdessen beugte er sich zu Cavelli hinüber und legte ihm die Hand auf den Unterarm. »Ich möchte Sie wissen lassen, dass ich Mariano eine Brüderliche Zurechtweisung erteilt habe.« Cavelli zuckte innerlich zusammen. Die Brüderliche – oder auch Schwesterliche – Zurechtweisung war ein Instrument, das Vorgesetzte des Opus Dei einsetzten, um Mitglieder zu maßregeln, die gegen Grundsätze der Gemeinschaft verstoßen hatten, und sie war meist keineswegs so freundlich gemeint, wie es der Name suggerierte. Er versuchte, sich seinen Schreck nicht anmerken zu lassen. Warum um alles in der Welt hatte Montechiesa Mariano zurechtgewiesen? Weil er in der Nacht vor seiner Zimmertür gestanden hatte? Woher wusste er das? Was wusste er noch? Hatte Mariano ihm davon erzählt? »Ich verstehe nicht ganz«, brachte Cavelli halbwegs flüssig hervor. »Was hat der Gute denn angestellt?«

Montechiesa sah ihm ernst in die Augen. »Er hat Sie gestern Abend beim Essen nicht begrüßt, Monsignore. Gestern Abend habe ich nichts gesagt, um Mariano nicht in Verlegenheit zu bringen, aber eine solche Ungehörigkeit gegenüber einem Gast wird in diesem Haus nicht geduldet.«

Cavelli winkte lächelnd ab. »Kein Problem, das war mir gar nicht aufgefallen.«

Montechiesa wirkte erleichtert. »Dann ist es gut. Sie müssen wissen, Mariano ist mir ein ungeheuer wertvoller Sekretär, mit heiligem Eifer bei der Sache. Aber zuweilen etwas dünnhäutig. Er mag es nicht, wenn etwas anders ist als erwartet. Ihr unverhoffter Besuch hat ihn wohl ein wenig aus dem Konzept gebracht, er meint es nicht böse, aber das ist keine Entschuldigung. Ich wollte nur, dass Sie wissen, dass ich es bereinigt habe.«

»Danke, Signor Montechiesa, das ist überaus aufmerksam von Ihnen«, erwiderte Cavelli. Er hörte seit einigen Sekunden nur noch mit einem Ohr zu, denn plötzlich war ihm klar geworden, woher er den Namen der Frau kannte. De Luca. Dr. M. de Luca. Das war der Name, der auf der Studie gestanden hatte, die Montechiesa ihm vorgelegt hatte. Die Studie, welche die Formel des Pestbakteriums enthalten hatte. Die Frau mit den schönen braunen Augen war Montechiesas Chefwissenschaftlerin. Aus irgendeinem Grund verursachte der Gedanke Cavelli Übelkeit. Die Frau hatte so eine warmherzige und fröhliche Ausstrahlung gehabt. Wie passte das mit dem zusammen, was sie tat? War sie etwa eine noch größere Soziopathin als Montechiesa?

Falls ja, hatte Cavellis Instinkt noch nie so sehr versagt wie bei ihr. Das wäre allerdings seltsam. Normalerweise konnte er sich darauf verlassen. Bei Menschen, bei denen er ein ungutes Gefühl hatte, wenn er sie kennenlernte, mochten sie sich auch ihm gegenüber noch so freundlich geben, hatte sich sein Gefühl früher oder später immer als berechtigt erwiesen – und umgekehrt. Bei Dr. de Luca hatte er auf Anhieb ein selten starkes Gefühl der seelischen Nähe empfunden. Und das lag keineswegs an ihrer äußeren Attraktivität. Er kannte genug Frauen, die man jederzeit auf dem Cover einer Zeitschrift hätte abbilden können, die ihm herzlich unsympathisch waren. Cavelli musste an die Abscheu denken, die ihr im Gespräch mit Montechiesa im Gesicht gestanden hatte. Allzu gut verstellen konnte sie sich nicht gerade. Nein, das waren nicht zwei Verschwörer im Einklang gewesen. Ein weiterer Gedanke bildete sich in seinem Bewusstsein. *Sie weiß es nicht.* Wie hatte Montechiesa gesagt? So wenig Eingeweihte wie möglich. Dr. de Luca war vielleicht gar nicht bewusst, woran sie da arbeitete. Konnte das möglich sein? Nein, das war absurd. Und wenn Montechiesa ihr einen falschen Grund genannt hatte? Zweifelllos gab es auch seriöse wissenschaftliche Gründe, so ein schreckliches Bakterium zu züchten; dachte sie, sie arbeite an einem Impfstoff? »Es ist verrückt«, sagte Montechiesa in diesem Moment, und Cavelli kam zu Bewusstsein, dass er ihm seit mindestens dreißig Sekunden nicht zugehört hatte. »Männer wie ich müssen geradezu schizophren sein.« Er lachte. Hatte sich Cavelli verhört? So viel Selbsterkenntnis hatte er nicht erwartet. »Wir müssen wie Optimisten fühlen und wie Pessimisten denken«, fuhr Montechiesa fort. »Denn der Optimist, der vor einer monumentalen Aufgabe steht, wird all die Schwierigkeiten nicht sehen, die Gefahren leichtsinnig unterschätzen und schließlich scheitern.« Er sah

Cavelli auffordernd an, offenbar erwartete er von ihm, das Stichwort aufzunehmen. Cavelli tat ihm den Gefallen. »Und der Pessimist?«

»Der fängt vor lauter Angst gar nicht erst an.« Montechiesa lehnte sich zufrieden lächelnd zurück. Offenbar hatte er wieder eine seiner vielfach erprobten Standardgeschichtchen von sich gegeben. Cavelli rang sich ein dünnes Lachen ab. Montechiesa blickte auf seine Uhr und stand auf, Cavelli erhob sich ebenfalls. »Und nun will ich Sie nicht länger aufhalten«, wandte sich Montechiesa etwas zu feierlich an Cavelli. »Der Heilige Vater erwartet sicherlich bereits voller Ungeduld Ihren Bericht, Monsignore. Ich darf wohl hoffen, dass Sie nur Gutes zu berichten haben.« So freundlich es auch klang, es war ein Befehl.

Cavelli verbeugte sich ganz leicht. »Und ob ich das habe, Padre, und ob ich das habe.« Das *Padre* war ihm so rausgerutscht, eine plötzliche Eingebung. War das zu viel gewesen? Ein angeblicher Monsignore, der einen Laien *Padre* nannte? Das stellte die Verhältnisse auf den Kopf. Er hätte sich ohrfeigen können für seinen törichten Versuch, Montechiesa zu gefallen. Vorsichtig suchte er in dessen Gesicht nach Anzeichen von plötzlichem Misstrauen. Doch es waren keine da. Montechiesa schien die Anrede zu genießen und strahlte ihn gütig an. In einer Art plötzlichen Aufwallung griff er in seine Jackentasche und zog einen Rosenkranz hervor. »Den möchte ich Ihnen schenken, Monsignore. Nehmen Sie ihn bitte an, als Zeichen meiner Hochachtung und meines Vertrauens.«

Cavelli heuchelte Dankbarkeit und nahm ihn aus Montechiesas Hand entgegen. Wieder eine Geste seines Gastgebers, die gleichzeitig demütig und hochmütig war; auf diese Kombination verstand sich der Mann wirklich meisterhaft. Auch der Heilige Vater verschenkte am Ende von Audienzen oft Erinnerungsmedaillen oder eben Rosenkränze. Escrivá, Churchill, der Papst – Cavelli fragte sich, ob eine einzige Gummizelle für Montechiesas Größenwahn ausreichend sein würde, oder ob man ihm im Irrenhaus nicht besser gleich eine ganze Etage reservieren sollte. Montechiesa ließ es sich nicht nehmen, Cavelli persönlich nach draußen zu begleiten. Es war ein sonniger Herbsttag, und von der Lagune her strömte ein warm duftender Wind über die Insel. Vier Gärtner waren dabei, Laub zu harken und Büsche zu trimmen. Ein ahnungsloser Betrachter hätte es für eine geradezu paradiesische Idylle halten können. Langsam, wie zwei alte Freunde, schlenderten die beiden einen gewundenen Weg entlang. Soweit Cavelli es beurteilen konnte, war es ein anderer als der, auf dem sie gestern Abend gekommen waren, denn den Flugschrauber konnte er nirgendwo entdecken. Nach zwei weiteren Biegungen kam in der Ferne ein breiter Bootssteg in Sicht. Montechiesa vollführte mit dem Arm eine große Geste über die gesamte Lagune, die zum Teil noch im Morgennebel lag.

»Duc in altum, mein Freund, duc in altum.« Cavelli war klar, dass Montechiesas Aufforderung, ins offene Meer aufzubrechen, hauptsächlich metaphorisch gemeint war. Zwei Verschwörer, die es wagten, ins Ungewisse aufzubrechen. Außerdem rief der Satz irgendeine Erinnerung in ihm wach, aber er kam nicht drauf, was es war. Eigentlich hätte er froh sein müssen, dass Montechiesa in ihm offenbar einen Vertrauten sah, aber stattdessen drehte es Cavelli den Magen um. Inzwischen hatten sie den Bootssteg erreicht. Montechiesa blieb stehen und wandte sich noch einmal geradezu weihevoll an Cavelli, wobei er ihn am Arm ergriff, als wolle er ihn so nachhaltig wie nur möglich beeinflussen, bevor er aus seinem direkten Einflussbereich entschwand: »Der Heilige Vater und ich zählen auf Sie, Monsignore.« Er starrte Cavelli in die Augen, als wolle er ihn hypnotisieren. Dann betrat er zielstrebig die hölzerne Konstruktion, die etwa dreißig Meter in die Lagune hineinragte und von der mehrere schmale Treppen zu diversen Anlegestellen hinunterführten. Am Ende des Steges stand ein Mann in robuster Arbeitskleidung, der aber eine Art Kapitänsmütze auf dem Kopf trug und sie bereits zu erwarten schien. Plötzlich erschienen neben dem Holzsteg zwei Köpfe. Montechiesa blieb wie angewurzelt stehen, und im nächsten Moment sah Cavelli, wie ein weiterer Mann, der ebenso gekleidet war wie der erste, und eine weitere Person die Holztreppe nach oben stiegen. Die andere Person war Dr. de Luca.

»Was soll das?«, blaffte Montechiesa den Mann mit der Mütze an. »Sie hatten Order, die Dame unverzüglich überzusetzen.« Der Mann erblasste und stotterte irgendetwas von Motorschaden und dass er alles versucht hätte, diesen sofort zu beheben, doch leider …

»Pazzo!« Montechiesa versetzte ihm mit dem Handrücken einen Schlag vor die Brust. Er war vor Wut rot angelaufen. »Die Dame hat einen wichtigen Termin!«, brüllte er den Mann an, womit er, wohl mit Rücksicht darauf, dass er nicht allein war, seinen Wutausbruch als Uneigennützigkeit tarnte. Dr. de Luca versuchte, Montechiesa leise zu besänftigen. Cavelli hörte Satzfetzen wie »Gar kein Problem!« und »nicht so eilig«. Montechiesa wimmelte sie mit einer ärgerlichen Handbewegung ab, als verscheuche er eine lästige Fliege, und schimpfte weiter auf den Bootsführer ein, während dessen Kollege am Ende des Steges sich offenbar am liebsten unsichtbar gemacht hätte und krampfhaft auf die Lagune hinausstarrte, als würde er von dem ganzen Aufruhr gar nichts mitbekommen.

In Cavellis Kopf arbeitete es. War dies vielleicht eine Fügung des Schicksals, eine einmalige Gelegenheit, an Informationen zu kommen? Er räusperte sich vorsichtig. »Dr. de Luca kann gerne bei mir mitfahren.« Im nächsten Moment geschahen zwei Dinge: Dr. de Luca, die blass geworden war und angesichts Montechiesas cholerischem Ausbruch kaum noch wusste, wohin sie blicken konnte, atmete erleichtert auf und bestätigte hastig, dass dies eine wunderbare Idee sei, und Montechiesa fuhr zu Cavelli herum und suchte mit blutunterlaufenen Augen nach einer Entgegnung. Ein paarmal öffnete und schloss sich sein Mund, dann bemerkte er offenbar selbst, dass er vollkommen aus seiner Rolle als gütiger Padre gefallen war. Es war geradezu unheimlich, wie schnell er umschalten konnte. Sogar ein Lächeln hatte er nun parat. »Das ist sehr freundlich von Ihnen, Monsignore, aber Dr. de Luca und Sie haben unterschiedliche Ziele. Glauben Sie mir, mit nur *einem* Boot würde alles dreimal so lange dauern. Machen Sie sich keine Sorgen, Monsignore, Sie fahren jetzt, und unser guter Fabio hier wird die alte Kiste im Handumdrehen wieder in Schwung gebracht haben, nicht wahr, Fabio?« Leutselig legte er den Arm um den Bootsführer, während dieser sich beeilte, alles zu bestätigen, was sein Boss da von sich gab.

Es war offensichtlich: Montechiesa wollte um jeden Preis verhindern, dass Cavelli Gelegenheit hatte, mit de Luca zu sprechen. Cavelli wusste nur noch eins, nämlich, dass er genau das um jeden Preis tun musste. Seine Hand fuhr in die Brusttasche seines Jacketts und fischte eine seiner Visitenkarten heraus. Montechiesa stand immer noch mit Fabio zusammen und machte jovial einige laienhafte Vorschläge zur Reparatur des Motors. Es war ihm eindeutig daran gelegen, den Vorfall von eben vergessen zu machen. Einen winzigen Moment zögerte Cavelli, dann machte er einen Schritt auf Dr. de Luca zu, legte den Zeigefinger an seine Lippen. »Bitte rufen Sie mich an, es ist wichtig!« Er drückte ihr die Visitenkarte in die Hand und machte eine verschwörerische Kopfbewegung in Richtung Montechiesas. Hoffentlich verstand sie, dass dies bedeutete, dass sie ihrem Arbeitgeber nichts davon sagen dürfe. Dann wich er wieder zurück. Keine Sekunde zu früh, denn Montechiesa drehte sich nun wieder zu ihnen um. Cavelli lächelte ihn an. Zu Dr. de Luca zu sehen, wagte er nicht. Aus dem Augenwinkel hatte er den Eindruck, dass die Frau wie versteinert dastand. »Das Problem dürfte in Kürze gelöst sein«, wandte sich Montechiesa, Optimismus verbreitend, an Dr. de Luca, und nun erst riskierte es Cavelli, sie direkt anzusehen. Wenn sie ihn jetzt verriet, war alles aus, aber sie lächelte Montechiesa unsicher an und sagte nichts. Ihre rechte Hand hatte sie zur Faust geballt, sodass Cavellis Visitenkarte nicht mehr zu sehen war. Sie hatte die Lippen zusammengepresst und vermied es, zu ihm hinüberzublicken. Montechiesa schien es nun eilig zu haben. Eine kurze Bitte an Dr. de Luca, sich einen Moment zu gedulden, und schon komplimentierte er Cavelli, so schnell es die Höflichkeit gerade noch zuließ, zu dem Boot am Ende des Steges. Offenbar war der Bootsführer bereits über das Ziel informiert, denn Montechiesa nickte ihm nur knapp zu. Dann schlug er Cavelli kameradschaftlich auf die Schulter. »Und machen Sie sich keine Sorgen über das Kommende. Was der Seele den Frieden raubt, ist *nicht* von Gott.« Cavelli nickte gezwungen und beeilte sich, in das Boot zu steigen, das sich auch augenblicklich in Bewegung setzte und sofort zügig an Geschwindigkeit gewann. Es war wesentlich schneller, als es äußerlich wirkte. Vermutlich war die Maschine frisiert. Cavelli drehte sich noch einmal um und winkte. Sein Blick ging jedoch an Montechiesa vorbei zu Dr. de Luca, die ihm mit verstörtem Gesicht nachsah, während ihre schlanke Gestalt schnell kleiner wurde. Cavelli klappte seinen Mantelkragen hoch, um sich vor dem eiskalten Fahrtwind zu schützen, und sog den salzigen Duft der Lagune ein, während einige kreischende Möwen neben dem Boot herflogen. Offenbar in der Hoffnung auf Fütterung. In seiner Jackentasche begann es zu vibrieren. Sein Handy. Cavelli blickte nach vorn zum Bootsführer, doch der stand mit dem Rücken zu ihm in dem kleinen Unterstand am Steuer und beachtete ihn nicht. Cavelli zog das Handy hervor. Vier verpasste Anrufe in Abwesenheit. Der Empfang des Signals war wieder voll da. Merkwürdig, dass nur einige Meter im Freien einen solchen Unterschied ausmachten.

Es sei denn … Montechiesa war wirklich mit allen Wassern gewaschen. Cavelli ärgerte sich, dass er nicht gestern schon drauf gekommen war. Auf dieser Insel gab es ein ähnliches Gerät wie das, was während eines Konklave unter dem zusätzlich eingebauten erhöhten Boden in der Sixtinischen Kapelle installiert wurde: einen Störsender.

XX

Zu Cavellis Überraschung fuhr das Boot nicht auf direktem Weg nach Venedig, sondern schlängelte sich zwischen Lido und der zerstückelten Insellandschaft der Lagune hindurch und fuhr dann parallel zur Küste weiter. Offenbar hatte der Bootsführer Anweisung, ihn nicht in Venedig abzusetzen, sondern so nah wie möglich an den Flughafen Marco Polo zu bringen. Nach etwa zwanzig Minuten Fahrt erreichten sie einen Anlegeplatz, an dem schon eine Reihe von Booten vor Anker lagen. Der Bootsführer brummte etwas, was Cavelli nicht verstand, und deutete auf einen Taxistand in einiger Entfernung. Zehn Minuten später betrat Cavelli die Eingangshalle des Flughafens. Er orientierte sich an der großen Tafel über seinen Flug, der offenbar pünktlich starten sollte, und durchlief ohne Probleme den Sicherheitscheck. Dann betrat er ein Bistro, setzte sich an einen Tisch in der hinteren Ecke, ließ sich einen doppelten Espresso bringen und zog sein Handy hervor. Zunächst ging er die Nummern der eingegangenen Anrufe durch. Alle vom Sekretariat der Universität. Nichts Wichtiges also, das konnte warten. Cavelli sah um sich. Außer einem indisch aussehenden Paar mit einer etwa fünfjährigen Tochter, ein paar Tische weiter, befand sich niemand in seiner unmittelbaren Nähe. Er ließ den Blick durch die Halle schweifen. Niemand stand ostentativ unauffällig herum oder schien sich für ihn in irgendeiner Weise zu interessieren. Cavelli kippte den Espresso hinunter. Fing er jetzt schon an, paranoid zu werden? Wie wahrscheinlich war es, dass Montechiesa ihn auf dem Rückweg beschatten ließ? Nun, gar so abwegig war es nicht. Er dachte an den Störsender und die Art, wie er einem Vertrauenstest unterzogen worden war. Mochte Montechiesa noch so jovial auftreten, er war misstrauisch durch und durch. Cavelli sah auf die Uhr, es war zehn vor sieben. Normalerweise zu früh, um jemanden anzurufen, aber nicht im Vatikan. Er rief sich die Nummer Monsignore Longhis ins Gedächtnis, die er absichtlich nicht im Handy gespeichert hatte, und tippte sie ein. Longhi ging bereits nach dem zweiten Tuten dran.

»Ich höre?« Cavelli registrierte, dass Longhis Stimme angespannt klang und dass er sich meldete, ohne seinen Namen zu nennen. Offenbar hatte er Cavellis Nummer erkannt und war nun besonders vorsichtig. Nur keine Spuren hinterlassen. In der modernen Welt der digitalen Überwachung war alles möglich. Cavelli hatte sich bereits auf dem Boot überlegt, wie er seinen Bericht formulieren würde.

»Buon giorno, Monsignore, Cavelli hier«, er sprach seinen Namen so undeutlich wie möglich aus, »ich möchte mich noch einmal herzlich bedanken, dass Sie ein gutes Wort für mich eingelegt haben für die Überlassung der Räumlichkeiten.«

Longhi verstand sofort. »Bitte, bitte, gern geschehen. Das war für ein Seminar, oder? Ich hoffe, es war ein Erfolg.«

»Im Großen und Ganzen schon. Nur ein Student macht mir ein wenig Sorgen. Sehr von sich selbst überzeugt, durchaus zu Recht, wie ich zugeben muss. Er hat ungeheures Potenzial, ist aber leider auch ein Dickkopf, dem es an Einsicht fehlt. Bisher habe ich absolut keine Idee, wie man mit ihm fertig wird. Allerdings ...« Cavelli stockte, er weckte ungern Hoffnungen, wenn es mehr als fraglich war, dass sie in Erfüllung gingen. »Allerdings gibt es da eine, äh, *Pädagogin*, die schon eine Weile mit ihm zu tun hat, und ich habe den Eindruck, dass die, äh, *Chemie*, also dass die *Chemie* ... zwischen uns ganz gut ist ...« Cavelli biss sich auf die Lippe. War das zu kryptisch, verstand Longhi, warum er die Chemie erwähnte? Er konnte es nur hoffen. »... und dass sie mir möglicherweise helfen kann.«

Am anderen Ende der Leitung herrschte einen Moment Stille. Cavelli konnte geradezu hören, wie es im Gehirn seines Gesprächspartners arbeitete. Dann war Longhis Stimme erneut zu vernehmen. »Ich verstehe. Ja, dass die Chemie stimmt, ist das Wichtigste, sage ich immer. Dann wünsche ich Ihnen viel Glück, und wenn ich sonst etwas für Sie tun kann, zögern Sie nicht, mich anzusprechen.«

Bevor Cavelli antworten konnte, klickte es in der Leitung. Longhi hatte aufgelegt.

Während des Rückflugs nach Rom befand sich Cavelli in einer seltsamen Stimmung, in der er seine Situation fast wie ein Unbeteiligter betrachtete. War das alles überhaupt real? Gestern Morgen hatte er noch wie gewohnt sein Seminar abgehalten, keine ernsthaften Sorgen gehabt und sogar noch über irgendeine Sache unbeschwert gelacht. Was war das bloß gewesen? Er kam nicht drauf. Es fühlte sich an, als habe das alles in einem anderen Leben stattgefunden. Was in den letzten zweiundzwanzig Stunden geschehen war, konnte er emotional unmöglich erfassen. Montechiesas meist höfliche und bedächtige Art stand in einem so krassen Gegensatz zu seinem entsetzlichen Vorhaben … Es war kaum zu glauben, dass es sich dabei um ein und dieselbe Person handelte. Cavelli musste an all die unschuldigen Menschen denken, die Montechiesas Bakterium schon getötet hatte. Und das war nur der Anfang. Wie viele würden noch folgen? Und welche Chance hatte Cavelli, es aufzuhalten? Montechiesa war intelligent und gewissenlos. Nein, es war schlimmer, Montechiesa hatte durchaus ein Gewissen, er *kannte* Rücksicht und Mitgefühl, perverserweise waren dies sogar Bestandteile seiner Beweggründe; er wollte eine bessere Welt und fühlte sich völlig im Recht, ja mehr noch, er glaubte, im Auftrag Gottes zu handeln. Kein noch so gutes Argument, das Cavelli oder irgendjemand anders vorbringen mochte, konnte es damit aufnehmen. Und im Gegensatz zu den meisten anderen Psychotikern verfügte Montechiesa auch über genug Geld, um seinen Wahn Wirklichkeit werden zu lassen. Eine Wirklichkeit, die kaum vorstellbar war. So etwas gab es nur im Kino – dachte man immer, bis es einen selbst traf. Cavelli kam lange Verschüttetes aus seinem Studium in den Sinn, die ersten Sätze von Boccaccios Decamerone: *Sooft ich, holde Damen, in meinen Gedanken erwäge, wie mitleidig ihr alle von Natur aus seid, erkenne ich auch, dass eurer Meinung nach dies Werk einen betrübten und bitteren Anfang haben wird, da es an seiner Stirn die schmerzliche Erwähnung jener verderblichen Pestseuche trägt, die vor kurzem jeden, der sie sah oder sonst kennenlernte, in Trauer versetzte.*

Dies war der Beginn der Rahmenhandlung, in der sich drei Männer und drei Frauen auf der Flucht vor der Pest in ein Haus auf dem Lande zurückziehen. Heute nur noch eine Sammlung alter Geschichten, doch Mitte des vierzehnten Jahrhunderts schreckliche Realität. Auch die Menschen damals hatte es unvorbereitet getroffen …

Und wenn Montechiesa wirklich ein Werkzeug Gottes war? In der Bibel standen über sechstausend Prophezeiungen. Eine davon sagte nicht nur das Ende der Welt voraus, sondern ließ aufgrund konkreter Hinweise keinen Zweifel daran, dass nun die Zeit gekommen war, in der sie sich erfüllen sollte. Dann würde Montechiesas Plan zur Erschaffung einer gläubigeren Welt nicht in Erfüllung gehen. Er würde zum Werkzeug Gottes, aber ironischerweise, ohne in dessen Pläne eingeweiht zu sein. Wie hieß es doch so schön: Die Wege des Herrn sind unerforschlich. Cavelli kicherte nervös. Er hatte in der Nacht kaum geschlafen. Sein übermüdetes Gehirn fing schon an, Gespenster zu sehen. Er musste sich konzentrieren, seine Gedanken ordnen. Was hatte er bisher erreicht? Herzlich wenig. Es war nur klar, dass Montechiesa tatsächlich in der Lage war, seinen Plan umzusetzen. Und er schien Cavelli zu vertrauen, zumindest so weit, wie es ihm von seiner grundsätzlich misstrauischen Art her möglich war. Cavelli hatte Zugang zu ihm, immerhin. Allerdings bislang nur so weit, wie es Montechiesa ihm gestattete. Das war herzlich wenig. Und dann war da diese Frau. Dr. de Luca. Höchstwahrscheinlich die maßgebliche Person, unter deren Leitung das Pestbakterium entwickelt worden war. Sie war die große Unbekannte in dieser Gleichung. Lag er richtig mit seiner Vermutung, dass sie gar nicht in Montechiesas Plan eingeweiht war? Glaubte sie, an einem Impfstoff oder etwas Ähnlichem zu arbeiten? Falls ja, konnte Cavelli sie womöglich auf seine Seite ziehen. Und dann? Zumindest wüsste sie, wo sich Montechiesas Labor befand. Wenn man das Bakterium sicherstellten konnte, dann … Aber dazu musste sie sich erst einmal entschließen, ihn anzurufen. Und selbst *wenn* sie das täte, würde sie ihm glauben? Die Wahrheit klang nicht gerade glaubwürdig. Und das war noch der optimistischere Blick auf die Lage. Was, wenn sie doch Bescheid wusste und ihr völlig bewusst war, was sie tat? Oder wenn sie es nicht wusste, aber loyal gegenüber Montechiesa war und ihm längst von Cavellis heimlich übergebener Visitenkarte erzählt hatte? Wenn, wenn, wenn … Zu viele Wenns. Es hatte keinen Sinn, darüber nachzugrübeln. Cavelli sah aus dem Fenster. In Kürze würden sie in Rom landen. Er konnte jetzt nur warten. Warten, dass sie ihn anrief. Warten, während die Uhr tickte und der nächste Mittwoch immer näher rückte. Der Tag der Papstaudienz, der Tag, der für viele Menschen den Tod bringen würde.

ZWEITES BUCH

XXI

»Dr. Polo ist in einer Besprechung.« Die weibliche Stimme am anderen Ende der Leitung klang sanft und kultiviert.

»Gut, dann sagen Sie ihm bitte, dass Dr. Giuliana Mattoni angerufen hat.«

»Selbstverständlich.«

»Wann wird das sein?«

Die Stimme wurde nun noch um einige Grade sanfter. »Das entzieht sich meiner Kenntnis.«

Professor Mattoni knallte wütend den Hörer auf. Sie brauchte jetzt Nikotin. Schon zum vierten Mal heute. Normalerweise rauchte sie nur zweimal am Tag, einmal morgens und einmal abends. Schon vor Jahren hatte sie sich angewöhnt, nur auf dem großen Balkon zu rauchen, da sie den Geruch von abgestandenem Tabakqualm in ihrer für sie allein viel zu großen Dreizimmerwohnung verabscheute. Inzwischen war sie längst auf E-Zigarette umgestiegen, aber das Balkonritual hatte sie beibehalten. Der Blick in die Kronen der Platanen in ihrer Straße gehörte einfach dazu. Aber im Augenblick hatte sie keinen Sinn dafür; die Wut über Dr. Polo war alles, auf was sie sich im Moment konzentrieren konnte. Gestern war sie noch problemlos zu seinem Büro im Gesundheitsamt durchgestellt worden. Nach einer Reihe von Tests, die unter ihrer Leitung durchgeführt worden waren, hatte sie ihn auf den neuesten Stand der Entwicklung gebracht. Die schlimmsten Befürchtungen hatten sich bestätigt. Es handelte sich sowohl in Civita di Bagnoregio als auch auf der *MS Fortuna* um dasselbe hochaggressive und bisher unbekannte Bakterium. Die Krankheitsentwicklung war derartig rasant, dass vom ersten Auftreten vermeintlich harmloser Krankheitssymptome bis zur völligen Handlungsunfähigkeit nur Stunden vergingen. Wenn einem klar wurde, wie schlimm es um einen stand, war es bereits zu spät. Dies erklärte wohl auch, warum von der *MS Fortuna* kein Funkspruch über die Lage an Bord abgegeben worden war. Die Entwicklung eines Impfstoffs würde mindestens achtzehn Monate dauern. Doch ihr zunächst freundlich und dann immer energischer hervorgebrachtes Ersuchen um zusätzliche Geldmittel und der Aktivierung von Notfallplänen waren bei Dr. Polo auf taube Ohren gestoßen. Auch zwei weitere Telefonate, die sie noch nach Dienstschluss mit ihm geführt hatte, waren erfolglos geblieben. Insbesondere ihren Hinweis, dass dieses Bakterium zu perfekt sei, um durch Mutation entstanden zu sein, was auf die künstliche Entwicklung in einem Labor schließen ließ, hatte Dr. Polo unverzüglich abgewürgt. Am Ende hatten sie sich gegenseitig angebrüllt. Dr. Polo hatte ihr mit unbezahlter Suspendierung gedroht und sie ihm damit, sich an die Presse zu wenden. Und jetzt ließ der Mann sich einfach verleugnen. Aber das würde sie ihm nicht durchgehen lassen. Sobald sie in ihrem Büro war, würde sie es weiter versuchen. Und wenn er sich weiter verleugnen ließ, würde sie ihm noch einmal persönlich auf die Pelle rücken. Sie würde …

In diesem Moment näherte sich eine Hand mit einem tätowierten Siegelring ihrer Tür und drückte auf den Klingelknopf.

XXII

Arturo Gozzi war zufrieden. Es war die Zufriedenheit eines Künstlers. Eine Zufriedenheit, wie sie ein Maler empfinden mochte, der ein Gemälde erschaffen hatte, oder die eines Komponisten, der eine Sinfonie kreiert hatte. Es war ein gutes Gefühl, das ihn von innen her mit Wärme erfüllte. Es war etwas Gewaltiges, was er da erschaffen hatte. Allerdings würden es nur die allerwenigsten zu schätzen wissen. Genau genommen würde es, abgesehen von ihm selbst, nur eine einzige Person sein. Das war bedauerlich, aber gerade in der vollständigen Unsichtbarkeit seines Kunstwerks lag seine Vollkommenheit. Und dann hatte sein Auftraggeber am Telefon noch etwas Seltsames gesagt: »Arbeit, die keiner sieht, ist für die Augen Gottes getan.« Gozzi hatte verächtlich gelächelt und dann eifrig zugestimmt. Der Mann mochte eine religiöse Meise haben, und mit so was hatte Gozzi noch nie etwas anfangen können, aber er zahlte verdammt gut. Noch allerdings war sein Werk nicht vollständig unsichtbar, aber wenn es erst einmal vollendet war, würde es so sein. Natürlich war das alles nicht ganz legal, oder ehrlich gesagt total illegal, aber es war in Italien auch nicht gerade unüblich, gerade im Bauwesen, dass man bürokratische Behörden, die im

Schneckentempo arbeiteten, zur Arbeit zwang, indem man sie einfach vor vollendete Tatsachen stellte. Er kannte persönlich allein sechs Personen, die ihr Haus ohne Genehmigung des Bauamts umgebaut und dann lieber die Strafe bezahlt hatten, als viele Jahre Wartezeit in Kauf zu nehmen. Das war im Grunde nichts anderes als Notwehr. Er trat näher an die Felskante heran und blickte auf den kleinen Ort herunter. Er wusste etwas, was die Menschen dort unten noch nicht wussten, was schade für sie war, denn schon bald würde für die Einwohner von Santo Stefano di Sessanio ein langgehegter Wunsch in Erfüllung gehen. Dann würde die Straße, die zu ihrem Dorf hoch führte, keine schmale Schotterpiste voller Schlaglöcher mehr sein, sondern eine moderne Straße mit Platz für zwei Fahrtrichtungen. Den Behörden würde gar nichts anderes übrig bleiben, nachdem die alte Straße durch eine massive Felslawine von etwa neunzig Metern Breite unbrauchbar geworden sein würde. Sein Blick glitt über den Abhang. Ja, er war sicher, dass der Bergrutsch exakt so ablaufen würde, wie er es vorausberechnet hatte. Er konnte stolz auf sich sein. In ganz Italien gab es weniger als ein Dutzend Männer, die dazu in der Lage gewesen wären. Ob man auch andere angesprochen hatte, wusste er nicht, es spielte ohnehin keine Rolle, ihn hatte man letztendlich ausgewählt. Und er konnte das Geld gut brauchen. Nicht dass er als Experte für schwierige Sprengaufträge schlecht verdient hätte, aber eine Viertelmillion für eine Woche Arbeit – das hatte er einfach nicht ablehnen können. Er hätte es auch für weit weniger gemacht, aber er war sich darüber im Klaren, dass ein Großteil der Summe als Entschädigung für seine Diskretion gedacht war. Durchaus zu Recht, denn das, was er hier im Begriff war zu leisten, hätte ihm in Fachkreisen einiges Renommee eingebracht. Ein wenig Sorgen hatte er sich gemacht, dass das Setzen der Bohrlöcher in dem harten Gestein weithin zu hören sein würde, doch sein Auftraggeber hatte ihm versichert, dass dies kein Problem sein würde. Und tatsächlich, die ganze Zeit über hatten auf dem Berghang unter ihm umfangreiche Forstarbeiten stattgefunden, bei denen Elektrosägen zum Einsatz gekommen waren, welche seine Bohrgeräusche vollständig übertönt hatten. Er war sich ziemlich sicher, dass dies kein Zufall war. Sein Auftraggeber verfügte offenbar über einigen Einfluss. Arturo Gozzis Blick wanderte ein letztes Mal prüfend die Felskante entlang. Es war nichts Ungewöhnliches zu sehen, aber er wusste, dass sie *da* waren. Die hundertsiebenundsiebzig kleinen Bohrlöcher. Noch waren sie für den Fall, dass es regnen würde, mit Plastikkappen abgedeckt und enthielten keine Sprengladungen. Die würde er erst im letzten Moment einsetzen und dann den Auslöser betätigen. Am Mittwochvormittag. Um Punkt neun Uhr dreißig würde in Rom auf dem Petersplatz die päpstliche Generalaudienz beginnen, und wenige Minuten später würde sein Handy klingeln.

XXIII

Wann man Giuliana Mattoni finden würde, ließ sich nicht genau voraussagen. Natürlich würde man sich wundern, dass sie nicht zur Arbeit erschien, ohne sich krank zu melden. Allerdings war sie als Direktorin ihren Untergebenen keine Rechenschaft schuldig. Daher würde es wahrscheinlich länger dauern als bei einem regulären Angestellten. Doch spätestens nach zwei Tagen würde man versuchen, mit ihr Kontakt aufzunehmen. Da sie auf Anrufe, SMS und E-Mails nicht reagieren würde, blieb schließlich nichts anderes übrig, als zu ihrer Wohnung zu fahren. Doch auch auf heftiges Klingeln und Klopfen würde sie nicht reagieren. Wie schnell würde man sich dazu durchringen, die Polizei zu rufen? Und wie viel Zeit würde vergehen, bis diese sich entschloss, die Tür gewaltsam zu öffnen? Drei Tage? Fünf Tage? Am Ergebnis würde es nichts ändern. Man würde Professor Mattoni im Badezimmer finden. Tot. Bei der Obduktion würde man in ihrem Blut nicht nur eine Überdosis Heroin finden, sondern zahlreiche Einstichstellen am ganzen Körper. Mattoni musste seit Jahren abhängig gewesen sein. Vielleicht würde aus diesem Anlass sogar ein Zeitungsartikel erscheinen, der darauf hinwies, dass im Gegensatz zum landläufigen Klischee viele Heroinsüchtige keine heruntergekommenen Elendsgestalten waren, sondern wohlsituierte Bürger, die scheinbar ganz normal einem Beruf nachgingen und es oft meisterhaft verstanden, ihre Sucht zu verbergen. Bis die Sache, wie in diesem Fall, irgendwann aus dem Ruder lief. Natürlich würden sich manche Menschen Vorwürfe machen. Freunde, Kollegen. Warum hatte man nicht genauer hingesehen? Hatte Professor Mattoni nicht manchmal überarbeitet und unglücklich gewirkt? Im Nachhinein fragte man sich nun, ob man die Warnzeichen nicht hätte erkennen müssen.

Und auch im Gesundheitsministerium würden Fragen zu stellen sein. Wie glaubwürdig und wissenschaftlich seriös konnten die Arbeitsergebnisse einer heroinabhängigen Wissenschaftlerin sein? Waren da nicht ihre ständigen Besuche und Anrufe bei Dr. Polo gewesen, die, wie dieser bezeugen würde, schon etwas hysterisch gewirkt hatten? Das alles würde man untersuchen müssen. Und zwar gründlich. Bis dahin würde man alles, womit sie in Berührung gekommen war, als Verschlusssache behandeln. Schließlich ging es ja hierbei um Menschenleben.

XXIV

Cavelli saß in seinem Arbeitszimmer an seinem abgestoßenen Renaissanceschreibtisch und versuchte, sich auf seine nächste Vorlesung vorzubereiten. Durch die offene Terrassentür schallte irgendwo aus den Vatikanischen Gärten der Klang einer Militärkapelle hinein, die den Pontifikalmarsch spielte, die von Gounod komponierte Nationalhymne des Vatikanstaates. Eines seiner schwächeren Werke, wie Cavelli fand. Wahrscheinlich war dort irgendeine feierliche Ehrung oder etwas dergleichen im Gange. Cavelli widerstand der Versuchung, auf die Terrasse zu treten und zu sehen, ob er wohl entdecken könnte, um was es sich handelte. Das wäre nur Flucht von seiner Arbeit gewesen, und schon die war im Grunde nur eine Flucht vor dem quälenden Warten. Warten, ob Dr. de Luca anrufen würde. Er spürte, wie die paradoxe Mischung aus Langeweile und Angespanntheit ihn mehr und mehr zermürbte. Insbesondere, da er seine Wohnung nicht verlassen konnte, ohne zu riskieren, ihren Anruf zu verpassen. Er unternahm einen weiteren Anlauf, sich auf die Arbeit zu konzentrieren, dann gab er es auf und beschloss, sich einen weiteren Espresso zu machen. Er war gerade dabei, das Pulver in den Kanneneinsatz zu füllen, als das Telefon klingelte. Er rannte zurück ins Arbeitszimmer und griff nach dem Hörer.

»Cavelli?«

Vom anderen Ende war ein angespanntes Atmen zu hören, dann eine leise weibliche Stimme: »Hier ist Margherita de Luca.« Sie klang zurückhaltend und vorsichtig. Das Gespräch würde nicht einfach werden, so viel war Cavelli gleich klar, aber immerhin hatte sie überhaupt angerufen, und was noch wichtiger war, Cavelli war sich instinktiv sicher, dass sie Montechiesa nichts gesagt hatte.

»Danke, dass Sie zurückrufen, Dr. de Luca. Ich entschuldige mich für die Art, wie ich darum gebeten habe, aber es ist sehr dringend und ich sah keine andere Möglichkeit, aus Gründen, die ich Ihnen gerne …«

»Können wir uns treffen?« Sie sprach hastig und war sogar noch leiser geworden.

»Das wollte ich auch vorschlagen, dies ist nichts, was man am Telefon besprechen sollte. Wo möchten Sie …?«

»Ich bin in Rom. Wo soll ich hinkommen? Zu Ihnen in den Vatikan?«

Cavelli stockte. Es war zu einfach. Sie war sofort zu einem Treffen bereit. Ohne zu wissen, worum es eigentlich ging. Jetzt war sie auch schon in Rom. Hatte sie Montechiesa doch alles verraten? War dies eine Falle? Cavelli presste die Lippen zusammen. Es gab keine Alternative, ihm blieb nichts anderes übrig, als es zu riskieren. Allerdings durfte das Treffen nicht im Vatikan stattfinden. Eines Tages würde man vielleicht wahrheitsgemäß dementieren müssen, dass Dr. de Luca jemals hier gewesen war. »Woher wissen Sie, dass ich im Vatikan bin?« Cavelli versuchte, Zeit zu gewinnen.

»Ihre Telefonnummer. Eine Durchwahl im Vatikan. Ich hab es überprüft. Sonst hätte ich Sie wahrscheinlich gar nicht angerufen.«

»Wo sind Sie jetzt?«

»Ganz in der Nähe.«

Cavelli folgte einem Impuls. »Gut, dann treffen wir uns in der Engelsburg. Oben auf dem Turm. In zehn Minuten?«

Stille am anderen Ende. Offenbar überlegte sie. Als sie schließlich antwortete, klang es zögerlich. »Einverstanden.« Ein Klicken verriet, dass sie das Gespräch beendet hatte. Cavelli zog einen Mantel über, der für die Jahreszeit eigentlich schon zu dünn war, eilte die Treppe hinunter und verließ den Vatikan durch die Porta Sant'Anna. Er wandte sich nach rechts, überquerte den Petersplatz und erreichte die Via della Conciliazione. Von hier war die Engelsburg bereits in Sichtweite. Ein paar Minuten später hatte er das Eingangstor erreicht. Dr. de Luca hatte er bereits während des Näherkommens entdeckt. Er hatte sie gleich erkannt, obwohl sie die Haare jetzt offen trug und ihre Augen hinter einer Sonnenbrille verborgen hatte. Sie stand bewegungslos etwa auf der Mitte der Brücke, die vor dem Eingang über den Tiber führte, und versuchte offenbar, die Lage zu sondieren. Befürchtete sie, dass er nicht allein kommen würde? Oder dass statt seiner jemand ganz anders erscheinen würde? Cavelli tat so, als wenn er sie nicht bemerkt hätte, und betrat die Burg. Sie war vorsichtig. Das war gut. Er erstand ein Ticket und machte sich an den Aufstieg. Kurz darauf hatte er die weitläufige Plattform erreicht. Er blickte über die Brüstung nach unten. Dr. de Luca war nicht mehr zu sehen. Am Himmel waren einige dunkle Wolken aufgezogen. Es sah nach Regen aus. Sein Blick fiel auf den Engel mit dem Schwert, der als bronzene Statue den höchsten Punkt der Engelsburg bildete. Nur Wenigen war bewusst, dass er keineswegs als kriegerische Figur gemeint war, sondern eine Erinnerung an die verheerende Pestseuche darstellte, die fünfhundertneunzig nach Christus hier ausgebrochen war und die einfach kein Ende nehmen wollte. In seiner Verzweiflung – so wollte es die Legende – betete Papst Gregor I. um Gnade vor diesem offensichtlich göttlichen Zorn, woraufhin ihm im Traum der Erzengel Michael erschien, der zum Zeichen für Gottes Vergebung sein Schwert in die Scheide steckte. Kurz darauf war die Krankheit aus der Stadt verschwunden. Cavelli fragte sich unwillkürlich, wie es *diesmal* enden würde.

»Monsignore?«

Cavelli drehte sich zu der Stimme hinter seinem Rücken um. Margherita de Luca kam vorsichtig auf ihn zu, was in einem seltsamen Kontrast zum im Wind Umherflattern ihrer dunkelbraunen Haare und ihres hellen Seidenschals stand. Cavelli hätte nicht zu sagen vermocht, woran es lag, aber er hatte augenblicklich das Gefühl, ihr völlig vertrauen zu können. Instinktiv beschloss er, alles auf eine Karte zu setzen und ihr nichts zu verheimlichen. Er musste nur darauf achten, nicht zu sehr mit der Tür ins Haus zu fallen. Dr. de Luca mochte eine brillante Wissenschaftlerin sein, aber zumindest in diesem Augenblick offenbarten ihre braunen Augen auch eine äußerst verletzliche Seite.

»Dr. de Luca, danke, dass Sie gekommen sind.« Er streckte seine Hand aus, sie ergriff sie zögerlich mit gestrecktem Arm, als fürchte sie, ihm zu nahe zu kommen. Offenbar versuchte sie, ihre Unsicherheit hinter kühler Sachlichkeit zu verstecken. »Nun, worum geht es, Monsignore?«

Cavelli lächelte freundlich. »Das werde ich Ihnen sagen, Dr. de Luca, ich fürchte allerdings, es könnte ein Schock für Sie sein, vielleicht werden Sie mir auch gar nicht glauben, aber ich bitte Sie, mich einfach bis zum Schluss anzuhören, dann können Sie entscheiden, was Sie damit machen.«

Dr. de Luca streckte trotzig das Kinn vor. »Ich höre.« War da ein kleines Zittern in ihrer Stimme?

»Zunächst muss ich ein Geständnis machen. Ich bin kein Monsignore. Mein Vorname ist lediglich Don. Und ich bin auch nicht für den Vatikan tätig, zumindest nicht offiziell, ich wohne nur dort.«

»Sie *wohnen* nur dort? Seit wann ist *das* denn erlaubt?«

»Seit etwa fünfhundert Jahren, aber nur für meine Familie. Es ist eine lange Geschichte. Die Kurzfassung ist, einer meiner Vorfahren hat Papst Julius II. einen Gefallen getan und erhielt deshalb für sich und alle seine Nachkommen gewisse Privilegien und das Wohnrecht im Vatikan.«

Sie starrte ihn einige Momente stumm an. Diese Eröffnung schien sie aus dem Konzept gebracht zu haben.

»Ich möchte noch einmal betonen, dass ich nicht im Auftrag des Vatikan handle … allerdings … wie soll ich es formulieren? … Nun, man hofft, dass ich mich auf eigene Faust nützlich machen kann und …«

»Warum wollten Sie mich sprechen?«, fiel sie ihm ins Wort. Irgendetwas an ihrer Ungeduld sagte Cavelli, dass sie längst etwas vermutete und nun die Bestätigung hören wollte. Oder war es vielleicht genau umgekehrt? Hoffte sie, dass ihre Befürchtungen sich als unbegründet herausstellen würden? Ja, das kam wohl eher hin. Cavelli beschloss, weiterhin vorsichtig zu bleiben. »Signor Montechiesa hat mir Ihre Formel gezeigt, Sie wissen schon, das Bakterium.«

»Das … das ist streng vertraulich, warum sollte er …?« Sie vollendete den Satz nicht und suchte beunruhigt nach einer Erklärung.

»Richtig, Dr. de Luca, warum sollte er das einem Außenstehenden zeigen, noch dazu jemandem aus dem Vatikan, oder zumindest jemandem, den er dafür hält, warum?«

Sie funkelte ihn wütend an. »Nun, Signor Montechiesa ist sehr religiös, daher …«

»Sie auch? Gehören Sie ebenfalls zum Opus Dei wie Signor Montechiesa?«

Ein Hauch von Stolz umspielte ihren Mund. »Sie meinen, wie sein Hauspersonal? Ob ich deshalb diesen Posten habe? Nein, keineswegs. Für Forschung auf diesem Niveau benötigt man eine absolute Spitzenkraft, und speziell auf diesem Fachgebiet gibt es davon weltweit kaum eine Handvoll. Die Liste, von der er wählen konnte, war kurz. Sehr, sehr kurz.«

Cavelli nickte beeindruckt. Das war eine gute Nachricht.

»Ich bin froh, das zu hören. Zumal ich auf Poveglia den Eindruck hatte, dass Sie, wie soll ich es sagen … gewisse Vorbehalte gegenüber Signor Montechiesa haben. Hab ich recht, und darf ich fragen, warum?«

Um ihre Mundwinkel zuckte es, sie wirkte ertappt und schaltete auf Verteidigung um. »Ich habe keine *Vorbehalte.* Signor Montechiesa finanziert aus eigner Tasche überaus wichtige Forschungsarbeiten, und als Arbeitgeber ist er sehr großzügig.«

»Dass er im Opus Dei aktiv ist, stört Sie nicht?«

»Ist ein freies Land. Was er privat macht, geht mich nichts an.«

Ihre Augen waren ängstlich und straften ihren selbstsicheren Ton Lügen. »Ich … ich muss das ja nicht mögen.« Sie blickte ihm direkt in die Augen, als wollte sie ihn auffordern, weiter zu fragen. Cavelli fuhr mit beiden Händen durch seine schwarzen Haare. Er wusste, dass er endlich zum Punkt kommen musste, und fürchtete sich davor. »Zunächst möchte ich Ihnen versichern, dass ich davon überzeugt bin, dass Sie sich vollkommen korrekt verhalten haben, niemand wirft Ihnen etwas vor.«

Sie schwieg trotzig, aber in ihren Augen flackerte Angst.

»Haben Sie von dem Pestausbruch auf dem Schiff gehört? Das war Ihr Bakterium.«

»Was für ein Blödsinn. Ja, wir forschen an etwas Ähnlichem, aber alles ist zehnfach gesichert und wieder gesichert, es ist vollkommen unmöglich, dass etwas nach außen dringt. Hören Sie? Vollkommen unmöglich!«

»Vollkommen unmöglich, dass versehentlich etwas entweicht oder dass etwas gestohlen wird, das will ich gerne glauben, aber was, wenn Signor Montechiesa selbst eine Probe an sich nimmt? Könnte er das?«

De Luca schnappte nach Luft. »Selbstverständlich könnte er das, aber warum sollte er? Warum sollte er? Ich frage Sie, Signor Cavelli, oder wie immer Sie wirklich heißen: Warum. Sollte. Er?« Ihre Stimme war laut und schrill geworden. Einige entfernt stehende amerikanische Touristen drehten sich irritiert nach ihr um. Cavelli lächelte ihnen entschuldigend zu, dann trat er näher an sie heran und senkte seine Stimme zu einem, wie er hoffte, beruhigend wirkenden Ton. »Dr. de Luca, ich werde Ihnen nun etwas sagen, was Sie schockieren wird. Aber es ist eine Tatsache, keine Vermutung, keine Theorie und keine Verdächtigung, eine Tatsache.«

Dr. Luca starrte ihn an, ihre Unterlippe zitterte. Sie ahnte offenbar, was kommen würde, und nickte ihm resigniert zu, wie ein zum Tode Verurteilter vor Gericht, der weiß, dass er nichts anderes verdient hat. Cavelli zögerte. Warum musste bloß er derjenige sein, der dieser Frau die schlimmen Nachrichten überbrachte? Langsam, fast wie bei einem Kind, berichtete er ihr alles von Anfang an. Von Montechiesas Spenden und seinen Audienzen beim Papst. Davon, wie man ihn selbst inoffiziell beauftragt hatte zu helfen, von dem Treffen in der Opus-Dei-Zentrale und seinem Besuch auf Poveglia; er verschwieg und beschönigte nichts und versuchte, nicht daran zu denken, dass er sich damit vollständig in ihre Hände gab. Wenn sie mit der Presse oder gleich mit Montechiesa sprach, würde das katastrophale Konsequenzen von unvorstellbaren Ausmaßen haben. Aber was war die Alternative? Es gab keine! Er konnte nur darauf hoffen, dass seine Menschenkenntnis ihn nicht getäuscht hatte. Nachdem er geendet hatte, starrte sie eine Weile zu Boden und schwieg. Ihre ganze Gestalt wirkte eingefallen. Als sie schließlich sprach, war es so leise, dass Cavelli Mühe hatte, alles zu verstehen.

»Ich habe seit Wochen ein Gefühl gehabt, dass einiges nicht stimmt, ich wollte es nur einfach nicht an mich heranlassen.«

»Wovon sprechen Sie?«

»Nichts wirklich Greifbares. Dass es auf dem Laborgelände einen Bereich gibt, wo ich keinen Zutritt habe, ich bin schließlich die Leiterin des gesamten Forschungsprojekts.«

»Hat Montechiesa das Ihnen gegenüber irgendwie begründet?«

»Nur vage. Dass ich mit der Buchhaltungsabteilung nichts zu tun hätte oder etwas Ähnliches. Aber seit wann betritt man die Büros der Buchhaltungsabteilung durch luftdichte Schleusen? Allerdings könnte es sich um ein weiteres Forschungsprojekt handeln, was ja völlig in Ordnung wäre. Ich glaube, was mich so beunruhigt hat, war Montechiesas Art. Ich kann nicht sagen, was es war, nennen Sie es weibliche Intuition, aber es lag etwas Unausgesprochenes in der Luft, besonders in den letzten Wochen, etwas Unheilvolles. Und dann hat Montechiesa mich vorgestern Nachmittag plötzlich zum Report nach Poveglia bestellt, was er noch nie getan hat, und am nächsten Morgen sind Sie plötzlich aufgetaucht und haben mir heimlich Ihre Karte zugesteckt. Das war wie … ich musste einfach zu Ihnen kommen!«

Cavelli sah sie an. Etwas an ihr hatte sich verändert, ihre ganze Haltung war freier geworden, und ihr Gesicht wirkte mit einem Mal um Jahre jünger, als sei eine große Last von ihr abgefallen. Nun schien sie auf etwas zu warten. Worauf? Dass Cavelli ihr Absolution erteilte dafür, dass sie die Voraussetzungen für die Ermordung von Hunderttausenden geschaffen hatte? Oder auf Anweisungen, was sie nun zu tun hatte? Was auch immer es sein mochte, jetzt war der Moment gekommen, sie um Hilfe zu bitten.

»Würden Sie mir verraten, wo sich das Labor befindet?«

Diese Frage schien sie nicht erwartet zu haben. Ihre Antwort kam in einer Weise, als sei sie selbst darüber erschrocken. »Das Labor? Ich … ich weiß nicht, wo es ist. Ich glaube, niemand außer Montechiesa weiß es.«

»Aber wie …?«

»Wir Mitarbeiter werden jeden Morgen von Rom aus mit Transporthubschraubern hingebracht. Die haben keine Fenster. Ich weiß nur, dass der Flug etwa zwanzig Minuten dauert. Wir landen dann immer in einer großen Halle, deren Dach sich öffnen lässt. Niemand hat auch nur die geringste Vorstellung, was sich draußen befindet. Wir sind die ganze Zeit über in Innenräumen und werden abends auf die gleiche Weise zurückgebracht.«

Cavelli war blass geworden. Er war die ganze Zeit über völlig selbstverständlich davon ausgegangen, dass sie wusste, wo sich das Labor befand. Mit diesem Wissen hätte man etwas unternehmen können. Doch diese Hoffnung war ihm nun wie Wasser zwischen den Händen zerronnen. Er fühlte sich wie erschlagen und unfähig, einen klaren Gedanken zu fassen.

Ganz im Gegensatz zu dem Mann, der dieses Treffen beobachtet hatte. Er wusste genau, was er bald tun würde.

XXV

Es war bereits dunkel, als Cavelli und Dr. de Luca vor einem einstmals schönen Mietshaus mit abgeblätterter Fassade einem Taxi entstiegen. Cavelli kam nur selten in dieses Stadtviertel, aber er wusste, dass viele seiner Studenten in San Lorenzo wohnten. Es hieß, die Mieten waren erschwinglich, und es war auch nicht weit zur Sapienza. Er vergewisserte sich, dass es die richtige Hausnummer war, dann suchte er auf den Klingelschildern nach dem Namen. Er fand ihn auf einem fleckigen Aufkleber zusammen mit vier weiteren. Offenbar lebte sein Assistent Enzo in einer Wohngemeinschaft. Vielleicht waren die Mieten hier doch nicht so günstig, wie er gehört hatte. Vor einer Stunde hatte er Enzo aus einer Telefonzelle aus angerufen und gefragt, ob er wegen eines wichtigen Computerproblems noch kurz vorbeikommen dürfe. Enzos Begeisterung hatte sich hörbar in Grenzen gehalten, aber er hatte schließlich widerwillig zugestimmt. Der junge Mann mit den blauen Haaren wusste nur zu gut, dass man es an der Sapienza wesentlich schlechter treffen konnte, als Don Cavellis Assistent zu sein. Der Professor verfügte über einen erstklassigen wissenschaftlichen Ruf, und – das war mindestens genauso wichtig – im Gegensatz zu vielen seiner Kollegen behandelte er seinen Assistenten nicht wie den letzten Dreck, sondern respektvoll und wohlwollend. Dass Enzos Computerkenntnisse keineswegs ans geradezu Hexenmeisterliche grenzten, wie Professor Cavelli immer wieder mit einer Mischung aus Bewunderung und Unbehagen betonte, sondern kaum mehr als durchschnittlich waren, behielt er lieber für sich. Für die PC-Problemchen des Professors waren sie bislang immer mehr als ausreichend gewesen.

Die Haustür wurde mit einem Stück Holz, das auf dem Boden lag, am Zufallen gehindert, aber Cavelli klingelte trotzdem, und nachdem niemand reagierte, noch einmal, diesmal länger. Wieder keine Reaktion. Sie betraten das Treppenhaus und machten sich an den Aufstieg zum vierten Stock. Ein Fahrstuhl existierte nicht. Es roch nach orientalischen Gewürzen, und aus irgendeiner Wohnung wummerten Technobässe. Margherita de Luca war in ihrem eleganten Kostüm eindeutig ein Fremdkörper, an den man sich später auf Nachfrage bestimmt erinnern würde, aber das war nun mal nicht zu ändern. Offenbar hatte Enzo nicht damit gerechnet, dass sein Besuch so schnell da sein würde, denn als er auf Cavellis Klopfen nach über einer Minute endlich die Tür öffnete, sah er zerstrubbelt aus und trug überdies zwei unterschiedliche Straßenschuhe und keine Socken. Aus der Wohnung schlug ihnen eine penetrant riechende Haschwolke entgegen. *Hoffentlich ist er klar genug im Kopf, um uns zu helfen*, schoss es Cavelli durch den Kopf. Enzo glotzte Dr. de Luca an, als habe er ein Einhorn gesehen, und machte mit unterdrücktem Grinsen eine Geste einzutreten. Cavellis Liebesleben war an der Sapienza seit Jahren Anlass für zahlreiche Spekulationen und Gerüchte, aber niemand wusste wirklich Handfestes zu berichten. Insgeheim hatte Enzo sich Cavellis geheime Geliebte mehr oder weniger immer genau so vorgestellt wie die Frau, die gerade seine Wohnung betrat, eine hochattraktive elegante Lady mit intelligenter Ausstrahlung. »Hey, Professor, was liegt an?«

Cavelli wartete, bis Enzo die Tür zum Treppenhaus geschlossen hatte. »Nochmal danke, dass wir … « Cavelli erblickte in der Küche neben dem Flur eine junge Frau mit zahlreichen Piercings im Gesicht, die vor einem offenen Kühlschrank stand und ihn mit mildem Ekel anstarrte. Besucher wie Cavelli und Dr. de Luca waren hier wohl eher selten und eindeutig nicht willkommen. Cavelli nickte ihr knapp zu, woraufhin sie sich wieder dem Inhalt des Kühlschranks widmete. »Gibt's hier einen Ort, wo wir ungestört reden können?«, wandte sich Cavelli an Enzo.

»Klar.« Enzo führte sie in ein großes Zimmer am Ende des Flurs. Außer einem großen Bett, einem Stuhl und einem Tapeziertisch, auf dem mehrere Laptops standen und unzählige CDs lagen, entdeckte Cavelli keine Möbel, obwohl er nicht ausschließen wollte, dass sich unter dem einen oder anderen Kleidungshaufen doch welche verbergen mochten. Enzo setzte sich auf den Stuhl und ließ seine Gäste auf der einzigen anderen Sitzgelegenheit Platz nehmen, dem Bett.

»Es geht um Folgendes«, begann Dr. de Luca, »mein Name ist …«

»Der Name tut nichts zur Sache«, entfuhr es Cavelli etwas heftiger als beabsichtigt. Er lächelte sie entschuldigend an. »Wir wollen niemanden in Schwierigkeiten bringen, und je weniger Informationen hier …«

»Ganz recht, richtig!« De Luca schien sich über sich selbst zu ärgern. »Also Folgendes: Gibt es eine Möglichkeit, herauszufinden, wo sich mein Smartphone an einem bestimmten Tag aufgehalten hat?«

Enzo antwortete nicht und blickte sie weiterhin erwartungsvoll an.

Dr. de Lucas Augen wanderten unsicher zwischen Enzo und Cavelli hin und her. »Gibt es ein Problem? Ich bezahle Sie natürlich gerne dafür.« Sie öffnete ihre Handtasche und kramte nach ihrem Portemonnaie. Enzo winkte ab. »Nein, nein, schon gut, ich dachte, es kommt noch mehr. Haben Sie das Phone hier?«

»Ja.« Sie steckte das Portemonnaie zurück und holte das Gerät hervor.

Enzo rieb sich seine geröteten Augen. Er sah wirklich nicht gut aus. »Bitte entsperren.«

Sie tat es und reichte ihm das Smartphone. »Es geht um die Woche ab dem dreizehnten April vorletzten Jahres. Unsere ersten Tage dort. Danach gab es einen neuen Sicherheitschef, und der hat viele Sicherheitsvorkehrungen noch einmal verschärft und auch vor dem Abflug immer alle Handys eingesammelt, aber bis dahin waren die Handys kein Problem.« Enzo nickte und begann sofort auf dem Bildschirm diverse Tipp- und Wischbewegungen auszuführen. »So, Professor und geheimnisvolle Lady, jetzt kommt der Moment, wo der Frosch ins Wasser rennt. Soll heißen, die Frage ist, wie auf dem Phone die Standorteinstellungen bei Google Maps konfiguriert sind.«

Für Cavelli hätte er genauso gut über Quantentheorie reden können. Dieser technische Schnickschnack blieb für ihn zum allergrößten Teil Terra incognita. »Okay, verstehe, und können Sie vielleicht schon in etwa absehen, wann Sie …«

»Erledigt.« Enzo hielt ihnen den Bildschirm vor die Nase, auf dem eine Landkarte von Rom und Umgebung und zahlreiche rote Linien verzeichnet waren, die immer wieder zwischen mehreren Punkten hin und her gingen. »War aktiviert, also kein Problem. Einer dieser Punkte ist Ihr Ort. Dürfte kein Problem sein, herauszufinden, welcher, da Sie ja alle anderen kennen und ausschließen können. Indem Sie die Karte vergrößern, können Sie näher ranzoomen und über Google Earth auch sehen, wie das Gelände von außen aussieht, dazu müssen Sie nur …«

Dr. de Luca nahm ihm schnell das Smartphone aus der Hand. »Danke, das krieg ich selbst hin.« Cavelli war froh über ihre Intervention, Enzo war bereits mehr als genug in die Sache reingezogen worden.

»Immer gern, Professor, jederzeit!« Offenbar hatte Enzo befürchtet, dass sein ganzer Abend ruiniert sein würde; die Erleichterung, dass es so schnell gegangen war, machte ihn großzügig. Cavelli und Dr. de Luca verabschiedeten sich, und Enzo brachte sie zur Tür. Die gepiercte Frau saß jetzt am Küchentisch und löffelte eine Quarkspeise. Diesmal sah sie nicht mal hoch.

XXVI

Einem besonders aufmerksamen Beobachter wäre der schwarze Van mit den getönten Scheiben vielleicht aufgefallen. Wagen wie dieser waren die Ausnahme im Studentenviertel San Lorenzo. Noch bemerkenswerter als die Seltenheit des Fahrzeugtyps war die Tatsache, dass, obwohl vor einigen Minuten ein heftiger Regen eingesetzt hatte, die hintere, der Straße zugewandte Scheibe, von wo aus man freie Sicht hatte auf ein etwas heruntergekommenes Mietshaus, heruntergelassen war und sich im Dunkeln des Wageninneren gelegentlich etwas bewegte. Doch niemand schenkte dem Wagen irgendwelche Beachtung, was dem Mann im Inneren sehr recht war. Während sein rechter Fuß auf dem Boden des Fond stand, kniete er mit dem linken Bein auf dem Rücksitz. Vor sich hatte er einen großen Rucksack gestellt, der ihn einerseits zum großen Teil verdeckte und ihm andererseits Gelegenheit bot, die schwarze Barnett-Armbrust aufzulegen, sodass der eingelegte Pfeil völlig ruhig auf die Tür des Hauses auf der anderen Straßenseite zeigte.

Die Armbrust war eine großartige Waffe. Fast geräuschlos und auf kurze und mittlere Distanz äußerst präzise. Waffe und Munition waren frei und ohne Identitätsnachweis käuflich. Die Pfeile, die am Tatort zurückblieben, ließen sich, anders als Pistolenkugeln, keiner bestimmten Waffe zuordnen, und im Notfall konnte man sie sogar selbst herstellen. Der einzige Nachteil war die relativ geringe Schussgeschwindigkeit. Das Einlegen eines neuen Pfeils und vor allem das Nachspannen der Sehne dauerte seine Zeit. Wenn es wie hier um zwei Personen ging, musste man sich entscheiden.

Der Mann hatte sich entschieden. Er würde diesen Cavelli beseitigen, das war von Anfang an klar gewesen. Doch hier in der Dunkelheit des Wagens begann der Zweifel an ihm zu nagen. War es die richtige Entscheidung? Was, wenn es ein Fehler war? Er presste die Lippen zusammen und fluchte. Zu laut, viel zu laut, aber niemand schien es gehört zu haben. Der Mann legte die Armbrust ab und zog sein Handy aus der Tasche. Die Kurzwahltaste Nr. 1 verband ihn in Sekundenschnelle mit der Person, die er zu sprechen wünschte. Mit wenigen Worten erklärte er die Situation. Im Treppenhaus ging das Licht an. Für einen Moment herrschte eine überraschte Stille am anderen Ende der Leitung. Dann kam eine klare Anweisung, die nur aus einem einzigen Wort bestand.

Als Don Cavelli und Dr. de Luca einige Sekunden später auf die Straße traten, war dort nichts Ungewöhnliches zu entdecken. Abgesehen vielleicht von dem trockenen Platz auf der ansonsten regennassen Straße. Ein Platz von der Größe eines schwarzen Minivans mit getönten Scheiben.

XXVII

Immer wieder sah Bruno in den Spiegel und beobachtete neugierig das attraktive Pärchen auf dem Rücksitz seines Taxis. Normalerweise waren ihm seine Fahrgäste egal. Solange sie die Fahrt bezahlen konnten und sich nicht auf seine Sitze erbrachen, verschwendete Bruno keinen Gedanken an sie. Selbst Betrunkene oder durchgeknallte Exzentriker konnten ihn nicht mehr aus der Reserve locken, dazu hatte er schon zu viel gesehen. Und es wiederholte sich sowieso alles. Es kam fast nie vor, dass er sich mit einer neuen Situation konfrontiert sah. Aber heute Abend war es mal wieder so weit. Dass er Menschen zu einem Polizeirevier fahren sollte, erlebte er mindestens einmal pro Woche. Manche bluteten am Kopf, und viele wurden während der ganzen Fahrt von Schluchzanfällen geschüttelt, andere wiederum guckten nur apathisch geradeaus und mussten darauf aufmerksam gemacht werden, dass man das Ziel erreicht hatte. Eins war aber immer gleich. Der Satz, mit dem sie das Fahrziel nannten, lautete: »Zum nächsten Polizeirevier!« Immer. Das Pärchen auf seinem Rücksitz hatte er in San Lorenzo aufgegabelt. Hier hätte er auf Anhieb drei Polizeireviere gewusst, und wahrscheinlich fielen ihm nicht mal alle ein. Der Mann hatte aber ausdrücklich verlangt, dass Bruno zum nächsten Polizeirevier in Garbatella fahren solle. Ein ziemlicher Umweg. Was konnte dahinter stecken? Bruno war stolz auf seine Menschenkenntnis und seinen hellwachen Verstand. So leicht ließ er sich nicht täuschen. Erneut warf er einen Blick in den Rückspiegel. Die beiden wirkten durchaus angespannt, aber nicht wie Leute, die man soeben beraubt hatte oder denen gar Schlimmeres zugestoßen war. Was hatten sie auf einem Polizeirevier zu suchen? Polizisten waren sie auf keinen Fall, dafür waren beide zu gut gekleidet, auch die Gesichter passten nicht. Man erkannte es an den Augen. Entweder waren sie scharf und durchdringend, oder sie hatten etwas Abgestumpftes. So sahen seine Passagiere ganz und gar nicht aus. Blieb nur die dritte Alternative. Einer von beiden hatte ein Verbrechen begangen und würde sich stellen. Darum auch Garbatella. Das war eine der besten Wohngegenden in Rom. Vielleicht rechneten sich die beiden aus, dass es dort etwas weniger hart zugehen würde als in einem Brennpunktrevier, wo man es tagein, tagaus mit Junkies und Gewaltverbrechern zu tun hatte. Ja, so musste es sein. Fragte sich nur, um was für ein Verbrechen es sich handelte. Diebstahl? Unwahrscheinlich. Unterschlagung? Schon wärmer. Nein, auch das passte nicht. Gar kein geplantes Verbrechen, sondern eines aus Leidenschaft. Er hatte ihren Liebhaber erschlagen. Übermäßig stark sah er nicht aus, aber er wirkte wie jemand, der eine Villa mit Kamin und dem dazugehörigen Schürhaken besaß.

Ein gut gezielter Schlag auf den Hinterkopf und schon … oder nein, die Frau war es. Sie hatte seine Geliebte getötet. Wahrscheinlich mit Gift. Warum hatte er das nicht gleich erkannt? Ihre großen sanften Augen konnten ihn nicht täuschen, das Gericht aber, da machte er sich gar nichts vor, wahrscheinlich schon; sie würde ein unangemessen mildes Urteil bekommen, so viel war mal sicher. Bei guter Führung würde sie in maximal drei Jahren wieder draußen sein. Das war erfreulich, denn sie gefiel ihm recht gut. Sanft ließ er den Wagen ausrollen. »Da wären wir.« Er nannte den Fahrpreis und machte das Licht im Fond an.

Mit einem flauen Gefühl im Bauch bezahlte Cavelli den Fahrer, dann stiegen sie beide aus. Mit einem hatte Bruno recht gehabt. In Garbatella hatte man es eher mit wohlhabenden Menschen zu tun als mit Kleinkriminellen. Vielleicht würde hier ihre reichlich unglaubwürdige Geschichte über den Millionär Montechiesa eher Gehör finden. Sie hatten bereits fast die kleine Steintreppe vor dem Eingang erreicht, als Margherita de Luca seine Hand nahm und ihn festhielt. Sie sagte nichts und sah ihn nur angstvoll an.

Cavelli seufzte mitfühlend. »Ich weiß, mir geht's genauso. Was machen wir hier? Es ist sinnlos. Niemand wird uns glauben.«

Sie presste die Lippen zusammen und schüttelte den Kopf. »Niemand!«

Mehrere Momente standen sie so da. Dann, als wenn sie

sich verabredet hätten, begannen sie langsam die Treppe heraufzugehen, und gleich darauf waren sie im Gebäude verschwunden.

XXVIII

Auch wenn das Polizeirevier im besten Viertel Roms lag, strahlte der Flur hinter der Eingangstür dennoch die schäbige Trostlosigkeit aus, die man in Behörden auf der ganzen Welt findet und die besonders denen bewusst wird, die in Sorge kommen. Quietschende Linoleumböden, graue Wände, mit Reißzwecken befestigte amtliche Aushänge, abweisende Türen und ein unangenehmer Geruchscocktail aus Schweiß und Bohnerwachs. Auf einer Wartebank saß ein mittelalter Mann in einer grauen Bomberjacke und las eine Sportzeitung. Ob er Anzeige erstatten wollte, ob er ein Krimineller oder ein Polizist war, ließ sich nicht sagen. Äußerlich hätte alles gepasst. Am Ende des Flurs stand ein Tresen, hinter dem ein korpulenter Polizist in den Dreißigern saß und langsam etwas an einem PC schrieb. Er hatte kurz hochgeblickt, als sie eingetreten waren, aber dann hatte er weitergetippt. Sonst war niemand zu sehen. Erst als Cavelli und Dr. de Luca den Tresen erreicht hatten, unterbrach der Beamte seine Arbeit. Er erhob sich ächzend von seinem quietschenden Drehstuhl und blickte sie müde an, bevor er mit noch müderer Stimme fragte: »Ja bitte?«

»Wir sind hier, um … «, begann Cavelli etwas umständlich.

»Wir müssen jemanden anzeigen«, fiel ihm de Luca ins Wort. »Es geht um eine äußerst ernste Angelegenheit. Bitte bringen Sie uns zum Leiter des Reviers.«

»Der hat jetzt keinen Dienst, worum geht's denn?«

»Dann zu seinem Stellvertreter. Es ist wirklich eine äußerst wichtige Angelegenheit.«

Der Beamte sah erst sie und dann Cavelli an. In seiner Miene rang chronische Resignation mit aktueller Gereiztheit. Dann siegte die Resignation und er griff zum Telefon. Er erklärte der Person am anderen Ende den Sachverhalt und reagierte auf die Antwort mit einer Art Grunzen, dann legte er auf.

»Nehmen Sie Platz« Er wies mit dem Daumen auf eine der freien Bänke. »Es kommt gleich jemand.« De Luca warf ihm einen vernichtenden Blick zu und zog Cavelli zu der Bank, die am weitesten von dem anderen Mann entfernt stand. Auf einmal wirkte sie gar nicht mehr ängstlich, sondern äußerst entschlossen. Das Phlegma dieses Polizeibeamten hatte sie wütend gemacht, und das schien bei ihr ungeahnte Kräfte freizusetzen. Cavelli hoffte nur, dass sie nicht übers Ziel hinausschoss. Agressives Verhalten würde ihnen hier nicht weiterhelfen. Sie setzten sich auf die Bank, und Cavelli schielte zum Tresen hinüber. Der Beamte tippte wieder an seinem Protokoll oder um was immer es sich handelte, und schien sie bereits vergessen zu haben. De Luca rückte dicht an ihn heran und sprach mit leiser Stimme fast in sein Ohr: »Wenn wir gleich mit dem Vorgesetzten sprechen, müssen wir uns ergänzen. Ich schlage vor, dass ich zunächst sage, wer ich bin, und von dem Forschungsprojekt berichte. Die nüchternen Fakten. Damit die sehen, dass es sich nicht um irgendeine Fantasterei handelt, und dann kommen Sie und …«

Cavellis Handy begann zu vibrieren. Er zog es aus der Tasche und sah auf das Display. Eine unterdrückte Rufnummer. Er entschied, den Anruf anzunehmen.

»Cavelli?«

»Angelo Montechiesa hier.«

Cavellis Herz setzte einen Schlag aus.

Ließ Montechiesa ihn beobachten? Kam jetzt eine unmissverständliche Warnung, dichtzuhalten, oder war es nur ein Zufall, dass er ausgerechnet in diesem Moment anrief? Cavelli zog es vor, von Letzterem auszugehen. Er drehte dem Tresen den Rücken zu und sprach mit gesenkter Stimme.

»Was kann ich für Sie tun, Signor Montechiesa?«

»Ich würde gern etwas mit Ihnen besprechen. Natürlich nicht am Telefon. Persönlich. Ich bin morgen in Rom. Können wir uns sehen?« Montechiesa klang ganz normal. Wenn er Cavelli verdächtigte, war er ein guter Schauspieler.

»Natürlich können wir uns treffen, wo?« Cavelli antwortete extra so ausführlich, de Luca sollte mitkriegen, worum es ging.

»Beim Heiligen Sebastian. Wissen Sie, wo das ist?«

»Sicher. Auf der …«

»Wozu es aussprechen? Man weiß doch nie, wer mithört. Also morgen früh um acht?«

»Ich werde da sein.«

Es knackte in der Leitung. Montechiesa hatte aufgelegt.

Margherita de Luca war blass geworden. »Er will Sie sehen?«

»Morgen früh um acht, in Rom.«

»Was hat das zu bedeuten?«

»Ich weiß es nicht. Aber wenn es hier gut läuft, hat es sich ohnehin erledigt. Wenn die Polizei das Labor gesichert hat, ist die Gefahr gebannt.«

Dr. de Luca verzog schmerzlich den Mund. »Wenn er nicht bereits eine größere Menge an einen anderen Ort geschafft hat.«

»Warum sollte er?«

De Luca zuckte mit den Schultern. Sie musste auch nicht antworten. Cavelli kannte die Antwort auf seine Frage auch selbst sehr gut.

Weil Montechiesa ein verdammt misstrauischer Hund ist. Er verscheuchte den Gedanken. Wenn Montechiesa das getan hatte, war das hier alles sinnlos. »Wir können jetzt nur das Beste hoffen«, murmelte er und starrte zu Boden. Seinen nächsten Gedanken behielt er für sich. Nämlich, dass es einer der seltenen Momente war, in denen er es bedauerte, nicht beten zu können.

Eine Weile sprach niemand. Cavelli versuchte im Geiste, seine zweifellos unglaubwürdig wirkende Geschichte in eine überzeugendere Form zu bringen. Er nahm an, dass

Dr. de Luca ähnliche Überlegungen anstellte. Es würde wohl das Beste sein, sie anfangen zu lassen. Sie war nicht nur nachweislich Doktor der Biochemie, ihr Teil der Geschichte beruhte ausschließlich auf Fakten. Was Cavelli beizutragen hatte, konnte man ohne weiteres auch als wilde Spekulationen und Hörensagen abtun. Konnte er etwa beweisen, dass Montechiesa ihm wirklich von seinem Plan erzählt hatte? Konnte er nicht. Und selbst wenn man ihm zugestand, dass er gehört hatte, wie Montechiesa all dies sagte, das konnte genauso gut nur eine theoretische Überlegung gewesen sein. Eine Äußerung wie »Man müsste alle Politiker aufhängen.« Wer hatte so was nicht schon einmal gedacht oder gesagt, ohne auch nur im mindesten die Absicht zu haben, diese Idee auch tatsächlich in die Tat umzusetzen? Nein, Signor Cavelli hatte da ganz sicher etwas missverstanden. Und dann waren da noch andere Fragen. Etwa, wer er eigentlich sei, inwieweit er mit dieser Sache zu tun habe, was seine Stellung im Vatikan sei, ob man ihn beauftragt hatte, sich einzuschalten. Cavelli musste an sein Gespräch mit Monsignore Longhi denken. Wie hatte er noch gesagt? »Wir beauftragen Sie nicht.« Wie auch? Laut Longhi hatte es nie ein Gespräch gegeben, folglich konnte Cavelli sich in keiner Weise auf den Vatikan berufen. Offiziell wusste man dort von nichts. Es war zum … Er bemerkte, dass de Luca ihn von der Seite ansah.

»Sie hätten Montechiesa nicht vorlügen sollen, dass Sie ein Monsignore sind, Sie sehen nämlich überhaupt nicht aus wie einer.«

Cavelli grinste schief und ging darauf ein. Die Ablenkung war ihm sehr recht. »Hab ich gar nicht. Ich habe mich als Don Cavelli vorgestellt. Don ist mein Vorname, wenn Montechiesa daraus falsche Schlüsse zieht, kann ich nichts dafür.«

De Luca lachte kurz auf. Es war der erste Moment, in dem Cavelli sie nicht ernst sah. Für einen Augenblick war sie eine ganz andere Frau. Das Lachen verschwand so schnell, wie es gekommen war.

»Don?« Sie musterte ihn misstrauisch. »Wofür ist das die Abkürzung?«

Cavellis Unterkiefer verhärtete sich. Er hasste es, darüber zu sprechen. »Für Donato«, antwortete er widerstrebend.

Wieder lachte sie auf. »Oh, das tut mir sehr leid.«

»Und mir erst.«

»Darf ich Sie Don nennen?«

»Das wäre mir am liebsten.«

»Und ich heiße Margherita. Das heißt die kostbare Perle. Auch nicht viel besser.«

»Margherita.«

»Don.«

Während sie sich die Hände reichten und dabei in die Augen sahen, wurde ihnen das Bizarre an der Situation bewusst. Dies war keine Cocktailparty mit Smalltalk, auch wenn es sich ein paar sorglose Momente so ähnlich angefühlt hatte. Trotzdem hatte sich etwas zum Besseren verändert. Bis eben waren sie zwei Fremde gewesen, die zufällig in dieselbe Angelegenheit verwickelt worden waren. Nun waren sie plötzlich Verbündete, vielleicht sogar mehr als das.

Am Ende des Flurs öffnete sich eine Tür. Ein gutaussehender Mittdreißiger mit einem schmalen Schnurrbärtchen trat heraus und warf dem Schalterbeamten einen fragenden Blick zu. Der deutete mit einer Kopfbewegung auf Cavelli und de Luca. Der Gutaussehende drehte sich um und musterte sie. Er hatte eine kerzengerade, fast militärische Haltung, die in einem interessanten Kontrast zu seinem neugierigen, aber nicht unfreundlichen Gesichtsausdruck stand. Dann winkte er die beiden heran und lotste sie durch einige Türen in ein kleines Büro. Cavelli gelang es, im Vorbeigehen das Türschild zu lesen.

014 Commissario Viani. Der Commissario bot ihnen Stühle an und schloss das Fenster. Draußen regnete es jetzt in Strömen, aus der Ferne war Donner zu vernehmen. Viani nahm hinter seinem Schreibtisch Platz. Im Gegensatz zu seinem Kollegen schien er hellwach zu sein. »Wie kann ich helfen?«

Margherita reichte ihm ihren Ausweis, Viani zögerte kurz, dann nahm er ihn, aber ohne ihn anzusehen.

»Uns ist bewusst, dass das, was wir Ihnen sagen werden, schwer zu glauben ist«, begann sie, »aber nun wissen Sie, wer ich bin, und wenn Sie mich googeln, werden Sie feststellen, dass ich eine nicht ganz unbekannte Biochemikerin bin. Vielleicht ein erster Hinweis darauf, dass unsere

Geschichte stimmen könnte.« Vianis Miene war undurchdringlich. Er schien kurz zu überlegen. Dann wanderte sein Blick ein paarmal zwischen de Lucas Gesicht und dem Ausweisfoto hin und her. Schließlich tippte er etwas in seinen ziemlich veralteten Laptop ein. Er überflog mehrere Texte, dann wandte er sich wieder Margherita zu.

»Bene, Dr. de Luca, ich habe nun eine Vorstellung, wer Sie sind. Äußerst eindrucksvoll, was man über Sie findet, das muss ich schon sagen, Glückwunsch.« Er blickte zu Cavelli, als wollte er herausfinden, was *seine* Rolle hierbei war, dann konzentrierte er sich wieder auf Margherita de Luca. In klaren, fast druckreifen Sätzen berichtete sie detailliert von ihrer wissenschaftlichen Arbeit. Angefangen mit der Auffindung des Pestbakteriums in einer fünftausend Jahre alten Frauenlciche in einem Massengrab im westschwedischen Gökhem, über erste Forschungsschritte bis hin zur Entwicklung zweier modifizierter Bakterienstämme, von dem der eine tödlich war und der andere nicht. Viani hörte mit größter Aufmerksamkeit zu und unterbrach nur für kurze Nachfragen zum besseren Verständnis. Nach zehn Minuten beendete sie ihren kleinen Vortrag: »Wir müssen leider davon ausgehen, dass mein Arbeitgeber bereits mehrere bakteriologische Anschläge in Italien begangen hat und weitere plant.«

Viani blickte sie stumm an und blinzelte ein paarmal.

»Gut, eins nach dem anderen. Wer ist Ihr Arbeitgeber?«

De Luca holte tief Luft. »Angelo Montechiesa, Sie haben sicher schon von ihm gehört.«

Viani schüttelte den Kopf. Wahrscheinlich war er zu jung, um in Montechiesas Glanzzeit die Illustrierten der Yellow Press gelesen zu haben. Er tippte den Namen in den Laptop ein. Cavelli konnte von seinem Platz aus nicht sehen, *was* dort zu lesen stand, aber es hatte eindeutig eine seltsame Wirkung auf Viani. Für einige Augenblicke starrte er auf den Bildschirm, als habe er ein Gespenst gesehen. Dann normalisierten sich seine Züge wieder. Langsam erhob er sich. »Würden Sie beide wohl einen Moment hier warten? Ich bin gleich zurück.« Bevor Cavelli oder de Luca antworten konnten, hatte er ihnen noch einmal knapp zugenickt und das Büro verlassen. Bis auf das Ticken der billigen Wanduhr war es mehrere Momente still in dem Büro. Eine dunkle Wolke schien in der Luft zu hängen.

Margherita de Luca brach das Schweigen zuerst. »Hast du das gesehen, Don?«

»Diese Reaktion am Computer?« Cavelli nickte düster. »Ja, das war seltsam.«

»Er hat nach Infos über Montechiesa gesucht. Und dann plötzlich dieser total erschrockene Blick.«

»Vielleicht hat die Polizei Informationen über Montechiesa, vielleicht beobachten sie ihn schon längst. Und er hat gesehen, dass das eine bereits laufende Polizeioperation ist.«

»Warum verhaften sie ihn dann nicht? Dann hätte man

die Anschläge in diesem Dorf und auf dem Schiff verhindern können.«

»Ich weiß es nicht. Vielleicht haben sie Indizien, aber keine Beweise, und da kommen wir ihnen gerade recht.«

De Luca schüttelte den Kopf. »Wir haben doch auch keine Beweise.«

Cavelli massierte seinen angespannten Nacken. »Bleiben wir erst mal positiv. Zumindest scheint mir dieser Commissario Viani sehr vernünftig zu sein, ich hatte ehrlich gesagt befürchtet, dass man uns gleich wie zwei Verrückte rauswirft.«

»Ja, das stimmt.« De Luca nickte, klang aber wenig überzeugt. »Der Mann ist wirklich ...«

In diesem Moment kam Commissario Viani zurück. Er lächelte freundlich, aber er wirkte etwas außer Atem. War sein Gesicht vorher auch schon so gerötet gewesen? Er nahm Platz und blickte erst zu de Luca, dann zu Cavelli. Sein Blick hatte nun etwas Offizielles. »Ich möchte Ihnen versichern, wir nehmen das sehr ernst. Ich habe eben mit der übergeordneten Dienststelle telefoniert, und dort hat diese Sache allerhöchste Priorität.« Er begann in seiner Schreibtischschublade herumzuwühlen und förderte einen Schreibblock zutage. Dann befragte er Cavelli.

Der erzählte seine ganze Geschichte, wobei es ihm ziemlich gut gelang, den Punkt, wie und warum er überhaupt an Montechiesa herangekommen war, zu umschiffen. Viani schrieb mit und füllte Blatt um Blatt. Nach zwanzig Minuten war Cavelli bei der DVD von der *MS Fortuna* angelangt, die Montechiesa ihm auf Poveglia vorgeführt hatte. Es war das erste Mal, dass Viani aufblickte, er schien ehrlich erschüttert zu sein. Draußen vor der Bürotür kam nun Unruhe auf. Schritte, Stimmen, dann wurde die Tür energisch aufgestoßen und ein großer Mann um die Sechzig betrat das Büro. Er trug eine Polizeiuniform und einen dazugehörigen Mantel, auf dessen Schulterstücken sich drei Sterne und eine Krone befanden, offenbar ein hohes Tier. Viani erhob sich überrascht. Der Mann hielt sich nicht mit Begrüßungsfloskeln auf. »Colonnello Adelphi. Commissario Viani?«

»Jawohl, wir haben telefoniert, ich habe …«

»Schon gut. Haben Sie das Verhör allein geführt?«

»Es ist kein Verhör«, schaltete sich Cavelli ein. »Wir sind aus freien Stücken …«

Adelphi schnitt ihm mit einer Handbewegung das Wort ab. »Keine Sorge, das wird sich alles klären.« Er wandte sich wieder an Viani. »Also: allein?«

»Ganz recht, Colonnello.«

»Wen haben Sie außer mir noch in Kenntnis gesetzt?«

»Bis jetzt noch niemanden.«

»Gut, dabei muss es vorerst bleiben, verstanden?«

»Jawohl.« Der scharfe Ton seines Vorgesetzten schien Viani zu verunsichern.

»Wo ist Ihr Protokoll?«

Viani deutete auf seinen Schreibblock. »Dort, aber das werden Sie nicht entziffern können, meine Handschrift ist …«

»Nichts im PC?«

»Noch nicht, nein.«

»Gut. Das hier nehme ich an mich.« Adelphi riss die Blätter aus dem Block, faltete sie zusammen und verstaute sie in der Manteltasche. Dann deutete der Colonnello auf Cavelli und de Luca. »Wurden die Beschuldigten durchsucht?«

Sowohl Viani als auch Cavelli und de Luca protestierten. De Luca war empört von ihrem Stuhl aufgesprungen. »Setzen Sie sich!« Adelphis Stimme war nicht laut, aber scharf. Viani warf ihr einen Blick zu, der wohl halb Beruhigung, halb Entschuldigung sein sollte. Dann wandte er sich mit betont sanfter Stimme an Adelphi.

»Signora de Luca und Signor Cavelli sind Zeugen, keine Beschuldigten.«

»Also nicht durchsucht?«

»Dazu bestand kein Anlass, Colonnello.«

»Das war äußerst unvorsichtig von Ihnen, Commissario, um nicht zu sagen, eine unverzeihliche Verletzung der Dienstvorschriften.« Adelphi hatte eine Pistole mit Schalldämpfer aus seiner Tasche gezogen und war einige Schritte zurückgetreten, die Waffe erhoben, wenn auch auf niemand Bestimmten gerichtet. Seine Stimme war nun noch leiser. »Kein Wort mehr. Das gilt für alle!« Er wandte sich wieder an Viani. »Sie hätten die Verdächtigen wirklich durchsuchen sollen, dann würde Sie der Mann dort jetzt nicht mit einer Waffe bedrohen.«

Viani war bleich geworden. »Colonnello, was tun Sie?«

Adelphi presste die Lippen zusammen. »Was nötig ist. Nur, was nötig ist.« Er zögerte. »Sind Sie ein guter Katholik, Commissario?«

»Ein guter … Ja, mehr oder weniger, was meinen Sie, Colonnello?«

»Beten Sie das Vaterunser.«

»Wie bitte?«

»Tun Sie's. Jetzt!«

»Ich verstehe nicht.«

»Tun Sie's.«

Viani starrte Adelphi an, dann legte er die Hände zusammen, während er mechanisch das Gebet runterleierte, den Blick keine Sekunde von der Waffe lassend. Adelphi wartete, bis er geendet hatte. Aus seiner Stimme klang echtes Bedauern. »Es tut mir leid, aber es steht zu viel auf dem Spiel. Einfach alles.« Er zielte auf Vianis Brust und drückte zweimal ab.

Die Mündungsgeräusche waren ungewöhnlich leise, nicht nur durch den verwendeten Schalldämpfer, sondern offenbar benutzte Adelphi Subsonic-Munition. Die flog langsamer als der Schall, aber auf eine Distanz von weniger als zwei Metern war sie genau so tödlich wie herkömmliche Geschosse. Viani sackte zusammen wie eine Marionette, bei der man die Fäden durchgeschnitten hatte. De Luca starrte entsetzt auf den Toten, die Hände auf den Mund gepresst. Cavelli war aufgesprungen, doch im selben Moment schwenkte die Waffe in de Lucas Richtung. »Stopp!« Cavelli gehorchte. Dann zog Adelphi eine zweite

Pistole aus der Manteltasche, die er auf Cavelli richtete. Seine Stimme zitterte, aber nur leicht. »Sie beide dürfen auch noch beten, wenn Sie es wünschen.«

»Was soll das?« Cavellis Hals war trocken.

»Nun, Sie, Signore, haben Commissario Viani erschossen, dann die Dame, ich konnte es leider nicht rechtzeitig verhindern, dann habe ich Sie mit meiner Dienstwaffe gestoppt, bevor Sie auch mich erschießen konnten.«

»Warum tun Sie das?«, krächzte Cavelli.

»Im Gegensatz zum armen Commissario Viani wissen Sie das ganz genau. Sie stehen der wichtigsten Entwicklung der letzten tausend Jahre im Weg.«

»Sie irren sich«, rief Margherita erstaunlich gefasst. »Mein Mann und ich sind hier, um einen Einbruch in unser Haus anzuzeigen.«

Adelphi verzog unwirsch den Mund. »Nein, sind Sie nicht, Sie haben gegenüber ihm«, er machte eine Kopfbewegung zu Vianis Leiche, »Signor Montechiesa erwähnt. Wir hatten mit so etwas gerechnet und für diesen Fall in der ganzen Behörde eine Datei installiert, die bei jedem, der diesen Namen eingibt, eine Anzeige erscheinen lässt, die zur absoluten Geheimhaltung auffordert und dazu, mich oder ein anderes Mitglied unserer Mission zu verständigen. Sie sehen also, leugnen ist völlig …«

Cavelli versuchte, die Waffe, die auf seine Brust zielte, zu ignorieren und trat einen Schritt vor, einen ganz kleinen nur, aber immerhin. »Man wird feststellen, dass nicht ich es war, der geschossen hat.«

»Keine Sorge, sobald Sie tot sind, werde ich Ihnen behilflich sein, noch einen Schuss in die Wand hinter Commissario Vianis Stuhl abzugeben, dann sind auch Schmauchspuren an Ihnen zu finden.« Irgendwo im Haus waren laute Stimmen zu vernehmen. Adelphi warf einen nervösen Seitenblick zur Tür. »Also kein Gebet? Umso besser.« Er hob die Waffe mit dem Schalldämpfer und zielte auf de Lucas Brust. »Ich möchte, dass Sie Folgendes wissen: Dass Viani jetzt tot ist, geht auf *Ihr* Konto, *Sie* haben mich gezwungen, das zu tun. Und auch zu dem, was ich jetzt tun muss, haben *Sie* mich gezwungen. Warum mussten Sie unbedingt herkommen? Was bald geschehen wird, ist ohnehin nicht mehr aufzuhalten. Es *wird* kommen, und es *muss* ko– « Cavelli machte einen schnellen Ausfallschritt nach vorn und fegte mit dem Arm Vianis Schreibtischlampe vom Tisch direkt in Richtung von Adelphis Kopf. Adelphi duckte sich instinktiv und riss schützend die Hände vors Gesicht, wobei er einen Schritt zurückwich. Für einen Moment war er aus dem Gleichgewicht gebracht. Margherita machte einen Satz auf ihn zu und versetzte ihm mit beiden Händen einen kräftigen Stoß vor die Brust, der ihn vollends aus dem Gleichgewicht brachte und über einen Papierkorb stolpern ließ. Krachend ging er zu Boden. Ein wahrscheinlich unbeabsichtigt abgegebener Schuss aus seiner Dienstwaffe löste sich mit einem ohrenbetäubenden Knall und zerschmetterte eine Fensterscheibe.

»Raus hier!« Cavelli packte Margheritas Hand und riss

sie mit sich, eine Sekunde später rannten sie bereits den Flur hinunter.

»Da!« Margherita deutete auf die Glastür am Ende des Gangs, auf die von der anderen Seite zwei Polizisten zurannten, ganz eindeutig aufgeschreckt von dem Schuss aus Adelphis Dienstwaffe. In wenigen Sekunden würde es weder ein Vor noch ein Zurück mehr geben. Hinter ihnen kündeten dumpfe Geräusche davon, dass Adelphi offenbar dabei war, sich wieder aufzurappeln. Cavelli entdeckte eine Tür, die mit dem Piktogramm einer Treppe gekennzeichnet war. »Hier lang!« Er riss die Tür auf, und gleich darauf befanden sie sich in einem Treppenhaus, das nach unten und oben führte. Instinktiv entschieden sie sich für den Weg nach oben. Unten hörten sie Adelphi den beiden Beamten hastige Befehle zubrüllen. Inzwischen hatten sie schon fast den zweiten Stock erreicht. Cavellis tägliches Joggen zahlte sich endlich einmal aus, und auch Margherita war offenbar wesentlich durchtrainierter, als es ihre zarte Figur auf den ersten Blick vermuten ließ. Jetzt war unten auf der Treppe Lärm zu hören, sie waren nicht mehr allein. Ein Schuss ließ sein Herz für eine Sekunde aussetzen. Aber irgendetwas stimmte nicht. Der Schuss war von hoch über ihren Köpfen gekommen. Nein, kein Schuss, Donner. Offenbar war das Gewitter jetzt direkt über dem Revier. In Cavellis Kopf raste es, was tun? Im zweiten Stock befand sich eine Tür, sollte man vielleicht …? Keine Zeit, darüber nachzudenken, seine Beine waren schneller als sein Kopf. Schon befanden sie sich auf der nächsten Treppe. Solange sie nach oben liefen, kamen sie offenbar besser voran als ihre Verfolger. Noch ein Stockwerk. Das vierte und letzte. Hier führte nur noch eine schmale Treppe zu einer Metalltür. Nach Cavellis Erfahrung waren solche Türen immer verschlossen. Also hier durch die nächstbeste. Sie war offen. Dahinter befand sich ein riesiger Raum, der fast vollständig im Dunkeln lag, nur ein paar schwache Notlampen an den Wänden ließen zumindest Schemen erkennen. Überall standen Schreibtische herum, teilweise aufeinander, außerdem viele Stühle, zum Teil zerbrochen, und etliche Büroschränke. Vor allem aber Umzugskartons, es mussten Hunderte sein. In wenigen Augenblicken würden ihre Verfolger hier sein. Was tun? Sich verstecken? Ganz sicher keine gute Idee, dann würden sie in der Falle sitzen. Gleichzeitig entdeckten sie ein grün beleuchtetes Schild über einer Tür vor ihnen. *Emergency-Exit.* Sie war verschlossen. Keine Zeit mehr. Jetzt gab es nur noch *einen* Ausweg. Cavelli zog Margherita zu einem der Fenster an der Längsseite. Ein kurzer Blick nach draußen war vielversprechend. Einen Meter unter dem altmodischen Fenster befand sich ein Flachdach. Er versuchte das Fenster zu öffnen, aber offenbar hatte das seit Jahren niemand getan. Der Riegel war verstaubt und saß fest. Cavelli schlug mit aller Kraft mit der Faust von unten dagegen, jetzt löste er sich. Er riss die Fensterflügel auf, im Nu war er von einem alten Stuhl auf das Fensterbrett gestiegen und reichte Margherita die Hand. Bereits im nächsten Moment war er klatschnass. Der Regen peitschte in dicken Schnüren vom Himmel. Sie zögerte immer noch, seine Hand zu ergreifen, als die Tür aufgerissen wurde, durch die sie selbst gekommen waren. Sie griff eilig zu, und Cavelli zog sie zu sich nach oben. Gleich darauf befanden sie sich auf dem Dach. Hatten die Verfolger sie gesehen? Ein weiterer Donner krachte über ihren Köpfen. Gleichzeitig tauchte ein Blitz das ganze Dach in gleißende Helligkeit. Sie standen wie auf dem Präsentierteller, es würde an ein Wunder grenzen, wenn sie dabei unentdeckt geblieben wären. Das Dach bot nirgendwo Deckung. Es blieb nur, loszurennen und das Beste zu hoffen. Inzwischen waren sie beide bis auf die Knochen durchnässt. Im Laufen warf Cavelli einen Blick über die Schulter, konnte aber in der Dunkelheit keine Verfolger ausmachen. Aber das musste nichts heißen. Plötzlich spürte er einen Ruck im Arm. Margherita war abrupt stehen geblieben. Aus der Entfernung schien sich das Dach über Hunderte von Metern zu erstrecken, doch nun befand sich vor ihren Füßen eine fünfzehn Meter tiefe und etwa eineinhalb Meter breite Lücke bis zum nächsten Dach. Irgendetwas in Cavellis Kopf stellte eine Kalkulation an. Es war machbar. Theoretisch. Wenn man den Absprungpunkt perfekt erwischte, wenn es auf dem gegenüberliegenden Dach nicht glatt war. Wenn der starke Regen nicht alle Berechnungen Lügen strafte. Wenn! Und was war mit Margherita? Er schätzte sie auf ein Meter sechzig. Für sie war es sogar noch riskanter. Es blieb keine Zeit mehr nachzudenken, und es gab auch kein Zurück mehr. Die Verfolger würden jeden Moment hinter ihnen auftauchen. »Margherita, uns bleibt keine …«

Sie war verschwunden. *Was zum …?* Panisch sah er um sich, dann entdeckte er sie ein Stück weit entfernt kniend und ihn aufgeregt heranwinkend. »Hier, Don, schnell!« Geduckt rannte er zu ihr. Aus der Entfernung war es in Dunkelheit und Regen kaum zu sehen gewesen, aber dort befand sich eine Feuerleiter. Reichte sie bis ganz nach unten? Das war von hier oben nicht auszumachen. Im nächsten Moment hatte sich Margherita schon geschickt auf die Leiter geschwungen und begonnen, nach unten zu klettern. Cavelli folgte ihr, so schnell er konnte. Die Leitersprossen waren kalt und durch den Regen glitschig. Seine glatten Ledersohlen fanden kaum Halt, und er umfasste jede Sprosse, so fest er konnte. Nur halbkreisförmige Metallstreben, die den Kletterer umschlossen, boten minimalen Schutz vor einem Absturz.

Colonnello Adelphi stand neben dem Beamten am Tresen und presste den Telefonhörer ans Ohr. Der Carabinieri auf dem Dach war wegen des Regens nur sehr schlecht zu verstehen. Adelphis Antwort war klar und eindeutig: »Gut, halten Sie dort oben die Stellung und sichern die Leiter. Keine Verfolgung, ich wiederhole: keine Verfolgung. Over and out.« Er fasste den Beamten scharf ins Auge. »Kein Wort über diesen Vorgang, verstanden?« Der Beamte nickte verblüfft und setzte zu einer Antwort an, aber Adelphi eilte bereits den Gang hinunter, und gleich darauf kündete nur noch die quietschend hin und her schwingende Eingangstür davon, dass er jemals da gewesen war.

XXIX

Cavelli wusste nicht mehr, was um ihn herum vorging. Es war stockdunkel, und das Wasser lief in Strömen an ihm herunter und in seine Augen. Es war unmöglich, nach oben zu schauen, um festzustellen, ob man ihnen bereits folgte, und auch Margherita, die sich ein, zwei Meter tiefer auf der Leiter befinden musste, konnte er weder sehen noch hören. Wie weit war es noch nach unten? Acht Meter? Drei Meter? Es blieb nur, einfach weiter zu klettern. Langsam schien der Boden in greifbare Nähe zu kommen, er konnte das Aufschlagen des Regens auf den Asphalt sehen, Margherita war offenbar bereits unten angekommen. Jetzt rief sie ihm etwas zu, was er im Prasseln des Regens jedoch nicht verstehen konnte. Endlich stand er wieder auf festem Boden. Mit der Hand wischte er sich das Wasser aus dem Gesicht. Offenbar befanden sie sich auf einem großen Parkplatz. Margherita stand etwa zwei Meter von ihm entfernt und starrte ihn mit vor Angst geweiteten Augen an. Adelphi war hinter ihr, die linke Hand auf ihrem Mund, in der rechten seine Beretta 92 Compact, deren Lauf genau auf Cavellis Brust zeigte. Mechanisch hob Cavelli die Hände. Adelphi drückte Margherita nach unten, bis sie auf dem Asphalt kniete, und trat einen Schritt zurück. Seine

Augen waren starr auf Cavelli gerichtet. »Umdrehen!« Er musste brüllen, um den Regen zu übertönen. Cavelli gehorchte, es gab keine Alternative. »Jetzt rückwärts auf mich zukommen – langsam.« Wieder gehorchte Cavelli. Dann spürte er den kalten Lauf der Waffe in seinem Nacken, während ihn Adelphi langsam und sehr gründlich abtastete. Cavelli empfand ein Gefühl des Ekels, wenn er sich vorstellte, dass Colonnello Adelphi auch Margherita bereits dieser Prozedur unterzogen hatte. Schließlich hatte sich Adelphi davon überzeugt, dass Cavelli unbewaffnet war. »Vorwärts!« Er wartete, bis Cavelli etwa drei Meter vor ihm war, dann befahl er Margherita aufzustehen. Mit seiner Hand auf ihrer Schulter folgten sie Cavelli. Für zufällige Beobachter würde es wie eine freundschaftliche Geste aussehen. Die Waffe hielt er unter seinem offenen Mantel auf ihre Seite gerichtet. »Nach links!«, dirigierte er Cavelli. Nach zwei weiteren Richtungswechseln waren sie an einer schwarzen Limousine angekommen. Wahrscheinlich ein Audi A6, aber in der Dunkelheit war sich Cavelli nicht sicher. Adelphi betätigte die Fernbedienung, und der Kofferraum öffnete sich. »Dort hinein.« Cavelli warf Margherita einen hilflosen Blick zu, in ihren Augen stand nun nackte Panik. Widerstand war sinnlos, Adelphi hatte die Situation vollkommen unter Kontrolle. Langsam kletterten zuerst Margherita und dann Cavelli in den Kofferraum, der kaum Platz für zwei Erwachsene bot. Adelphi knallte den Deckel zu, und wenige Sekunden später spürten sie, dass sich der Wagen in Bewegung setzte.

XXX

Cavelli und Margherita lagen in völliger Dunkelheit aneinander gepresst. Abgesehen von seinen Händen und Füßen konnte Cavelli sich kaum bewegen. Die Luft war stickig und roch nach Benzin. Cavelli bemühte sich, sein Gesicht aus Margheritas Haaren zu entfernen. Es war mühsam und gelang nur teilweise. Er versuchte ruhig zu bleiben, indem er auf seine Atmung achtete. Jetzt nur nicht in Panik geraten. Obwohl es eigentlich keine Rolle mehr spielte, ihre Lage war aussichtslos. Adelphi würde sie an einen ruhigen Ort bringen und beenden, was ihm im Revier nicht gelungen war. Cavelli tastete, so gut es ging, im Kofferraum umher, ob dort irgendetwas lag, was sich als Waffe verwenden ließ, fand aber nichts außer einem Verbandskasten. Margherita stöhnte. Hatte Adelphi sie womöglich geschlagen, bevor Cavelli dazugekommen war. »Hast du Schmerzen?«

»Das ist alles meine Schuld.« Ihre Stimme war dumpf und tonlos. »Ich hätte wissen müssen, was Montechiesa vorhat.«

»Nein, das konntest du nicht, er hat es gut verheimlicht.«

»Nein, ich hab gewusst, dass etwas nicht stimmt. Seit Monaten. Ich wollte es nur einfach nicht wahrhaben. Ich wollte weiter diese Forschungen durchführen und dieses Labor leiten, dafür hab ich alle anderen Gedanken zur Seite gedrängt.«

Ihr Tonfall war voller Hoffnungslosigkeit. Cavelli legte seine Hand auf ihren Arm. »Du hättest nichts tun können.«

»Doch! Ich hätte kündigen müssen.« Sie schrie es fast.

»Dann hätte jemand anders übernommen.«

Margherita schwieg. Weinte sie?

Jetzt fuhr der Wagen aufwärts und im Kreis. Ein Parkhaus? Nein, dafür fuhr er zu schnell, und gleich darauf beschleunigte er noch weiter. Durch irgendeine Ritze pfiff ein kalter Luftzug ins Innere des Kofferraums. Offenbar befanden sie sich auf einer Autobahn. Es war also nicht damit zu rechnen, dass Adelphi in den nächsten Minuten anhalten würde. Cavelli tastete nach der Verriegelung und probierte, ob sie sich lösen ließ. Er versuchte, seinen Finger in den Schnappmechanismus hineinzudrücken, aber außer einem blutenden Schnitt erzielte er kein Ergebnis. Der Spalt war zu klein.

»Margherita, ich versuche, das Schloss aufzubekommen, hast du irgendwas in deiner Handtasche, was ich als Werkzeug verwenden könnte?«

Ihre Stimme klang resigniert und gleichgültig. »Wahrscheinlich schon, aber Adelphi hat sie mir abgenommen.«

Cavelli unterdrückte einen Fluch. Dann hatte er eine Idee. Der Verbandskasten. Wenn er vollständig war, musste er auch eine Schere enthalten. Mit dem Fuß bugsierte er den Kasten so weit näher, bis er ihn ergreifen konnte. Vor und über ihm war kein Platz, er musste ihn hinter seinem Rücken öffnen, dann tastete er nach der Schere. Unter zahlreichen Verbandspäckchen fand er sie schließlich und probierte, den Schlossschnapper zu öffnen. Es war schwieriger, als er es sich vorgestellt hatte, aber er konnte schon spüren, dass etwas im Schloss kurz davor war, nachzugeben, dann rutschte er ab. Der Wagen hatte leicht die Richtung geändert und befand sich nun auf einer wesentlich unebeneren Straße. Im nächsten Moment bremste er stark ab und kam schließlich abrupt zum Stehen. Es war zu spät.

XXXI

Ein leises Klicken war zu hören. Dann schwang die Kofferraumhaube ein paar Zentimeter nach oben.

»Rauskommen!« Adelphis Stimme kam aus einiger Entfernung. Irgendwelche verzweifelten Heldentaten beim Öffnen des Deckels würden keine Aussicht auf Erfolg haben. Cavelli kletterte mit steifen Knochen aus dem Kofferraum und war anschließend Margherita behilflich. Sie befanden sich auf einem Autobahnrastplatz, an den sich ein Waldstück anschloss. Das gelbliche Licht der Bogenlampen spiegelte sich auf dem regennassen Asphalt wider, und ein starker Geruch von Nadelbäumen hing in der Luft. Außer dem Audi war kein weiteres Fahrzeug zu sehen. Sie waren allein. Adelphi stand drei Meter hinter dem Wagen, in der einen Hand die Fernbedienung, in der anderen die Waffe mit dem Schalldämpfer. Er wartete regungslos, bis auch Margherita aus dem Kofferraum gestiegen war, dann machte er eine kleine Bewegung mit der Pistole. »Da rüber.« Er deutete auf ein Stück moosbedeckte Erde kurz vor den ersten Bäumen. Cavelli war nur zu klar, was jetzt passieren würde: Adelphi ließ sie einige Meter vom Wagen wegtreten, weil er keine Blutspritzer darauf haben wollte. Gleich würde er sie erschießen. Er warf einen kurzen Seitenblick auf Margherita, die kreideweiß im Gesicht war. Ihr Kinn zitterte leicht, aber sie sprach mit klarer Stimme: »Colonnello Adelphi, ich bin Signor Montechiesas Chefwissenschaftlerin. Und Don Cavelli ist ihm ein enger persönlicher Vertrauter, Signor Montechiesa wäre entsetzt, wenn er wüsste, was hier mit uns geschieht.«

Adelphi verzog widerwillig das Gesicht. »Im Gegenteil.«

»Hat er das gesagt?«

»Angelo Montechiesa ist ein Visionär. Er vollbringt ein geradezu übermenschliches Werk. Ich werde mit ihm nicht unnötig über Probleme sprechen, zumindest nicht, bevor sie gelöst sind.«

»Hören Sie …«, begann Cavelli.

»Wird's bald?«, schnitt Adelphi ihm das Wort ab. Es war offensichtlich, dass er fest entschlossen war. Die Zeit des Redens war vorbei.

Langsam traten Cavelli und Margherita den Weg durch das nasse Gras an. Cavelli hörte, wie Adelphi den Kofferraumdeckel zudrückte. War dies das Letzte, was er in seinem Leben hören würde? Das Geräusch eines Kofferraumdeckels?

»Stopp!« Adelphis Stimme war schneidend. »Das ist weit genug.«

Margherita griff nach Cavellis Hand, sie zitterte am ganzen Körper. Er drückte ihre eiskalte Hand. Gemeinsam würde es leichter sein.

Im nächsten Augenblick wurde der Rastplatz in helles Licht getaucht. Ein großer Reisebus kam schnell näher und hielt dann etwa dreißig Meter hinter dem Audi. Mit einem pneumatischen Fauchen glitten die vordere und hintere Tür zur Seite. Nach zwei Schrecksekunden hatte sich Adelphi wieder gefangen. »Vorwärts, schnell, schnell!«

Cavelli und Margherita bewegten sich auf die Bäume zu. Auf den ersten Metern standen sie noch nur vereinzelt, doch etwas weiter hinten war es schon ein richtiger Wald. Aus dem Bus strömten nun viele Menschen. Für einen Moment war Cavelli versucht, einfach mit Margherita in ihre Richtung zu rennen. Aber das hatte keinen Sinn. Adelphi würde trotzdem schießen und möglicherweise auch noch auf Unbeteiligte. Jetzt konnten sie nur Adelphis Anweisungen folgen und hoffen, dass sich noch irgendwie eine winzige Chance ergeben würde. Eine zugegebenermaßen extrem unrealistische Hoffnung. Die Insassen des Reisebusses schienen zum allergrößten Teil ebenfalls in den Wald zu laufen, offenbar zum Schutz vor dem Regen. Von Adelphi war ein unterdrückter Laut der Wut zu hören. »Immer schön weitergehen. Keine Dummheiten!«

Cavelli warf einen kurzen Blick über die Schulter. Die Touristen waren immer noch in Sichtweite, wenn auch keiner mitzukriegen schien, was sich nicht einmal fünfzig Meter von ihnen entfernt abspielte.

Der Regen war noch stärker geworden. Schritt für Schritt gingen sie weiter. Jeder Schritt mehr bedeutete, dass sie noch nicht tot waren. Noch einer. Und noch einer. Nun waren sie an einen steilen Abhang gelangt. Einige Meter tiefer befand sich ein sonst wohl friedliches Flüsschen, das sich aber durch den Regen in ein reißendes Wildwasser verwandelt hatte. Hier ging es nicht weiter. *Endstation,* ging es Cavelli durch den Kopf. Und dann, dass es viel hässlichere Orte zum Sterben gab. Ein schwacher Trost, aber er war jetzt bereit, alles zu nehmen, was er kriegen konnte. Dann drang Adelphis Stimme merkwürdig dumpf durch den Regen. »Nach rechts!« Cavelli und Margherita gehorchten. Ein paar Meter weiter befand sich eine Art Brücke, die über den Fluss führte. Eindeutig nicht für Wanderer bestimmt, sondern nur ein Baugerüst aus Metall. Offenbar ein Provisorium, es gab nicht einmal ein Geländer. Ein unübersehbares Schild verbot allen Unbefugten das Betreten. Die Waffe zeigte auf Cavelli. »Rauf da!« Cavelli setzte sich langsam in Bewegung. Warum diese Brückenüberquerung? Ging es Adelphi immer noch um die Touristen, oder legte er Wert darauf, dass ihre Leichen möglichst lange unentdeckt blieben? Vorsichtig stieg Cavelli über zwei Stufen, auf den metallenen Übergang. Er reichte Margherita die Hand, doch sie schien es nicht zu sehen und kletterte ohne seine Hilfe nach oben. Ihr Blick war starr auf den Boden gerichtet. Mit tonloser Stimme murmelte sie etwas, das möglicherweise »Es tut mir leid« lautete. Schließlich folgte Adelphi. Langsam, in etwa einem Meter Abstand, bewegten sie sich auf die andere Seite zu. Der Regen war so stark, dass Cavelli es erst bemerkte, als es zu spät war. Im Nachhinein war er nicht mehr sicher, ob er nicht doch vorher irgendwelche Laute gehört hatte, die ankündigten, was dann folgte. Einen kurzen Wortwechsel, schnelle Schritte, Anzeichen für einen Kampf, irgendetwas. Aber in jenem Moment war es das Gegenteil von Lauten gewesen, was ihn veranlasst hatte, sich umzudrehen, die plötzliche Abwesenheit von zuvor da gewesenen Geräuschen. Er befand sich allein auf dem Metallsteg. Margherita und Adelphi waren verschwunden.

XXXII

Cavelli stand unter der heißen Dusche und kämpfte gegen die quälenden Erinnerungen an. Er allein auf dem Metallsteg nach unten in den schwarzen, reißenden Fluss blickend und verzweifelt nach Margherita Ausschau haltend. Denn eine andere Erklärung gab es nicht. Sie und Adelphi waren in den Fluss gestürzt. Hatte Adelphi sie hineingestoßen und dabei selbst das Gleichgewicht verloren? Denkbar war es. Aber warum hätte er das tun und sich selbst dabei gefährden sollen? Er hatte eine Waffe. Nein, das ergab wenig Sinn. Immer wieder kamen Cavelli Margheritas letzte Worte in den Sinn. »Es tut mir leid.« Schon zuvor im Kofferraum hatte sie sich schwere Vorwürfe gemacht. Hatte sie sich auf dem glitschigen Steg plötzlich umgedreht und den zweifellos völlig überraschten Adelphi umklammert und mit sich in die Tiefe gerissen? Hatte sie sich geopfert, um Cavelli die Chance zu geben, Montechiesa doch noch aufzuhalten? Dafür gab es keine Beweise, aber ein Teil von Cavelli wusste, dass es so war. Ihm wurde übel, als er an die Momente dachte, die er untätig dagestanden hatte. Sein erster Impuls war gewesen, hinterherzuspringen, sie zu retten. Doch in der nächsten Sekunde erkannte er die Realität. Es war dunkel dort unten, und der Fluss war reißend. Er war ein guter Schwimmer, aber hier würde er sich keine drei Sekunden über Wasser halten können. Wer immer in diesem Fluss schwamm, würde entweder schnell ertrinken oder mit tödlicher Wucht auf einen der zahlreichen Felsbrocken, die da und dort aus dem Wasser emporragten, geschleudert.

Über eine Stunde war er dann im strömenden Regen auf beiden Seiten des Flusses entlanggelaufen und hatte nach ihr gerufen, bis er heiser gewesen war. Dann hatte er sich voller Verzweiflung eingestehen müssen, dass es sinnlos war, was er hier tat, und dass es seine Pflicht war, am Morgen Montechiesa zu treffen.

Irgendwie war er dann per Anhalter zurück nach Rom gekommen. Nachdem eine halbe Ewigkeit niemand für ihn anhalten wollte – man konnte es den Leuten nicht verdenken, dass sie einen völlig durchnässten Mann mit Schlamm an den Schuhen und Hosenbeinen auf einem nächtlichen Rastplatz nicht mitnehmen wollten – hatte sich ausgerechnet ein Priester erbarmt und es sich schließlich nicht nehmen lassen, ihn bis zum Vatikan zu fahren. Inzwischen war Cavelli vollkommen ausgekühlt gewesen und hatte am ganzen Körper gezittert. Die heiße Dusche hatte ihn wieder aufgewärmt, aber nun spürte er auf einmal seine Erschöpfung. Er zog sich an und aß etwas kaltes Huhn aus dem Kühlschrank, das er mit einigen großen Schlucken rotem Tignanello herunterspülte. Der Regen hatte inzwischen aufgehört, und die Luft war ganz klar. Cavelli setzte sich mit einer Decke um die Schultern auf seine riesige Terrasse mit Blick in die Vatikanischen Gärten, um nachzudenken. Es war kurz nach drei in der Nacht. Für einige Augenblicke saß er einfach nur da, während seine Fantasie ihn mit grauenhaften Bildern quälte. Margherita in den wilden Fluten um ihr Leben kämpfend und wie sie auf einen Felsen im Fluss geschleudert wurde, der ihren Schädel zerschmetterte. So in etwa musste es gewesen sein. Cavelli bemerkte, dass er schwer atmete. Dann riss er sich zusammen und schob die schrecklichen Gedanken zur Seite. Dafür würde später Zeit sein müssen, jetzt musste er über morgen nachdenken. Über sein Treffen mit Montechiesa. Wenn Adelphi die Wahrheit gesagt hatte – und warum hätte er lügen sollen? – wusste Montechiesa noch nicht, was geschehen war. Und bis morgen früh, genauer gesagt bis in wenigen Stunden, würde er es auch nicht mehr erfahren. Sicher, seine Chefwissenschaftlerin würde nicht zum Abflug des Personals erschienen sein, aber das war nicht unbedingt ein Grund, gleich misstrauisch zu werden. Wenn man nicht gerade Montechiesa hieß. Cavelli verzog unbehaglich das Gesicht. Welche Schlüsse würde der Mann daraus ziehen? Vor allem aber, würde er eine Verbindung zu Cavelli argwöhnen? Dafür gab es natürlich nicht wirklich einen Grund, andererseits …

Cavelli würde mit allem rechnen müssen. Die Frage war, warum Montechiesa überhaupt um dieses Treffen gebeten hatte. Cavelli zermarterte sich ohne Ergebnis das Hirn, bis ihn die Müdigkeit übermannte, und fiel in einen tiefen, traumlosen Schlaf.

XXXIII

Die Basilika San Sebastiano vor den Mauern ist eine der sieben Pilgerkirchen Roms und liegt an der berühmtesten Straße der Welt: der Via Appia Antica. Sie beginnt in Rom und erstreckt sich über einhundertfünfundneunzig Kilometer bis nach Brindisi. Um 312 vor Christus angelegt, bezeichnet man sie auch als Königin der Straßen oder aufgrund der vielen Denkmäler und historischen Bauten, die sich an ihr befinden, als das längste Museum der Welt. Cavelli war sofort klar gewesen, was Montechiesa meinte, als er davon sprach, sich beim Heiligen Sebastian zu treffen, und auch den Grund für die Wahl dieses Ortes konnte er sich denken. Es war ein abstoßend zynischer Grund.

Cavelli war erst etwa eine Stunde vor dem Treffen aufgewacht. Er hatte sich in aller Eile rasiert, einen vierfachen Espresso runtergekippt und frische Kleidung angezogen. Er durfte nicht Montechiesas Argwohn wecken, indem er übernächtigt aussah. Monsignore Cavelli, ein enger Mitarbeiter des Heiligen Vaters, hatte schließlich kein nächtliches Abenteuer überstanden, sondern in seinem Bett den Schlaf des Gerechten genossen. Obwohl Cavelli genau wusste, wie er zu der sechs Kilometer von Roms

Zentrum entfernten Basilika zu fahren hatte, entschied er sich dagegen, seinen Wagen zu benutzen, und hatte ein Taxi gerufen. Sein geliebter roter Ferrari 1960 California Spider LWB Competizione war kaum das passende Gefährt für einen Monsignore. Fünfhundert Meter von der Basilika entfernt ließ er sich absetzen. Sicher war es dem Vatikan lieber, wenn niemand später bezeugen konnte, dass hier ein Treffen stattgefunden hatte. Dann gab er dem Fahrer zweihundert Euro zusätzlich, damit er auf ihn wartete. Eine hoffentlich unnötige Vorsichtsmaßnahme, er hatte keine Vorstellung, wozu dieses Treffen diente oder wie es ablaufen würde, aber vielleicht wäre er bald noch froh, schnell einen Wagen zur Verfügung zu haben. Cavelli erreichte den Vorplatz der Basilika, die mit ihrem Giebeldach, den drei hohen Fenstern und dem dreibogigen Portikus eher wie eine geschmackvolle Patriziervilla wirkte als wie ein Sakralbau. Montechiesa oder irgendjemand sonst war nirgendwo zu sehen. Es war zwei Minuten vor acht. Langsam betrat Cavelli die Basilika, deren Innenraum sehr viel größer war, als es die links und rechts von Mauern eingerahmte Fassade zunächst vermuten ließ. So sehr Cavelli die Kirche von außen schätzte, so sehr hatte ihm schon immer das Innere missfallen. Die weißen Wände wirkten durch ihre Helligkeit so leicht, dass sie von der Decke, die mit schweren vergoldeten Schnitzereien verziert war, geradezu erdrückt wurden. Es war, als wenn Wände und Decke zu zwei unterschiedlichen Kirchen gehörten und falsch zusammengesetzt worden waren. Cavelli sah sich um. Außer ihm schien niemand hier zu sein. Zumindest nicht mehr. An einem kleinen Altar für die Jungfrau Maria brannten zwölf der Kerzen, die dort gegen eine geringe Gabe für die Gläubigen auslagen. Sie waren alle gleich lang, was darauf schließen ließ, dass sie von derselben Person angesteckt worden waren. Ein mulmiges Gefühl machte sich in seinen Eingeweiden breit. Auch hier würde er mit Montechiesa allein sein. Gleichzeitig kam ihm der Gedanke, wie seltsam es war, dass sich dieses Gefühl erst jetzt einstellte. Langsam ging er auf den Altar zu, um nachzusehen, ob sich Montechiesa nicht in einer der seitlichen Kapellen befand. Er fand sie alle leer vor. Dann begab er sich an das Grab des Heiligen Sebastian, über dem sich in einem Glaskasten eine kunstvolle Marmorstatue des Märtyrers befand. Liegend, von mehreren goldenen Pfeilen durchbohrt. Lange hatte man sie fälschlich für ein Werk Berninis gehalten. Cavelli sah sich erneut um. War das normal, dass niemand hier war? Immerhin war die Via Appia eine touristische Attraktion. Allerdings aufgrund ihrer Entfernung vom Zentrum eine längst nicht so überlaufene wie das Forum Romanum oder die Vatikanischen Museen. Vielleicht war es einfach noch zu früh am Morgen. Wahrscheinlich hatte Montechiesa das Treffen genau aus diesem Grund auf diese frühe Zeit gelegt. Cavelli blickte auf seine Armbanduhr. Es war zwei Minuten nach acht. Unpünktlichkeit – selbst eine geringfügige – passte nicht zu Montechiesa. Es war bekannt, dass sein großes Vorbild, el Padre, Unpünktlichkeit gehasst hatte. Cavelli kam zu Bewusstsein, wie grotesk seine Gedankengänge waren. Montechiesa war ein wahnsinniger Massenmörder, Unpünktlichkeit war höchstwahrscheinlich noch seine beste Charaktereigenschaft. Klammerte sich Cavellis Geist an eine greifbare Nichtigkeit, um sich nicht mit dem Ungreifbaren auseinandersetzen zu müssen? Dem Grauen, das abzuwenden aus einer Laune des Schicksals nun seine Aufgabe war, und dem Umstand, dass er nach wie vor, nein: mehr denn je, nicht die geringste Vorstellung davon hatte, wie ihm das gelingen sollte. Und dann war da noch …

Mit einem Ruck drehte er sich um. Er hatte kein Geräusch gehört, aber instinktiv wusste er, dass er nicht mehr allein war. Im hellen Gegenlicht des Türrahmens stand regungslos jemand da. Es war nicht Montechiesa, sondern ein sehr viel dünnerer Mann. Cavelli brauchte einige Augenblicke, bis er das Gesicht erkannte: Mariano.

Einige Sekunden sagte niemand etwas. Schließlich machte Mariano eine Kopfbewegung, die wohl bedeutete, dass Cavelli ihm folgen sollte, dann drehte er sich um und ließ die Tür hinter sich ins Schloss fallen. Cavellis Schritte hallten ungehörig laut durch das Kirchenschiff, als er sich beeilte, zum Ausgang zu kommen. Er stieß die schwere Tür auf und erblickte Mariano ein paar Meter weiter links, vor dem Eingang eines unscheinbaren kleinen Backsteingebäudes neben der Basilika. Rechts vom Eingang hing ein gelbes Schild:

CATACOMBE SAN SEBASTIANO
INGRESSO
OPENING HOURS 10.00 AM – 5.00 PM

Cavelli ärgerte sich über seine Dummheit. Natürlich! Montechiesa hatte gesagt, dass sie sich beim Heiligen Sebastian treffen würden. Nicht in der ihm zu Ehren errichteten Basilika. Ursprünglich war er in den Katakomben bestattet worden. Erst im siebzehnten Jahrhundert hatte Kardinal Barberini ihn exakt einige Meter über dem Originalgrab in die Basilika umbetten lassen. Montechiesa bevorzugte offenbar das ursprüngliche Grab. Das passte zu ihm. Es war zwei Stunden vor der offiziellen Öffnungszeit, offenbar hatte Montechiesa eine Sondererlaubnis erhalten. Der Mann schien überall gute Kontakte zu haben. Cavelli fragte sich, ob er hier warten oder das kleine Gebäude betreten sollte. Mariano war dabei keine Hilfe, er sah gelangweilt in die Gegend und schwieg. Cavelli entschied sich dafür, einzutreten, er nickte Mariano knapp zu, was dieser ignorierte, passierte den schmalen Eingang und begann, die rohen, von unzähligen Pilger- und Touristenfüßen abgeschliffenen Stufen hinab zu steigen. Je tiefer er kam, desto feuchter und moderiger wurde die Luft. Unten befanden sich verschiedene aus dem Felsen gehauene Kammern. Wie auch die bekannteren Callistus- und Domitillakatakomben, die sich ebenfalls an der Via Appia befanden, waren diese Räume im dritten und vierten Jahrhundert nach Christus geschaffen worden, um verfolgten Christen als Versteck, aber auch als Grabstätte zu dienen. Erst im achten Jahrhundert wurden sie nach dem berühmtesten Toten, der hier seine letzte Ruhestätte gefunden hatte, benannt, dem Heiligen Sebastian. Wie Cavelli vermutet hatte, fand er Montechiesa an dessen Grab. Ein einziger Blick in das Gesicht des Mannes ließ Cavelli frösteln. Montechiesas dunkle Augen funkelten ihn kalt an, und die Lippen waren zusammengepresst. Die ganze Haltung drückte mühsam unterdrückte Wut aus. Was hatte sich Cavelli bloß gedacht, allein an diesen abgelegenen Ort zu kommen? Natürlich war Montechiesa längst darüber unterrichtet worden, was sich in der Nacht zugetragen hatte. Jetzt saß er in der Falle. Montechiesa warf auffällig unauffällig einen betrübten Blick auf seine Armbanduhr und rang sich ein verkniffenes Lächeln ab. »Da sind Sie ja, Monsignore, ich habe mir schon Sorgen gemacht.« Es war nicht zu fassen. Montechiesas schlecht versteckter Zorn beruhte tatsächlich darauf, dass ihn jemand, den er für einen der engsten Mitarbeiter des Papstes hielt, ein paar Minuten warten gelassen hatte. Und dann noch der Blick zur Uhr als subtile Kritik. Der Mann war wirklich größenwahnsinnig. Aber zumindest schien er nichts davon zu wissen, was sich in der Nacht ereignet hatte. Adelphi hatte die Wahrheit gesagt. Cavelli atmete innerlich erleichtert auf, doch fast gleichzeitig verspürte er einen Hass auf diesen Mann, wenn er daran dachte. Auch wenn er es nicht direkt befohlen hatte, ja nicht einmal davon wusste, Margheritas Blut klebte an seinen Händen.

Cavellis Lächeln war mindestens ebenso künstlich wie das Montechiesas. Cavelli erklärte, dass er gedacht hatte, das Treffen würde in der Basilika stattfinden. Es war grotesk und lächerlich zu sehen, wie sehr Montechiesas Gunst von solchen Nebensächlichkeiten abzuhängen schien. Mit einer gutmütigen Geste erteilte er Cavelli Absolution für seine Todsünde und lächelte, als wenn es absolut bedeutungslos sei. »Sie wissen natürlich, warum ich mich ausgerechnet an diesem Ort treffen wollte, Monsignore.« Er funkelte Cavelli listig an.

»Sicher. Der Heilige Sebastian ist unter anderem der Schutzpatron gegen die Pest.«

Montechiesa lächelte erfreut, dass Cavelli Bescheid wusste. »Er war eine ganz außergewöhnliche Persönlichkeit. Ein römischer Hauptmann, der zur Prätorianergarde von Kaiser Diokletian gehörte. Als er sich zum Christentum bekannte, wurde er zum Tode verurteilt und von numidischen Bogenschützen erschossen. Zumindest war das die Absicht, doch er überlebte schwer verletzt, wurde wieder gesund, bekannte sich vor dem Kaiser erneut zum Christentum, woraufhin ihn dieser mit Keulen im Circus Maximus erschlagen ließ. Ich frage mich oft, ob ich an seiner Stelle auch so mutig gewesen wäre.«

»Besonders beim zweiten Mal.«

Montechiesa nickte ernst. »Ganz recht. Ich wollte noch einmal hier beten, bevor es bald völlig überlaufen sein wird. Zigtausende werden hier Verschonung oder Heilung erflehen.« Montechiesa lächelte versonnen, als plane er einen Besuch in seinem Lieblingsrestaurant. »Hierher werden sie zu Zehntausenden kommen und natürlich in die Kirche Marcello al Corso, wo sich das wundertätige Pestkreuz befindet, das damals die Pest nach sechzehn Tagen urplötzlich völlig verschwinden ließ.«

»Und in den Petersdom.«

Montechiesa lächelte seltsam, fast so, als stecke in Cavellis Worten mehr, als er selbst ahnte.

»Gebe Gott, dass Sie recht haben, Signor Montechiesa, aber ich bin nicht sicher, ob es wirklich so ablaufen wird. Es gibt heutzutage so viele Menschen, ja, ich fürchte, es ist beinahe schon die Mehrheit, welche die Kirche entweder ignorieren oder sie sogar aus tiefstem Herzen ablehnen. Auch in der größten Verzweiflung werden sie nicht in den Schoß der Kirche zurückkehren.«

Montechiesas Blick war voll gütiger Herablassung. »Zunächst nicht, aber wenn die Not nicht mehr zu ertragen ist, werden die Menschen beten, allein, zu Hause, heimlich. Es beten sowieso viel mehr Menschen, als wir ahnen, der Glaube ist tief im Menschen verwurzelt. Er ist nur verschüttet von dem ganzen egoistischen Wahn, der die Menschen heute umtreibt, von der Jagd nach Vergnügungen und Anerkennung, von ihrer angeblichen Rationalität, die ihnen ständig von den Medien eingeredet wird. Ich werde Ihnen etwas verraten, was Sie vielleicht nicht wussten: Papst Johannes Paul II. hat bekanntlich entscheidend zum Fall der Sowjetunion beigetragen. Solange er gegen den Kommunismus kämpfte, war er in diesen Ländern ein

Held für die Oppositionellen. Doch was passierte nach dem Ende der Sowjetunion? Die Kirche wurde dort nicht stärker, sondern schwächer. Und warum? Das undankbare Pack dort wollte nun konsumieren statt beten. Es ging ihnen zu gut. Aber wenn es den Menschen erst richtig dreckig geht, in der allergrößten Not, wenn der Staat versagt, wenn nichts hilft und sich die Leichen auf den Straßen türmen, dann werden sie auf den Knien liegen und beten, die einen früher, die andern später. Erst werden sie beten, dann werden sie glauben, und schließlich werden sie in die Kirche gehen. Das ist nicht meine Privatmeinung, das sind ewige Gesetze, ich möchte fast sagen *Naturgesetze*. Machen Sie sich keine Sorgen, Monsignore.«

Cavelli spürte angesichts von so viel menschenverachtendem Zynismus Übelkeit in sich aufsteigen. Er murmelte irgendetwas, das Zustimmung signalisierte.

Montechiesa strich sich über den Mund. Es war das erste Mal, dass Cavelli ihn verunsichert sah. »Ich habe Sie aus einem Grund hergebeten, der, nun ja, ein wenig heikel ist.«

Cavellis Mund wurde trocken. Was würde jetzt kommen? Er flüchtete sich in eine beichtväterliche Haltung: »Ich höre?«

»Es geht um Monsignore Longhi. Ist er …?« Montechiesa hatte offenbar Probleme auszusprechen, was er meinte.

»Ist er *was*?«

»Nun, kann man – ihm vertrauen?«

Worauf wollte Montechiesa hinaus? Cavelli versuchte, Zeit zu gewinnen. »Ob man Monsignore Longhi vertrauen kann? Heilige Muttergottes, selbstverständlich!«

Montechiesa verzog unzufrieden den Mund. »Ich meine nicht *grundsätzlich*, ich meine, in Bezug auf unsere Sache.«

»Sie haben Zweifel?«

»Irgendetwas stimmt nicht. Ich muss vor der Generalaudienz am Mittwoch noch einmal mit dem Heiligen Vater sprechen. Das ist entscheidend. Aber seit mehreren Tagen bekomme ich Monsignore Longhi nicht mehr ans Telefon. Nur subalterne Kreaturen, die mir versichern, er würde zurückrufen, aber das tut er nicht. Darum frage ich Sie: Kann man Monsignore Longhi trauen?«

Cavellis Hirn arbeitete auf Hochtouren. Offenbar hatte der Vatikan den Kontakt zu Montechiesa komplett gekappt, allerdings ohne ihm das mitzuteilen. Und leider auch, ohne es Cavelli mitzuteilen. Jetzt hing alles an ihm, und er würde improvisieren müssen. Er setzte ein zerknirschtes Lächeln auf.

»Entschuldigung, das ist mein Fehler, in dieser speziellen Angelegenheit bin *ich* Ihr Verbindungsmann zum Heiligen Vater. Er selbst wünscht das so. Das habe ich wohl nicht deutlich genug gemacht, ich bitte um Vergebung.«

Montechiesa bedachte ihn mit seinem seltsamen Blick. »Gut denn, dann veranlassen Sie das bitte, Monsignore, ich muss den Heiligen Vater sehen. Noch heute!«

Cavelli spürte, wie ihm ein Schweißtropfen den Rücken hinunterlief. Er widerstand dem heftigen Impuls, irgendetwas von »zu kurzfristig« und »der Heilige Vater hat viele andere wichtige Termine« zu stammeln. Das waren alles Belanglosigkeiten angesichts von Montechiesas Vorhaben. Nein, jetzt war der Moment der Wahrheit gekommen. Der Moment, Montechiesa klar zu machen, dass er den Papst nicht sehen konnte. Heute nicht und auch später nicht. Nie mehr! Es war der Moment gekommen, ihm zu sagen, dass die Katholische Kirche, der Vatikan und der Papst diese Pläne auf das Entschiedenste ablehnten und für ihren Urheber nichts als Verachtung übrig hatten. Der Moment, ihm zu sagen, dass er keineswegs ein Mann Gottes war, sondern nur ein größenwahnsinniger Verbrecher. Genau dieser Moment war jetzt gekommen. Cavelli konnte selbst kaum glauben, was er sich als Nächstes sagen hörte: »Kommen Sie um achtzehn Uhr zum Vatikan. Zur Porta Sant'Anna. Ich hole Sie ab.«

DRITTES BUCH

XXXIV

»Monsignore Longhi ist nicht in seinem Büro.«

Das war eindeutig gelogen. Cavelli wusste es. Der Assistent von Monsignore Longhi wusste es, und beide wussten, dass es auch der andere wusste. Doch Cavell lebte lange genug im Vatikan, um noch etwas zu wissen. Jede Diskussion war sinnlos. Auch wenn dieser Mann namens Eugenio (der Nachname war Cavelli entfallen) nur eine untergeordnete Position im vatikanischen Governatorat innehatte und ihm hier mit hochrotem Kopf und flatternden Augenlidern ins Gesicht log und dabei vor Scham fast im Erdboden versank, galt hier wie so oft der alte Grundsatz: »Roma locuta, causa finita.« »Rom hat gesprochen, die Sache ist erledigt.« Eugenio wusste natürlich, wer Cavelli war, und war auch über dessen besonderen Status im Vatikan und seine Privilegien orientiert; allerdings gehörte er zu den vielen, meistens Jüngeren oder Personen in untergeordneten Positionen, die nicht wussten, worauf diese Privilegien fußten, dafür aber dieses oder jenes Gerücht gehört hatten und denen Cavelli etwas unheimlich war. Jemand, dem man am besten aus dem Wege ging, und wenn dies nicht möglich war, besser nicht verärgerte. Doch offenbar hatte er Anweisung von seinem Dienstherrn, Cavelli dennoch nicht vorzulassen, notfalls unter Zuhilfenahme von Lügen. Denn dies war die einzige Möglichkeit, Cavelli den Zutritt zu verweigern.

An der Tür drehte sich Cavelli noch einmal um. »Monsignore Longhi soll mich anrufen. So schnell es geht. Es ist dringend.«

»Selbstverständlich, natürlich, ich richte es aus.« Eugenio war tatsächlich aufgesprungen und verbeugte sich mehrfach, als hoffe er, seine Lüge durch übermäßige Respektsbekundungen irgendwie wiedergutmachen zu können. Cavelli schloss die Tür. Warum hatte er das überhaupt noch gesagt, fragte er sich, während er die Marmortreppen des Governatoratspalasts in die Vatikanischen Gärten hinunterlief. Longhi würde ihn definitiv nicht anrufen, er war für Cavelli ebenso wenig zu sprechen wie für Angelo Montechiesa. Für einen Augenblick fühlte er sich mit diesem im Zorn auf Monsignore Longhi vereint. Aber was hatte sich Cavelli überhaupt gedacht? Sein letzter Ausweg war von vorneherein zum Scheitern verurteilt gewesen. Wunschdenken! Nach dem Gespräch mit Montechiesa hatte er sich in die Idee verrannt, Montechiesa ein letztes Gespräch mit dem Heiligen Vater zu vermitteln, in dessen Verlauf dieser ein Machtwort sprechen und Montechiesa die Fortführung seines Plans mit göttlicher Autorität verbieten würde. Erst jetzt kam ihm erneut zu Bewusstsein, dass Longhi von Anfang an erklärt hatte, dass der Vatikan in keiner Weise eingreifen würde.

Cavelli blickte auf seine Uhr. Es war sechzehn Uhr vierzig. In weniger als eineinhalb Stunden würde Montechiesa an der Porta Sant'Anna erscheinen und Einlass verlangen. Was sollte Cavelli ihm dann sagen? Er wusste es nicht. Dann begann sein Handy zu klingeln.

XXXV

Cavelli hörte der Stimme am anderen Ende mit einiger Verblüffung zu.

Ganz plötzlich war eine neue Figur in diesem Schachspiel aufgetaucht, bei dem er bislang seinem Gegner vollständig ausgeliefert gewesen war. Dieser Anruf änderte nun die Situation. Die Frage war nur, um was für eine Schachfigur handelte es sich bei seinem Anrufer? Cavelli konnte nur hoffen, dass es sich nicht um einen Bauern handelte, sondern im Idealfall um eine Dame. Während er zuhörte, nahm in seinem Kopf eine Idee Gestalt an.

»Wie schnell können Sie hier sein?«, unterbrach er die Person am anderen Ende. Die Antwort kam zögerlich, war aber zufriedenstellend. Er versprach, gleich noch einmal zurückzurufen, und beendete das Gespräch. Dann rief er die Vatikanische Telefonzentrale an, eine interne Dienstnummer, um nicht in der Warteschlange der normalen Anrufer von außen zu landen, und ließ sich mit Oberst Durand, dem Befehlshaber der Schweizer Garde, verbinden. Seit dem Vorfall in den Vatikanischen Museen im Jahr zuvor kannte und respektierte man sich. Der Oberst meldete sich mit einem schlichten »Hallo«, aber seine raue Stimme mit dem schweizerischen Akzent war unverkennbar. Cavelli holte tief Luft und legte sein Anliegen dar. Oberst Durand wusste natürlich von Cavellis Privilegien und hatte sie bisher stets akzeptiert, wenn auch mit einem gewissen ostentativen Widerstreben, aber *das hier* – das war Cavelli klar – überstieg den üblichen Rahmen bei Weitem. Cavelli redete mehrere Minuten auf den Oberst ein, wobei er es vermied, konkret zu werden, und sich ganz auf die ungeheure Wichtigkeit dieser Bitte konzentrierte, die diese letztlich für unzählige Menschen haben konnte. Schließlich, nachdem Durand mehrfach betont hatte, dass es eine einmalige Ausnahme sei, wie es sie noch nie für irgendjemanden gegeben hatte, erteilte er seine Zustimmung. Cavelli bedankte sich erleichtert und legte auf. Er war einen gewaltigen Schritt weitergekommen. Ob allerdings alles so ablaufen würde, wie er es sich erhoffte, war immer noch mehr als fraglich. Es war das Beste, was er tun konnte, aber letztlich, da durfte man sich nichts vormachen, war es nur ein kleiner Hoffnungsschimmer, mehr nicht. Und bevor es so weit war, würde er Montechiesa eine Stunde hinhalten müssen, auch das würde nicht einfach werden. Er überlegte, ob er ihn anrufen und das Treffen um eine Stunde nach hinten verschieben sollte, entschied sich aber dagegen. Alles, was Montechiesa verärgern oder gar misstrauisch machen konnte, war besser zu vermeiden. Dann führte er ein weiteres Gespräch mit der Person, die ihn angerufen hatte.

XXXVI

Cavelli sah Montechiesas auffällige Limousine schon von Weitem. Um Punkt siebzehn Uhr neunundfünfzig hielt der schwarze Maybach vor der Porta Sant'Anna. Doch zu Cavellis Überraschung machte er keinerlei Anstalten, in die Vatikanstadt hinein zu fahren. Montechiesa und Mariano entstiegen dem Wagen, und während beide auf das Tor zugingen, fuhr der Wagen davon. Ein seltsamer Vorgang, wie Cavelli fand; im Gegensatz zur römischen Innenstadt gab es genug Parkmöglichkeiten im Vatikan. Cavelli nahm die beiden persönlich in Empfang, was ihnen in den Augen der diensthabenden Gardisten das Recht verlieh, ohne Nachfragen den Vatikan zu betreten. Montechiesa schien die Sonderbehandlung zu genießen, er lächelte breit und jovial in alle Richtungen, während Mariano auch jetzt jedem Blick auswich und finster vor sich hin starrte. Cavelli hatte sich eine Strategie zurechtgelegt, um die eine Stunde zu überbrücken, die vergehen musste, bevor er daran gehen konnte, seinen Plan umzusetzen. Er würde Montechiesa eine VIP-Behandlung bieten, jedoch ohne ihn in die Nähe von vatikanischen Entscheidungsträgern oder gar dem Heiligen Vater kommen zu lassen. Er würde ihn durch die Vatikanischen Gärten führen und zwar in die

Bereiche, die man auf touristischen Führungen nicht zu sehen bekam; das würde Montechiesa zweifellos schmeicheln, dennoch war es eine Gratwanderung, von der er keineswegs sicher war, dass Montechiesa dies eine volle Stunde lang akzeptieren würde. Doch bisher schien dieser in einer sehr aufgeräumten Laune zu sein, die Aussicht, in Kürze mit dem Heiligen Vater zusammenzutreffen, stimmte ihn offenbar milde. Mit gemessenen, der besonderen Würde des Ortes entsprechenden Schritten bewegten sie sich auf den Kieswegen, während Mariano ihnen in etwa fünf Meter Abstand folgte. Eher wie ein Leibwächter als wie ein Sekretär. Cavelli zeigte Montechiesa die Stelle in der Nähe der Vatikanischen Bibliothek, an der angeblich der berühmte Elefant Annone begraben war, den Papst Leo X. vom König von Portugal als Geschenk erhalten und der daraufhin bei zahlreichen Veranstaltungen des Vatikan eine unterhaltsame Rolle gespielt hatte. Montechiesa nahm es zunächst interessiert zur Kenntnis, offenbar auch in dem schmeichelhaften Bewusstsein, dass ihm eine Sonderbehandlung zuteilwurde, doch schon im nächsten Augenblick schien er es als unpassend zu empfinden, nicht der Lehrer, sondern der Belehrte zu sein. Ein Missstand, den er augenscheinlich umgehend korrigieren musste. Mit einer an den Haaren herbeigezogenen Überleitung kam er auf Napoleon zu sprechen und fuhr fort: »Fast jeder weiß, dass Napoleon Rom und den Vatikan besetzt hat, und jeder hat auch schon davon gehört, dass seine Soldaten die Sixtinische Kapelle als Pferdestall missbrauchten.« Er rang sich ein freudloses Lachen ab. »Aber kaum jemand weiß, dass … «, er machte eine kleine Kunstpause, wobei sich seine Augen in die Cavellis bohrten, »… dass … Napoleon selbst Rom niemals betreten hat. Kaum zu fassen, oder? Er hat den Papst gehasst, war aber klug genug, ihn nicht durch sein Erscheinen in Rom zu demütigen.« Cavelli war sich nicht sicher, wofür Montechiesa in diesem Moment mehr bewundert werden wollte. Für seine Kenntnis von zugegebenermaßen erstaunlich unbekannten Geschichtsfakten oder für sein Verständnis von Napoleons Gedankenwelt. Er entschied sich für ein beeindrucktes Nicken und hoffte, dass der nächste Programmpunkt auf seiner Liste von Montechiesa besser aufgenommen würde. Es war noch eine Viertelstunde bis neunzehn Uhr. Sie waren nun auf einer tieferen Ebene der Vatikanischen Gärten angelangt. Vor ihnen lag der Governatoratspalast. »Findet das Treffen mit dem Heiligen Vater hier statt?« Lag da Bedauern in Montechiesas Stimme? Ein Treffen dort statt im Apostolischen Palast wäre deutlich geschäftsmäßiger und längst nicht so heilig, wie es Montechiesa zweifellos für angemessen hielt. Nun, er würde wohl nicht enttäuscht sein, wenn sie am Ziel ihres Rundgangs angekommen waren, dachte Cavelli. »Nein, nicht dort«, beschied er ihm und hoffte, dass keine weiteren Nachfragen folgen würden. Sie stiegen eine weitere Treppe hinab und befanden sich nun außerhalb der Gärten. Cavelli zeigt auf das breite, im neoklassizistischen Stil errichte Gebäude mit der Travertinverkleidung, das vor ihnen lag und zu dem nur die achthundertzweiunddreißig Bürger des Vatikan Zutritt hatten.

Zwei Gleise, die vor dem Gebäude in eine Richtung in einen Tunnel und in anderer Richtung zu einem großen Stahltor in der Vatikanischen Mauer führten, ließen den Zweck des Gebäudes leicht erkennen. Der päpstliche Bahnhof. Zumindest war er 1933 als solcher erbaut und in Erwartung zahlreicher Staatsempfänge auf das Prächtigste ausgestattet worden. Cavelli hatte schon mehrfach Besucher hier hineingeführt, und immer war die Reaktion die gleiche gewesen. Verblüffung und etwas ungläubiges Gelächter. Da der Bahnhof in sechzig Jahren nur ein paarmal genutzt worden war, hatte ein Kardinal mit einigem Realitätssinn das Gebäude in den neunziger Jahren in ein Kaufhaus umwandeln lassen. Nur für Vatikanbürger und natürlich – wie alles im Vatikan – steuerfrei. Doch bei Montechiesa versagte die erprobte Attraktion. Hatte er das vermeintliche Bahnhofsgebäude des Papstes noch mit einiger Andacht betreten, verzerrte sich sein Gesicht im Inneren fast augenblicklich vor Ekel. Empört machte er auf dem Absatz kehrt. Cavelli verstand im selben Moment, dass er einen Fehler gemacht hatte. Ein vatikanisches Gebäude, das man nun dem schnöden Mammon gewidmet hatte, konnte nicht in Montechiesas Sinne sein. Was hatte er sich bloß dabei gedacht, fragte sich Cavelli, fassungslos über sich selbst. Montechiesa fühlte sich wahrscheinlich daran erinnert, wie Jesus die Geldwechsler mit der Peitsche aus dem Tempel gejagt hatte. Es hätte Cavelli nicht gewundert, wenn Montechiesa es ihm am liebsten gleichgetan hätte. Seine dunklen Augen glühten zornig. Das Gesicht hatte er jedoch unter Kontrolle. Natürlich, noch immer rechnete er damit, in wenigen Minuten dem Heiligen Vater gegenüberzutreten. Da war jedwede Unbeherrschtheit fehl am Platze. Cavelli sah auf seine Uhr. Noch elf Minuten. Während Cavelli sich bemühte, gegenüber Montechiesa sein Missfallen über die Entweihung des historischen Bahnhofs zum Ausdruck zu bringen, führte er ihn über zwei Treppen weiter hinunter, vorbei am Domus Santa Marta, dem Wohnheim der Kardinäle während des Konklave, vorbei am Campo Santo Teutonico und an der modernen Audienzhalle und durch das St. Ufficio-Tor aus den Vatikan. Durch Berninis Kolonnaden gelangten sie auf den Petersplatz. Montechiesa wirkte irritiert, sagte aber nichts, während Mariano sich immer noch wie ein schweigender Schatten hinter ihnen befand. Es war genau neunzehn Uhr. Cavelli führte die beiden zum anderen Ende des Platzes zu einer der Einlasskontrollen, wo, wie auf Flughäfen, alle Besucher, die den Petersdom besuchen wollten, durch einen Metalldetektor gehen und ihr Gepäck durchleuchten lassen mussten. Soeben war die Besuchszeit beendet. Nur an einem der Kontrollpunkte stand noch ein einzelner Gardist. Sein Dienst war eigentlich beendet, aber vor einer halben Stunde hatte er einen Anruf von Oberst Durand erhalten und ihm war befohlen worden, noch eine außerplanmäßige letzte Kontrolle vorzunehmen. So etwas war noch nie vorgekommen, aber wie alle Befehle seiner Vorgesetzten stellte der Gardist auch diesen nicht in Frage. Montechiesa wirkte für einige Augenblicke irritiert, doch dann verstand er, oder genauer gesagt, er verstand, was er verstehen sollte. Das Treffen mit dem Heiligen Vater würde nicht im Apostolischen Palast stattfinden, wie täglich zahlreiche gewöhnliche Audienzen, sondern im Petersdom. Was konnte der Bedeutung des Anlasses angemessener sein? Er drehte sich zu Mariano um und warf diesem einen triumphierenden Blick zu. Doch zunächst waren die üblichen Formalitäten zu erfüllen. Cavelli selbst hatte Oberst Durand eingeschärft, dass auf diese, bei aller Sonderbehandlung, die ihm hier zuteilwurde, auf keinen Fall verzichtet werden dürfe.

Der Gardist reichte Cavelli eine graue Plastikschale. »Bitte die Taschen leer machen und alles hier hinein.« Cavelli gehorchte und ging unbeanstandet durch den Metalldetektor. Montechiesa leerte seine Taschen mit penibler Gründlichkeit und legte zuoberst mit fast zärtlicher Vorsicht einen Rosenkranz. Auch bei ihm gab es beim Passieren des Geräts keine Probleme. Ebenso wenig bei Mariano. Der Gardist wartete, bis alle wieder ihren Tascheninhalt verstaut hatten, und geleitete sie in den Petersdom. Dann verschloss er die schwere Bronzetür von außen und begab sich erneut an den Kontrollpunkt. Er hoffte, dass die vierte Person, die man ihm angekündigt hatte, nicht allzu lange auf sich warten lassen würde.

XXXVII

Der Petersdom gehört zu den größten Kirchen der Welt, doch den meisten Besuchern kommt es gar nicht so vor. Das mag daran liegen, dass er jeden Tag von etwa zwanzigtausend Menschen besucht wird und durch die Menschenmassen überfüllt und somit kleiner wirkt. Cavelli konnte nicht mehr zählen, wie oft er hier gewesen war, sicher weit öfter als tausend Mal. Jedoch noch nie mit lediglich zwei weiteren Personen. Der Eindruck war ungeheuerlich. Erst jetzt kam ihm die kaum fassbare Größe des Bauwerks zu Bewusstsein. Und nicht nur das. So allein hatte es nichts mehr von einer Touristenattraktion, plötzlich war es ein geradezu einschüchternder Ort. Jetzt und hier herrschte eine besondere Aura, der sich selbst eingefleischte Atheisten nicht hätten entziehen können, da war Cavelli fast sicher. Jeder Schritt hallte mehrfach von den Wänden zurück und betonte das Gigantische des Doms und die Winzigkeit seiner drei Besucher. Montechiesa schien es genauso zu empfinden. Er wirkte erschüttert und blickte in einer Weise nach oben, als versuche er, konkret die Anwesenheit Gottes zu erspüren. Cavelli hatte etwas Vergleichbares bisher nur bei einem einzigen Menschen gesehen, und zwar bei Papst Johannes Paul II., der bei verschiedenen Anlässen einfach nicht mit seiner Predigt oder Rede begonnen hatte, bis ihm etwas verraten hatte, dass auch Gott erschienen war – manifestiert durch einen Windhauch, einen Sonnenstrahl oder etwas anderes, das er als ein Zeichen ansah. Cavelli bemerkte, wie Montechiesa schluckte und sich bekreuzigte. Er atmete schwer und wirkte, als könne er jeden Moment in Tränen ausbrechen. Cavelli hatte gehofft, dass dieser heilige Ort eine solche Wirkung auf seinen Gast ausüben würde, aber nun war er doch überrascht, wie sehr es der Fall zu sein schien. Wenn nun noch der Heilige Vater kommen würde, wäre es geradezu überwältigend. Cavelli wusste, dass Montechiesa genau dies erwartete, und er wusste, dass es nicht geschehen würde. Er hatte beschlossen, die beiden tiefer in den Dom hineinzuführen, möglichst bis hin zu Berninis Altar. Dort würde Montechiesa das Gefühl der Heiligkeit sicher noch stärker empfinden als so nah am Eingang. Dann würde es so weit sein und Cavelli musste die Katze aus dem Sack lassen. Er spürte, wie sich etwas in seinem Hals zusammenzog. Er wusste, dass sein Plan schwach war, ja kaum den Namen »Plan« verdiente. Im Grunde beruhte alles einzig und allein auf dem Ehrfurcht gebietenden Ort, an dem es stattfinden würde, und war nichts weiter als ein letzter Appell an Montechiesas Glauben. Wie würde er darauf reagieren? Wenn es fehlschlug, hatte Cavelli noch eine allerletzte Karte im Ärmel, aber ob es ein Ass oder nur eine Zwei sein würde, war nicht vorauszusagen.

Sie waren am Altar angekommen. Niemand sprach ein Wort, und doch war es nicht still in der gigantischen Halle. Es war eine Stille, die man hören konnte. Cavelli sah zu Mariano hinüber, der wie ein gelangweilter Tourist etwas abseits stand, als ginge ihn das alles nichts an. Auch Montechiesa schien inzwischen in eine nüchternere Stimmung zurückgefunden zu haben, ein Umstand, der Cavelli mit Beunruhigung erfüllte. Montechiesa warf ihm einen langen Blick zu, den er nicht einordnen konnte. Halb respektvoll, halb spöttisch, auf jeden Fall ziemlich seltsam.

»Er wird nicht kommen, oder?«

Cavelli hatte das Gefühl, den Boden unter den Füßen zu verlieren. Der Satz hallte in seinen Ohren nach. »Er wird nicht kommen, oder?« Sein Plan war gescheitert, bevor er begonnen hatte. Er hatte vorgehabt, an diesem heiligen Ort mit Montechiesa zu sprechen. In einer Weise, die implizierte, dass er im Namen des Heiligen Vaters spräche. Eine ungeheuerliche Anmaßung natürlich. Vielleicht die ungeheuerlichste, die sich denken ließ. Er, Cavelli, als Stellvertreter des Stellvertreters Christi. Allerdings nicht zum eigenen Vorteil, sondern in dessen Sinne und um ihn zu schützen. Ihn und Millionen andere. Wenn jemals der Zweck die Mittel geheiligt hatte, dann hier und jetzt. Der leere Petersdom als Ort des Gesprächs verlieh diesem eine beinahe göttliche Legitimität, und nun dies. »Er wird nicht kommen, oder?« Wie konnte das sein? Er hatte Montechiesa entsetzlich unterschätzt. Der Mann war verrückt, jedoch nur in einem einzigen Punkt. Sein Verstand und seine Instinkte hingegen schienen perfekt zu funktionieren. Aus einem Impuls heraus entschied sich Cavelli, die Wahrheit zu sagen. »Nein, Signor Montechiesa. Er wird nicht kommen.«

Die Freundlichkeit verschwand aus Montechiesas Gesicht, wie das Licht der Sonne, wenn es plötzlich von einer dunklen Wolke verdeckt wird. Er schien Mühe zu haben, seine Fassung zu bewahren.

»Mit welcher Begründung?« Seine Stimme war tonlos und leise.

Erneut entschied sich Cavelli für die Wahrheit. »Er weiß nichts von diesem Treffen.«

Montechiesa schnappte nach Luft und starrte ihn ausdruckslos an. Dann erschien ein bitteres Lächeln auf seinem Gesicht. »Mir ist schon lange klar, dass die Kurie völlig korrupt ist, durchsetzt von Männern wie Ihnen und Monsignore Longhi. Männer, die den Heiligen Vater hintergehen, die verräterisch den großen Plan hintertreiben und …«

»Auch Monsignore Longhi weiß nichts hiervon. Oder irgendjemand sonst aus der Kurie.«

»Es ist bedeutungslos, wer genau in diesen Verrat verwickelt ist oder nicht. Von Bedeutung ist, dass dem Heiligen Vater die Möglichkeit genommen wird, zu hören, was ich sage. Wer immer daran die Schuld trägt, wird sich eines Tages dafür verantworten müssen. Und noch etwas ist von Bedeutung: Mein Plan wird nicht verhindert werden, im

Gegenteil. Sie wissen es nicht, aber nun wird alles noch sehr viel schneller gehen, als ich es ursprünglich wollte.«

»Ich verstehe nicht, wie Sie das …«

»Oh, das werden Sie, Monsignore Cavelli, das werden Sie. Sehr bald schon. Der gute Mariano hat Ihnen von Anfang an misstraut. Zwar aus den falschen Gründen –« Er warf einen fast belustigten Blick zu seinem Sekretär hinüber. »Mariano kann zuweilen etwas eifersüchtig werden, wenn es um meine Aufmerksamkeit geht, ein Charakterfehler, für den ich ihm schon mehr als einmal eine Brüderliche Ermahnung zuteilwerden lassen musste, aber ich muss gestehen, ich war zu vertrauensselig. Mariano war dort, als Sie Dr. de Luca auf der Engelsburg getroffen haben. Eine weitere Person, der ich mein Vertrauen geschenkt habe und die mich hintergangen hat. Ich musste ihn zurückhalten, Sie alle beide unschädlich zu machen. Dafür, dass Sie noch in der Lage sind, hier zu stehen, können Sie sich also bei mir bedanken.«

»Wenn Sie das wussten, warum sind Sie dann mit mir hierher gekommen?«

»Weil es meinen Absichten diente. Sie wussten nicht, dass ich es wusste. Ich konnte Sie verwenden, um noch einmal Zutritt zum Heiligen Vater zu bekommen, das ist nicht geschehen, aber das hier ist sogar noch besser. Viel besser sogar. Mir ist jetzt klar, dass mein ursprünglicher Plan viel zu idealistisch war. Ich habe auf die Kooperation der Kirche gesetzt. Das war naiv.« Er lachte. »Es ist wie mit dem Kommunismus. Im Grunde eine fabelhafte Idee, wenn die Menschen nicht so wären, wie sie nun mal sind. Faul und egoistisch. Ich hätte wissen müssen, dass große Pläne nicht von einer Gruppe umgesetzt werden können. Es verlangt die Fähigkeit, in historischen Dimensionen zu denken und sich nicht von kurzsichtiger Weichherzigkeit beherrschen zu lassen. Das geht den meisten Menschen ab. Wie heißt es doch so schön: Der Starke ist am mächtigsten allein.«

»Ich kann Ihnen versichern, dass der Heilige Vater Ihre Pläne zutiefst ablehnt.«

Montechiesa wirkte getroffen, aber nur für einen Moment. »Gut, das macht alles nur noch klarer. Der Heilige Vater steht also tatsächlich für all das, was er öffentlich sagt. Er redet nicht aus taktischen Gründen dem Zeitgeist nach dem Munde. Er *ist* der Zeitgeist. Dann stehe ich also ganz allein und muss keinerlei Rücksichten mehr nehmen. Wie sagte el Padre: *Was dich nicht zu Gott führt, ist Hindernis. Reiß es heraus und wirf es weit von dir weg!*«

Das Öffnen der Eingangstür hallte geradezu ohrenbetäubend von den Wänden zurück. Alle drei Köpfe fuhren zu der hochgewachsenen Gestalt herum, die den Petersdom betreten hatte. Während die Tür hinter ihr erneut verschlossen wurde, kam sie langsam näher.

XXXVIII

Montechiesa brauchte eine ganze Weile, bis er erkennen konnte, um wen es sich handelte; als er es tat, klappte sein Kinn herunter.

Cavelli spürte, wie sich ein eisiges Gefühl in seinem ganzen Körper ausbreitete. Die Stunde der Wahrheit war gekommen. War der Anruf, den er in den Vatikanischen Gärten erhalten hatte, ein Wink des Himmels gewesen? Eine Antwort darauf, dass seine eigenen schwachen Bemühungen, Montechiesa aufzuhalten, alle gescheitert waren? In diesem Moment war es ihm so erschienen, als er so unerwartet Schwester Callistas Stimme gehört hatte. Sie hatte verzweifelt geklungen. Eine Angestellte von Montechiesas Haushalt, die ebenfalls dem Opus Dei angehörte, hatte sich Schwester Callista anvertraut und ihr Entsetzliches über Montechiesa enthüllt. Schwester Callista hatte die Person nicht nennen wollen, aber Cavelli vermutete inzwischen, dass es sich um die Hausdame auf Poveglia, Consuela, handelte. Und auch wenn diese vieles nicht gewusst hatte, war es doch genug gewesen, um Schwester Callista aufs Allerhöchste zu beunruhigen. Sie hatte versucht, den Heiligen Vater zu verständigen, aber ihre Anrufe zu Monsignore Longhi waren nicht durchgestellt worden, und schließlich war der vatikanische Gesandte Cavelli, den Montechiesa vor drei Tagen in der Zentrale des Opus getroffen hatte, ihre letzte Hoffnung gewesen. Sie hatte ihm über Montechiesa nichts gesagt, was er nicht schon wusste.

Doch dann hatte er sich an etwas erinnert, und nun war er nicht nur ihre letzte Hoffnung, sondern sie war auch zu *seiner* letzten Hoffnung geworden. Montechiesa hörte nicht auf die Kirche, ja nicht einmal auf den Heiligen Vater, aber es war Schwester Callista gewesen, die ihn für das Opus Dei gewonnen hatte. Sie war eine enge Vertraute des von Montechiesa verehrten Josemaría Escrivá gewesen, was ihr in dessen Augen einen besonderen Nimbus verlieh. Doch würde das ausreichen?

Cavelli blickte beklommen zu Montechiesa hinüber, dessen Gesicht undurchdringlich war. Zwei Meter vor ihm blieb Schwester Callista stehen. Kerzengerade, bewegungslos, eine stumme Anklage. Trotz ihres hohen Alters strahlte sie eine große Kraft aus. Ihre Augen blickten wie zwei helle Lichter auf Montechiesa, ihre Stimme war klar und ruhig. »Ist es wahr, Angelo?«

Montechiesa fuhr sich mit der Zunge über die Oberlippe, bevor er antworte. »Ja. Alles! Segnen Sie mich, Schwester Callista.« Zu Cavellis grenzenloser Verblüffung sank Montechiesa auf seine Knie und beugte den Kopf. Mariano betrachtete es mit offensichtlichem Missfallen, rührte sich aber nicht. Die Stille im Dom schien nun körperlich spürbar zu sein. Schwester Callista hatte die Augen geschlossen, während sich eine Gequältheit auf ihrem Gesicht ausbreitete, die Cavelli an ein Heiligenbild erinnerte. Dann fing sie an zu sprechen, jedes Wort klar betonend. »Du sagst, du seist ein Christ, ich sehe dich, wie du ein Heiligenbild küsst, wie du ein mündliches Gebet murmelst, wie du dich aufregst über die Feinde der Kirche und wie du sogar häufig zu den Sakramenten gehst. Aber ich sehe dich kein Opfer bringen. Ich sehe dich keinem Bedürftigen helfen. Und auch nicht der Kirche Christi. Ich sehe dich keine Schwäche deines Bruders ertragen noch deinen Stolz für das Allgemeinwohl zurückstellen. Ich sehe dich … ich sehe dich nicht. Und du willst behaupten, ein Christ zu sein? Was für eine erbärmliche Vorstellung hast du von Christus?«

Montechiesa war blass geworden und hatte sich erhoben. Sein vor Wut und Empörung verzerrter Mund suchte nach Worten. »Wie können Sie es wagen, Schwester? Die Worte des Padre? Gegen mich? Das ist eine ungeheure …«

»Du wärst eine schwere Enttäuschung für den Padre, Angelo.«

»Schweigen Sie still!« brüllte Montechiesa, sodass es durch den ganzen Dom hallte. Es schien ihn selbst zu erschrecken, denn er senkte augenblicklich die Stimme und fuhr ungleich leiser fort: »Gehorsamkeit muss schweigsam sein.«

Schwester Callista schwieg in der Tat, doch sie war zu einer Statue stummer Verachtung geworden. Montechiesa brachte es nicht fertig, ihr in die Augen zu sehen, und blickte zu Boden. »Wir dürfen nicht schwankend werden.« Offenbar redete er mit sich selbst.

Als er wieder den Kopf hob, war jegliche Unruhe aus seinem Gesicht verschwunden. »Ihr hättet den sanften Weg wählen können, doch Ihr wolltet ihn nicht.« Montechiesa sah in Cavellis Richtung, doch er schien keineswegs allein gemeint zu sein. »Der Zorn Gottes wird sich auf der ganzen Welt ausbreiten, und wo könnte er besser seinen Anfang nehmen als im tiefsten Inneren der Christenheit. Hier im Petersdom. Erst jetzt erkenne ich, dass es von Anfang an so vorbestimmt war, und ich danke dem Herrn, dass er mir die Augen für diesen einzig richtigen Weg geöffnet hat.« Er griff in die Außentasche seines Jacketts, zog seinen Rosenkranz hervor und hielt ihn feierlich in die Höhe. Seine Augen glühten. »Sehen Sie diesen Rosenkranz, Monsignore Cavelli? Seine neunundfünfzig Perlen bestehen aus hauchdünnem Glas, und jede einzelne von ihnen enthält das Pestbakterium. Ich werde die Perlen auf dem Boden verteilen, und wenn morgen früh die ersten von vielen tausend Besuchern kommen, werden sie, ohne es zu merken, die Perlen zertreten. Wir haben das Bakterium so aufbereitet, dass es leicht aufgewirbelt wird. Es wird den ganzen Tag in der Luft sein, Zehntausende werden sich infizieren. Die Hälfte der Perlen enthält einen Stamm mit verlängerter Inkubationszeit. Nicht Stunden, sondern Tage. Zahllose Touristen werden bereits in ihre Heimatländer zurückgekehrt sein, bis die Krankheit bei ihnen ausbricht. Bis dahin werden sie schon unzählige weitere angesteckt haben.« Vorsichtig steckte er den Rosenkranz zurück in seine Jackentasche, dann drehte er sich zu Mariano um und nickte ihm zu, woraufhin dieser in die Hosentasche griff und einen weißlichen Gegenstand hervorzog. Montechiesa lächelte dünn. »Eine Keramikwaffe. Mit Keramikmunition. Sie hat nur einen Schuss, aber dafür kann sie von keinem Metalldetektor aufgespürt werden.« Cavelli spürte, wie sich sein Magen zusammenkrampfte, als Mariano die Waffe auf ihn richtete. Montechiesa hob den Blick für einige Momente zur Decke, als wolle er die Situation voll und ganz auskosten. Dann wandte er sich wieder an Cavelli. »Und nun seien Sie bitte so gut, draußen anzurufen, damit man uns die Tür öffnet.«

Cavelli griff langsam in die Tasche und zog sein Handy hervor. Dann zögerte er.

»Wird's bald?« Montechiesa gab Mariano ungeduldig einen Wink, woraufhin dieser bedrohlich einige Schritte näher trat. Cavelli versuchte, Zeit zu gewinnen. »Und dann? Marschieren wir alle vier hier raus?«

Es war ihm klar geworden, dass Montechiesa dies nicht zulassen konnte. Sobald der Anruf erledigt war, würde Mariano ihn und Schwester Callista unschädlich machen müssen. Der Anruf war das Einzige, was jetzt noch zwischen ihnen und ihrem Tod stand. Das war nicht viel, aber alles, was Cavelli noch in die Waagschale werfen konnte. Er blickte Montechiesa fest in die Augen. »Nein.«

Montechiesa lächelte zutraulich. »Rufen Sie an, oder Mariano wird Sie töten. Und glauben Sie mir, er hat darin einige Erfahrung. Die Menschen in Civita di Bagnoregio, auf der *MS Fortuna* – Mariano war ihr Todesengel. Er wird auch Sie töten, wenn Sie nicht anrufen.«

»Das wird er sowieso, sobald Sie haben, was Sie wollen.«

»Ich zähle bis drei. Eins …«

»Nein.«

»Zwei …«

»Ich werde nicht anrufen.«

»Drei.«

»Und Sie können nicht raus ohne mich.«

»Irrtum, Monsignore Cavelli, ich brauche nur Ihr Handy, den Anruf mache ich dann schon allein.«

»Das wird nicht klappen, Oberst Durand kennt meine Stimme.« Cavelli wusste in dem Moment, wo er es aussprach, dass er einen furchtbaren Fehler gemacht hatte.

Montechiesa lächelte milde. »Oberst Durand also. Nun weiß ich, wen ich kontaktieren muss. Ich denke, eine SMS wird auch reichen. Sie sehen, es geht ganz gut ohne Sie.«

»Aber nicht ohne mein Handy!« Cavelli riss es in die Höhe, bereit, es jederzeit auf den Marmorboden zu schmettern.

»Mariano!« Montechiesas Stimme hallte schneidend durch den Dom.

Mariano hatte die Waffe hochgerissen und zielte auf Cavellis Kopf.

Montechiesa war einige Schritte zurückgetreten, um nicht in die Schusslinie zu geraten, während Schwester Callista wie erstarrt auf das Geschehen vor ihren Augen blickte. Für einige Augenblicke hätte es ein dramatisches Gemälde sein können, in dem jede Figur eine klar erkennbare Rolle hatte.

»Machen Sie jetzt keinen Fehler, Monsignore Cavelli!« Lag da Angst in Montechiesas Stimme? »Eine Bewegung und Mariano wird Sie erschießen!«

Marianos Gesicht ließ keinen Zweifel an den Worten seines Herrn aufkommen. Seine Augen glänzten gierig, er schien geradezu darauf zu brennen, den tödlichen Schuss endlich abfeuern zu dürfen.

»Nimm ihm das Handy ab, Mariano.«

Mariano reagierte sofort auf Montechiesas Befehl. Während er weiter auf Cavellis Kopf zielte, näherte er sich vorsichtig. Noch zwölf Schritte, noch acht, noch fünf.

»Fangen Sie!« Cavelli warf das Handy aus dem Handgelenk, so, dass es über Marianos Kopf hinwegsegelte. Instinktiv blickte dieser nach oben, seine linke Hand griff vergeblich nach dem Handy, wobei sich der Arm mit der Pistole ebenfalls nach oben bewegte. Es war nur ein winziger Moment, aber der genügte. Cavelli war sofort bei ihm, ergriff den Arm mit der Waffe und verdrehte ihn so schmerzhaft, dass Mariano sich ebenfalls umdrehen musste, damit der Arm nicht brach. Cavelli linker Arm fuhr von vorn unter Marianos linker Achsel hindurch, dann legte er die linke Hand auf Marianos Nacken. Ein simpler, aber äußerst effektiver Haltegriff, der den Gegner zu Bewegungslosigkeit verdammte, wenn er sich nicht die Schulter auskugeln wollte. Bei seinem wöchentlichen

Training hatte Cavelli ihn Hunderte von Malen geübt, er war fast selbst überrascht, wie gut er auch in der Realität funktionierte. Mit der rechten Hand entwand er ihm die Keramikpistole. Dann stieß er Mariano von sich weg und richtete die Waffe auf Montechiesa.

»Und jetzt geben Sie mir den Rosenkranz, Signor Montechiesa.«

Montechiesa legte den Kopf schief und blickte wenig beeindruckt auf Cavelli. Er schien keine Angst zu verspüren, sondern kühl seine Möglichkeiten zu berechnen. Ein nachsichtiges Lächeln erschien auf seinem Gesicht. »Hören Sie, Monsignore Cavelli, wenn ich …«

»Keine Bewegung!« Cavellis Schrei hing für einige Momente in dem riesigen Dom. Montechiesas Hand, die sich ganz beiläufig seiner Jackentasche genähert hatte, erstarrte in der Luft.

Er schielte taxierend zu Cavelli hinüber, seine Stimme klang beherrscht und vorsichtig. »Wir müssen jetzt Ruhe bewahren, Monsignore, und …«

»Ich bin kein Monsignore, Don ist mein Vorname.« Cavelli wusste selbst nicht, warum er das jetzt zugab, es war das Letzte, was jetzt eine Rolle spielte, vielleicht einfach nur, um die Initiative zu behalten. Ein kurzer Schatten der Irritation huschte über Montechiesas Gesicht, dann war er wieder verschwunden. »Lassen Sie uns die Situation in Ruhe betrachten, Don.«

»Gut, solange Sie dabei keine hastigen Bewegungen machen. Und das Gleiche gilt auch für dich, Freundchen!«

Cavelli schwenkte kurz die Waffe auf Mariano, der in einer angespannten Haltung dastand, als warte er nur auf eine günstige Gelegenheit, sich auf Cavelli zu stürzen.

»Also, Don, Ihre Lage ist weniger gut, als Sie glauben. Ich werde das Bakterium hier freisetzen, und Sie werden das nicht verhindern können.«

»Ich werde schießen, sowie Sie in Ihre Tasche greifen.«

»Sehen Sie, Don, da bin ich gar nicht so sicher. Einen unbewaffneten Menschen niederschießen, so jemand sind Sie nicht. Auch wenn Sie sich jetzt einreden, dass Sie es können, im letzten Moment werden Sie zögern.«

»Lassen Sie es lieber nicht darauf ankommen.«

»So oder so, ob Sie schießen oder nicht, ich werde noch Gelegenheit haben, die Perlen zu zerbrechen und das Bakterium freizusetzen.«

»Aber Sie wären dann tot.«

»Für die Sache des Glaubens ist schon immer das Blut der Märtyrer geflossen. Auch Jesus hat nicht überlebt.«

»Jesus? Sie sind ja völlig verrückt, ein größenwahnsinniger …«

»Das Gleiche sagte man zu seiner Zeit auch über Jesus. Aber ich will mich nicht mit ihm vergleichen. Er war Gottes Sohn. Ich bin nur sein Werkzeug. Die Hand Gottes, wenn Sie so wollen.«

Schwester Callistas Stimme schien aus gefrorener Verachtung zu bestehen: »Jesus wird von Milliarden Menschen verehrt, du, Angelo, wirst als Ungeheuer in die Geschichte eingehen.«

Montechiesa machte eine gleichgültige Handbewegung. »Kurzfristig vielleicht, dieses Opfer muss ich in Demut ertragen, ich akzeptiere jegliche weltliche Verurteilung durch den Zeitgeist. In hundert Jahren jedoch, wahrscheinlich eher früher, wird man mich heilig sprechen und als den großen Bewahrer des Glaubens verehren. Und Sie, Don, legen Sie die Waffe weg und schließen Sie sich mir an. Werden Sie Teil des bedeutendsten geschichtlichen Ereignisses der letzten zweitausend Jahre. Jetzt und hier ist der Moment, das Richtige zu tun.«

»Ich bin sicher, das Richtige zu tun, indem ich Sie aufhalte.«

»Die Pharisäer, die Jesus verurteilen ließen, waren ebenfalls sicher, das Richtige zu tun.« Montechiesas Stimme hatte etwas Beschwörendes. »Hören Sie, Don, die Einflüsterungen des Teufels klingen immer ganz vernünftig, und doch müssen wir ihnen widerstehen.«

»Hören Sie auf, es reicht! Wenn Sie etwas versuchen, werde ich schießen.«

»Das ist die *eine* Möglichkeit, ich werde dennoch das Bakterium freisetzen, und dann sterben wir alle. Die andere Möglichkeit ist: Ich verteile die Perlen, ohne sie zu zerbrechen, und wir verlassen den Dom alle gemeinsam. Lebend.«

»Sie sind nicht in der Position, etwas bestimmen zu können.«

»In Ihrer Welt vielleicht nicht, Don. In Ihrer Welt ist zwei plus zwei gleich vier, doch dabei lassen Sie den wichtigsten Faktor außer Acht. In meiner Welt heißt zwei plus zwei plus Gott gleich …«

»Was auch immer, Ich habe die Waffe!«

»Die nur *einen* Schuss hat. Einen zu wenig. Seien Sie vernünftig, Don. Wollen Sie und Schwester Callista das Pestbakterium einatmen? Es ist ein qualvolles Sterben, das kann ich Ihnen versichern.«

Cavelli spürte, wie ihm die Angst die Kehle zuschnürte. Es war in der Tat eine grauenvolle Vorstellung. Die Tür zum Dom war von außen verschlossen, es würde kein Entkommen geben, wenn Montechiesa tatsächlich das Bakterium freisetzte. Es würde sich nach und nach im Dom verteilen, und ihm fiel darin kein Ort ein, der Sicherheit bieten würde.

»Und wenn ich darauf einginge«, versuchte er, Zeit zu gewinnen. »Was dann, Signor Montechiesa? Sie verteilen die Perlen, wir verlassen alle vier den Dom, und dann erwarten Sie, dass wir nichts unternehmen und die Besucher morgen früh einfach ins Verderben laufen lassen?«

»Als Gegenleistung dafür, dass Sie beide am Leben bleiben dürfen. Geben Sie mir Ihr Ehrenwort, verlassen Sie noch heute Nacht Italien und bringen Sie sich in einem weit entfernten Land in Sicherheit.«

»Sie würden uns vertrauen?« Die Worte kamen wie automatisch aus seinem Mund. Ein kleiner Gedanke war dabei, sich in seinen Geist zu drängen. Da war etwas Wichtiges, doch er bekam es nicht zu packen.

Montechiesa nickte auf unangenehm überhebliche Art. »Ich bin ein guter Menschenkenner.«

Cavelli hatte den Gedanken zu fassen bekommen. Doch er war enttäuschend. Es war ein möglicher Ausweg, doch die Chancen für sein Gelingen hingen von vielen unbeeinflussbaren Umständen ab. Ein einziger davon, der nicht zu seinen Gunsten ausfallen würde, bedeute sein Scheitern. Jetzt galt es, zu verhindern, dass es überhaupt so weit kam. Er blickte Montechiesa entschlossen in die Augen. »Ein guter Menschenkenner? Offenbar sind Sie genau das nicht, wenn Sie auch nur eine Sekunde glauben, ich würde auf einen solch monströsen Vorschlag eingehen.«

»Also gut.« Montechiesa schloss die Augen, seine Lippen bewegten sich lautlos. Sprach er ein Gebet? Dann, plötzlich, zuckte seine Hand zur Anzugtasche. Ohne nachzudenken, riss Cavelli den Arm hoch und drückte den Abzug. Der Schuss hallte wie eine Reihe ungeheurer Explosionen von den Wänden wider, eine kleine graue Wolke hing in der Luft und der scharfe Geruch von Kordit.

XXXIX

Es war ein Opfer gebracht worden. Allerdings nicht von Angelo Montechiesa, sondern von Mariano, der nun auf dem Rücken lag und mit leblosen Augen zur Decke starrte. Der winzige Moment, den Cavelli zum Zielen gebraucht hatte, war für ihn ausreichend gewesen, sich schützend vor seinen Herrn zu werfen.

»Heilige Muttergottes!« Schwester Callista bekreuzigte sich, und auch Cavelli blickte bestürzt auf das schreckliche Bild, das sich ihm bot. Wer *war* der Mann, der da geschossen hatte? Etwa er selbst? Er konnte es nicht glauben, seine Hand zitterte. Lediglich Montechiesa war die Ruhe selbst geblieben. Er würdigte den toten Körper seines Sekretärs keines Blickes. Mit hoch erhobenem Arm stand er da. In der Hand den Rosenkranz. Er lächelte Cavelli zu. »Sehen Sie, Don, Sie können mich nicht aufhalten. Es ist vorbestimmt.« Dann blickte er zu Schwester Callista hinüber. Seine Stimme war sanft und glücklich. »Serviam!«

Mit aller Kraft schleuderte er den Rosenkranz auf den Marmorboden. Fast alle Glasperlen zerbarsten augenblicklich.

Etwas Gasförmiges, wie Cavelli erwartet hatte, schien nicht daraus emporzusteigen, aber ein Art Flimmern lag dort in der Luft. Schwester Callista hatte aufgeschrien und war genau wie Cavelli instinktiv zurückgewichen. Montechiesa stand bewegungslos und starrte mit irrem Blick triumphierend zu ihnen hinüber. Cavelli packte Schwester Callistas Hand und riss sie mit sich. Wie schnell würde sich das Bakterium ausbreiten? Cavelli glaubte, es bereits riechen zu können. Oder war das nur die Panik? Ihre schnellen Schritte hallten durch den Dom, und Cavelli wurde sich bizarrerweise selbst in diesem Moment bewusst, dass er noch nie gesehen oder gehört hatte, dass jemand im Petersdom gerannt war. Seine Gedanken rasten. Würde sein Plan Erfolg haben, oder war es nur ein Hirngespinst? Wie weit war es noch? Fünfzig Meter? Hundert? Neben sich hörte er Schwester Callista stöhnen. Weiter! Einfach weiterlaufen! Dort. Endlich! Da war sie, die Pietà. Michelangelos einmaliges Meisterwerk, die Marmorstatue des toten Jesus, gehalten von der Jungfrau Maria. Seit vielen Jahren war die Kapelle, in der sie sich befand, mit Plexiglas versperrt, seit ein verrückter Ungar, der sich für Jesus hielt, die Marienfigur mit zwölf Hammerschlägen schwer beschädigt hatte. Natürlich war die Kapelle für Personen mit besonderer Genehmigung dennoch betretbar. Links und rechts davon waren zwei hölzerne Gittertüren. Und auf das, was sich hinter der linken der beiden Türen befand, lag Cavellis ganze Hoffnung. Würde sein nutzloses Wissen um der Öffentlichkeit nicht bekannte vatikanische Geheimnisse heute zum ersten Mal in seinem Leben einen sinnvollen Zweck erfüllen und ihnen das Leben retten?

Noch ein paar Meter. Da war die Tür. Cavelli drückte die Klinke hinunter. Verschlossen. Er warf sich mit seinem ganzen Gewicht dagegen. Holz splitterte, aber die Tür hielt stand. Er warf sich ein zweites Mal dagegen und ein drittes Mal. Das Schloss brach aus dem Holzrahmen, und die Tür schwang auf. Cavelli riss Schwester Callista mit sich fort. Sie stürzten durch einen kurzen Gang, dann nach rechts und befanden sich nun hinter der Plexiglasscheibe in der Kapelle der Pietà. Dort war die bewusste Säule. Cavelli hatte ihn noch nie benutzt, aber er wusste, dass er da war: der im Inneren der Säule versteckte Fahrstuhl, mit dem der Heilige Vater zu besonderen Anlässen den Petersdom betrat und der von hier direkt in den Apostolischen Palast führte. Cavelli zog an der kleinen Tür, sie war unverschlossen. Er schob Schwester Callista hinein und quetschte sich ebenfalls in den engen Raum. Konnte dieser winzige Fahrstuhl überhaupt das Gewicht von zwei Personen befördern? An der Wand befand sich ein goldenes Panel mit zwei goldenen Knöpfen. Cavelli drückte auf den oberen. Nichts geschah. Natürlich nicht. Er hätte es wissen müssen. Es war vermessen gewesen, darauf zu hoffen. Dieser Fahrstuhl war allein dem Papst vorbehalten. Zweifellos ließ er sich nur unter Zuhilfenahme eines speziellen Schlüssels … Mit einem hydraulischen Seufzen setzte sich die kleine Kabine in Bewegung und begann, mühsam nach oben zu steigen. Dies musste einer der ältesten Fahrstühle der Welt sein und mit Sicherheit der langsamste. Er blickte auf Schwester Callista. Sie war bleich und hatte die Augen geschlossen. Ihre Lippen formten ein stummes Gebet. Für einige Augenblicke wurde der Fahrstuhl noch langsamer, sodass Cavelli schon befürchtete, er würde stecken bleiben, aber dann kam er mit einem unschönen metallischen Knirschen an seinem Bestimmungsort zum Stehen. Cavelli drückte mit dem Rücken die gewölbte Tür auf. Auch das obere Ende des Lifts befand sich in einer Säule. Schwester Callista folgte ihm mit einer für ihr Alter erstaunlichen Geschwindigkeit. Cavelli riss einen Feuerlöscher aus seiner Wandhalterung und blockierte damit die Fahrstuhltür. Falls Montechiesa auf die Idee käme, ihnen zu folgen, würde dieser Weg nun versperrt sein. Schwester Callista blickte vorsichtig um sich. »Sind wir hier im …?«

»Ganz recht, im Apostolischen Palast.« Cavelli deutete den Gang hinunter. »Dort entlang geht es zur Wohnung des Heiligen Vaters.«

Erneut bekreuzigte sich Schwester Callista. Cavelli fasste in die Tasche, um sein Smartphone hervorzuholen. Seine Hand griff ins Leere – natürlich, er hatte es nach Mariano geworfen, und nun lag es unten im Dom. Er wandte sich an Schwester Callista. »Haben Sie ein Telefon bei sich?«

Sie schüttelte den Kopf, als sei schon die Frage völlig grotesk.

»Gut, dann warten Sie bitte hier. Niemand darf den Fahrstuhl betreten.« Ehe sie protestieren konnte, war Cavelli den Gang hinuntergelaufen. Er wusste genau, was er jetzt zu tun hatte. Monsignore Longhi nahm zurzeit keine Anrufe von ihm entgegen, aber er musste mit jemandem sprechen, der Entscheidungen treffen konnte. Er bog um die Ecke und stieß auf einen jungen Gardisten. Dem Mann klappte bei Cavellis Anblick der Kiefer runter. Die Gardisten standen per Funk in Verbindung, und es war ihm kein Besucher angekündigt worden. Cavelli schien aus dem Nichts zu kommen. Mit der rechten Hand tastete er nach dem beruhigenden Gefühl seiner Glock 17 in dem verborgenen Pistolenholster unter seiner pittoresken Uniform. Cavelli wusste, dass er keine Zeit mit Diskussionen verlieren durfte. Er sah den Gardisten scharf an und legte seine ganze Autorität in die Stimme. »Wie ist Ihr Name, Hellebardier?«

Es war anscheinend die richtige Taktik. Offenbar schloss er aus Cavellis Auftreten und seinem unerwarteten Erscheinen, dass dieser weit über ihm in der Hierarchie stand. Jedenfalls antwortete der junge Mann ohne zu zögern. »Hellebardier Wyss!«

»Gut, ich muss augenblicklich mit Oberst Durand sprechen. Es geht um ein äußerst dringliches Sicherheitsproblem.«

Hellebardier Wyss griff verunsichert nach dem Funkgerät an seiner Schulter. »Und wer …?«

»Sagen Sie ihm, Don Cavelli, er weiß dann schon.«

Es dauerte eine gute Minute, dann tönte die Stimme des militärischen Oberbefehlshabers aus dem Funkgerät. »Hier spricht Oberst Durand.«

»Herr Oberst, Don Cavelli hier. Ich befinde mich im Apostolischen Palast bei Gardist Wyss. Lassen Sie bitte unverzüglich alle Eingänge zum Petersdom abriegeln. Und mit alle meine ich *alle*. Auch die Eingänge aus dem Apostolischen Palast und die Nekropolen unter dem Dom. Einfach alles, was mit dem Dom räumlich verbunden ist, es besteht akute Lebensgefahr.«

»Wie bitte? Was soll das heißen, Cavelli?« Oberst Durand ließ sich offenbar ungern Vorschriften von Zivilisten machen, solange sie nicht gerade Papst waren. Cavelli holte tief Luft und begann zu erklären. »Ich weiß, es ist schwer zu glauben, aber …«

XL

Es war der wohl seltsamste Tag im Leben von Oberst Durand gewesen. Da Sicherheit vorging, hatte er, wenn es ihm auch zutiefst widerstrebte, den Petersdom komplett abriegeln lassen. Effizient und zügig, aber diskret. Einer der Zugänge, eine Fahrstuhltür im Apostolischen Palast, war zur Überraschung zweier Gardisten bereits bewacht vorgefunden worden und zwar von einer Leiterin des Opus Dei. Die resolute Dame war zunächst einfach nicht davon zu überzeugen gewesen, sich ablösen und zur Zentrale des Opus zurückchauffieren zu lassen, war aber schließlich doch einsichtig gewesen. Inzwischen hatte Durand Don Cavelli in sein Büro in der Gardekaserne gebeten und sich dessen Geschichte angehört. Eine Geschichte, die vollkommen unglaubwürdig erschien. Doch das war nicht ausschlaggebend für ihn. Obwohl er hier im Vatikan ein Verteidiger des Glaubens war, so orientierte er sich in seiner Arbeit ausschließlich an nüchternen Fakten. Zuerst hatte er sich mit dem Sekretär des Heiligen Vaters, Monsignore Longhi, verbinden lassen. Cavelli behauptete, dass dieser ihn gewissermaßen inoffiziell beauftragt hätte. Longhi hatte Durands Anruf wie immer entgegengenommen, war dann aber während des Telefonats immer schweigsamer geworden. Seine letztendliche Antwort war dann überaus seltsam gewesen. Er könne zu dieser Angelegenheit nichts sagen, aber Don Cavelli sei ein hoch respektierter vatikanischer Bürger, der eine Reihe verbriefter Privilegien genieße, die auch die volle Kooperation der Schweizer Garde einschlössen. Mit den Worten »Der Heilige Vater steht uneingeschränkt hinter diesen Privilegien« legte er auf. Oberst Durand atmete einmal tief durch. Er war lange genug im Papstbusiness, um zwischen den Zeilen lesen zu können. Longhi hatte ihm durch die Blume zu verstehen gegeben, dass alles, was Cavelli sagte, der Wahrheit entsprach und dass nach dessen Angaben zu handeln war, aber auch, dass der Vatikan dies auf Nachfragen niemals bestätigen würde.

Er blickte finster zu Cavelli hinüber und erhob sich hinter seinem Schreibtisch. »Kommen Sie mit.«

Zwei Minuten später befanden sie sich in der unterirdisch gelegenen Überwachungszentrale. Von hier aus wurden die über fünftausend Kameras kontrolliert, die sich überall auf vatikanischem Gelände befanden. Der befehlshabende Korporal war es gewohnt, Befehle ohne Diskussion auszuführen, doch das hier war so ungewöhnlich, dass er nicht anders konnte, als sich zu vergewissern. »Die Kameras im Petersdom?« Er sah hilfesuchend zu seinen drei Kollegen an den Bildschirmen hinüber. »Jetzt? Es ist niemand mehr dort um diese Zeit.«

Oberst Durand schob missgelaunt seinen Kiefer vor. »Tun Sie's!«

XLI

Der Korporal am Kontrollpult war systematisch vorgegangen und hatte die vierhundert Dom-Kameras eine nach der anderen aufgerufen. Es dauerte über fünfzehn Minuten, bis er zum ersten Mal etwas entdeckte. Vor Berninis Baldachin lag etwas auf dem Boden, das dort nicht hingehörte. Er zoomte das grobkörnige Schwarzweißbild so nah heran, wie es möglich war. Oberst Durand kniff die Augen zusammen, um schärfer zu sehen. Cavelli ließ ihm ein wenig Zeit, bevor er etwas sagte. »Das ist der andere Mann, von dem ich Ihnen berichtet habe. Mariano. Er ist tot.«

Durand schloss einen Moment die Augen, während er heftig die Luft ausstieß. Damit war nun klar, dass Cavelli ihm keine reinen Fantasiegeschichten erzählt hatte. Etwas sehr Ernstes war im Petersdom vorgefallen, so viel stand nun fest. Er wandte sich an den Korporal. »Machen Sie ein paar Screenshots, und dann fahren Sie fort, wir suchen jetzt nach dem zweiten Mann.«

»Jawohl, Herr Oberst.«

Doch Montechiesa schien verschwunden zu sein. Ein paarmal glaubte einer der drei Beobachter, etwas gesehen zu haben, doch es stellte sich jedes Mal als dunkler Schatten oder etwas anderes Harmloses heraus. Möglicherweise hielt sich Montechiesa versteckt. Wenn er sich in einen Beichtstuhl zurückgezogen hatte, würde ihn keine Kamera entdecken können. Aber vielleicht hatten sie auch einfach nur Pech und Montechiesa bewegte sich im Dom umher; in diesem Fall konnte es ewig dauern, bis ihn eine der Kameras erwischen würde. Nach einer Stunde hatte Oberst Durand einen Schweizer Fluch ausgestoßen und war aus dem Kontrollraum gestürmt, um sich über Funk zu vergewissern, dass wirklich ausnahmslos alle Ausgänge des Doms verschlossen und bewacht wurden. Ein wenig ruhiger kam er zurück und ließ sich neben Cavelli in einen der Drehstühle fallen. »Alles in Ordnung. Wenn Ihr Mann je da drin war, ist er immer noch drin. Er kann nicht entkommen.«

Nach weiteren fünfzig Minuten des Starrens auf den Bildschirm schmerzten Cavellis Augen, und er fragte sich unwillkürlich, wie die Männer, die dies den ganzen Tag machten, das bloß aushielten. Er selbst sah schon Gespenster, ständig schien sich auf dem Bildschirm irgendwo etwas zu bewegen, wo nichts war. Es war zum …

»Da!« Alle drei hatten es gleichzeitig gerufen. Montechiesa war gefunden. Er befand sich mit dem Rücken zur Kamera am Ausgangsportal und trommelte mit beiden Fäusten wie ein Wahnsinniger gegen das schwere Bronzetor. Es gab keine Tonübertragung, aber er schien dabei unentwegt etwas zu schreien. Ein Mann, allein mit seiner Todesangst.

XLII

Es war eine Nacht gewesen, die Cavelli am liebsten aus seinem Gedächtnis gestrichen hätte. Zunächst hatte Durand den Petersdom bis auf weiteres schließen lassen. Offiziell aufgrund eines Wasserschadens. Sämtliche Zugänge waren luftdicht versiegelt worden und wurden rund um die Uhr von Schweizer Gardisten bewacht. Unter normalen Umständen wäre dies keinesfalls eine Entscheidung gewesen, die der Oberst ohne Zustimmung von ganz oben hätte treffen dürfen, aber er wusste, dass ihn niemand dafür zur Rechenschaft ziehen würde. Damit war der einfache Teil beendet. Anschließend hatte Durand stundenlang mit offiziellen Stellen telefoniert und versucht, die Lage weiter in den Griff zu kriegen. Wieder und wieder hatten er und Cavelli die Situation geschildert, doch dies waren so besondere, noch nie dagewesene Probleme, dass jeder versuchte, die Zuständigkeit einer anderen Dienststelle zuzuschieben. Eine Koordination schien nicht möglich. Die maßgeblichen Leute im Gesundheitsministerium und beim Seuchenschutzamt weigerten sich, die Dekontamination des Petersdoms in die Wege zu leiten, solange sich ein Terrorist darin aufhielt, und die Schweizer Garde konnte den Dom nicht betreten, solange er verseucht war. Zwei Stunden später hatten dann bei Montechiesa die Symptome eingesetzt. Voller Entsetzen hatten Cavelli und Durand am Bildschirm mitverfolgt, wie er sich verzweifelt durch den Dom geschleppt hatte, offenbar auf der Suche nach einem Ausgang. Irgendwann war er in sich zusammengesunken und nicht mehr aufgestanden. Nur gelegentliche schwache Zuckungen kündeten davon, dass er noch lebte. Cavelli war insgeheim dankbar, dass das übertragene Bild so unscharf war. Gegen fünf Uhr früh war es dann vorbei. Angelo Montechiesa gab keinerlei Lebenszeichen mehr von sich.

XLIII

Im Morgengrauen hatte Cavelli das Kontrollzentrum verlassen. Es gab nichts mehr für ihn zu tun. Oberst Durand hatte ihn gebeten, in den nächsten Tagen stets erreichbar zu sein, falls er ihn noch einmal als Zeugen gegenüber staatlichen Stellen brauchen würde oder noch Fragen hätte. Cavelli hatte es versprochen und war in seine Wohnung zurückgekehrt. Er war todmüde ins Bett gefallen und sofort in tiefen traumlosen Schlaf versunken.

In den nächsten Tagen hatte er die Medien ganz genau verfolgt, aber weder hatte es in Santo Stefano di Sessanio noch in San Candido oder sonst an einem Ort einen weiteren Pestausbruch gegeben, noch war irgendwo von Angelo Montechiesa die Rede. Zum ersten Mal seit langer Zeit hatte Cavelli eine Generalaudienz des Papstes besucht. Es war ein gutes Gefühl gewesen, zu sehen und zu hören, dass alles wie üblich ablief und ohne jegliche Prophezeiungen.

Am Morgen des dritten Tages klingelt Cavellis Handy. Es war Oberst Durand, der sich erkundigte, ob Cavelli Interesse daran hätte, ihm nach dem Mittagessen bei einem Spaziergang entlang des Tibers Gesellschaft zu leisten. Cavelli hatte sich seine Verwunderung nicht anmerken lassen und zugestimmt. Pünktlich zur angegebenen Zeit erschien er am Treffpunkt. Durand wartete bereits. Er trug Zivil und begrüßte Cavelli in seltsam ungelenker Weise. Wie viele Menschen, die in ihrem Beruf Hervorragendes leisteten, fühlte er sich außerhalb seiner gewohnten festen Strukturen offenbar unsicher und fehl am Platze. Erst nachdem sie ein Stückchen gegangen waren, hatte er sich ausreichend gesammelt, um zu sprechen. »Ich muss nicht betonen, dass …«

Cavelli vervollständigte den Satz bereits instinktiv im Geiste, bevor Durand ihn zu Ende gesprochen hatte.

»… alles, was ich Ihnen sage, vertraulich und inoffiziell ist.«

Cavelli bestätigte es routiniert. »Selbstverständlich, Signor Durand.« Er vermied absichtlich dessen militärischen Rang, um den inoffiziellen Charakter des Gesprächs zu betonen.

Durand fuhr fort. »Darum reden wir auch hier und nicht in meinem Büro, aber ich fand, Sie haben ein Anrecht darauf, den Stand der Dinge zu erfahren.«

»Danke, das weiß ich zu schätzen.«

»Zunächst einmal: Alles, was Sie mir erzählt haben, hat sich bestätigt, aber das wissen Sie natürlich selbst. Angelo Montechiesa wurde unter größten Sicherheitsvorkehrungen obduziert. Er ist tatsächlich an einem hochaggressiven Pestbakterium verstorben. Große Teile des Petersdoms sind kontaminiert, hauptsächlich wohl, weil er sich auf der Suche nach einem Ausgang fast überall aufgehalten hat. Zurzeit wird mit Hochdruck an der Entseuchung gearbeitet, man kommt gut voran, es wird wohl noch einige Tage dauern, bis wir den Dom wieder für die Öffentlichkeit freigeben können.« Durand wich einer Frau mit Kinderwagen aus. »Nächster Punkt: Montechiesas Labor. Da Sie mir versicherten, dass Montechiesa Sympathisanten bei Polizei und Regierung hat, bin ich nicht den offiziellen Weg gegangen, sondern habe mich an einen Polizeioffizier in Rom gewandt, dem ich absolut vertraue. Der Mann hat die Ermittlungen an sich gezogen, womit er möglicherweise seine Kompetenzen ein wenig überschritten hat, aber wie ich ihn einschätze, wird er schon klarkommen. Er hat Durchsuchungen in Montechiesas Labor in Rom, in seiner Villa auf Poveglia und in verschiedenen Geschäftsstellen vornehmen lassen. Die Verhöre der Mitarbeiter dauern noch an, aber bislang sieht es so aus, als wenn niemand eingeweiht war und Montechiesa ganz allein gehandelt hat, nur unterstützt von seinem Sekretär. Es ist verrückt, wie viel zwei entschlossene Personen mit genug krimineller Energie allein ausrichten können.«

»Ja, zusammen mit Milliarden von Bakterien.«

Durand kniff konzentriert die Augen zusammen, bevor er fortfuhr. Unterbrechungen irritierten ihn. »Auch Montechiesas Unterlagen scheinen das zu bestätigen, es ist längst noch nicht alles gesichtet, aber es wurde eine Art religiöses Manifest in seinem Safe gefunden, offenbar als Botschaft für die künftigen Geschichtsschreiber, in dem er seinen Plan minutiös darlegt. Der Mann war wirklich völlig wahnsinnig. Ein Irrer.«

»Zweifellos. Und ein Genie. Eine schreckliche Kombination.«

»Weiß Gott. Jedenfalls würde es mich sehr wundern, wenn es weitere Verhaftungen geben würde. Man wird die Lage natürlich weiter im Auge behalten, aber momentan sieht es so aus, dass keine Gefahr für weitere Anschläge besteht.«

»Was ist mit den Polizeioffizieren und Regierungsmitgliedern, die Montechiesa unterstützt haben?«

Durand verzog schmerzlich den Mund. »Gar nichts, fürchte ich. Die schlechte Nachricht ist, wir wissen nicht, wer die sind, und selbst wenn wir in Montechiesas Unterlagen Hinweise finden, gibt es nichts, was man diesen Leuten zur Last legen kann. Die gute Nachricht: Es sind zweifellos religiöse Fanatiker, aber ihre Aufgabe hat darin bestanden, Montechiesa zu schützen. Ohne ihn gibt es nichts für sie zu tun, die Sache ist vorbei.« Durand dachte einen Moment nach, bevor er den nächsten Punkt auf seiner inneren Liste anschnitt. »Was den Tod von Montechiesas Sekretär angeht … «, er warf im Gehen einen schnellen seitlichen Blick auf Cavelli, »… nun, es ist nicht ganz klar, unter welchen Umständen er zu Tode gekommen ist, ich entsinne mich dunkel, dass Sie da auch irgendeine Theorie hatten, aber … « Er wartete einen Moment, ob Cavelli Einwände erheben würde, und fuhr dann unerschüttert fort: » … man geht davon aus, dass es zu einem Streit zwischen den beiden gekommen ist und

Montechiesa ihn erschossen hat. Eigentlich hätte man natürlich Montechiesa auf Schmauchspuren untersuchen müssen, aber angesichts der hochgradigen bakteriellen Kontamination seiner Leiche wurde darauf verzichtet. Inzwischen ist sie kremiert worden, und damit ist auch dieser Aspekt endgültig abgeschlossen.«

»Danke.« Cavelli verspürte Erleichterung und Dankbarkeit. Er hatte Montechiesa hindern wollen, das Bakterium freizusetzen, und Mariano hatte sich absichtlich dazwischengeworfen. Cavelli hatte das Empfinden, richtig gehandelt zu haben und dass er in einer ähnlichen Situation wieder so handeln würde, er konnte gut damit leben, aber wie hieß es so treffend: »Auf hoher See und vor Gericht ist man in Gottes Hand.« Der Ausgang eines monatelangen Prozesses wäre ungewiss. Er war sich ziemlich sicher, dass Oberst Durand ihm vielleicht auch unter anderen Umständen diesen Gefallen getan hätte, aber dass es ihm in erster Linie darum ging, die Interessen der Kirche zu schützen. Denn die würde es gar nicht gern sehen, wenn berichtet würde, dass ein Bewohner des Vatikan – dass er dort kein Amt innehatte, würde die Medien wohl wenig interessieren – im Petersdom auf jemanden geschossen hatte. Das würde eine Fülle weiterer Fragen aufwerfen, die man fürchtete wie der Teufel das Weihwasser. Die offizielle Wahrheit war klar und übersichtlich, sie würde, zumindest was Cavelli und den Vatikan anging, keinen Richter auf den Plan rufen. Außer vielleicht eines Tages einen höheren Richter, aber das hatte noch viel Zeit.

»Was Montechiesas Chefwissenschaftlerin angeht«, Durands Stimme war plötzlich gedämpft, »ich habe mich, ohne Sie zu erwähnen, diskret erkundigt. Der, äh, Leichnam von Dr. de Luca und auch der von diesem Colonnello Adelphi wurde inzwischen gefunden, ganz in der Nähe der von Ihnen angegebenen Stelle. Offenbar wurden sie beide von den Stromschnellen auf Felsen im Wasser geschleudert.« Cavelli war blass geworden. Durand registrierte es, leise fügte er hinzu: »Es ist wohl alles sehr schnell gegangen, sie werden es kaum mitbekommen haben.« Cavelli schluckte mühsam, er war sich nicht sicher, ob das stimmte oder ob es lediglich tröstende Worte waren, wie man sie eben in einer solchen Situation äußerte. Oberst Durand sah unbehaglich auf die Uhr. »Ich muss zurück zum Dienst, also wenn Sie keine weiteren Fragen mehr haben …«

Er ließ den Satz unvollendet. Die beiden Männer schüttelten sich die Hand. Cavelli murmelte einige Worte des Dankes, aber Durand winkte ab. »Es sind nicht Sie derjenige, der zu danken hat, Signor Cavelli. Ganz im Gegenteil, ganz im Gegenteil.« Mit einer knappen Verbeugung wandte er sich ab. Cavelli sah ihm einige Augenblicke hinterher. Dann fiel ihm noch etwas ein. »Ach, eine Frage noch.« Oberst Durand blieb stehen und drehte sich überrascht um. »Ja?«

»Sie sagten, Sie hätten mit einem Polizeioffizier gesprochen, dem Sie vertrauen.«

»Und was ist Ihre Frage?«

»Wie konnten Sie sicher sein, dass er nicht auch Teil von Montechiesas Verschwörung war?«

Oberst Durand zögerte. »Nun, ich kenne ihn seit vielen Jahren und weiß etwas über ihn, das dies mit absoluter Sicherheit ausschließt.«

»Und das wäre?«

Der Kommandant der Schweizer Garde lächelte etwas schuldbewusst. »Er ist Atheist.«

XLIV

Es dauerte beinahe drei Wochen, bis die Experten den Petersdom wieder für die Öffentlichkeit freigaben. Für einige Stunden – bis zur Öffnung der Pforten – war er die sauberste Kirche der Welt gewesen. Dafür, dass es nicht lange so blieb, würden die täglich zwanzigtausend Besucher schnell sorgen. Niemand zählte nach, aber in den ersten Tagen schien der Besucherstrom noch erheblich angeschwollen zu sein. Es war, als ob sich viele Menschen mit eigenen Augen davon überzeugen mussten, dass ihr Dom noch da war. Auch Cavelli hatte diesen Drang verspürt, besonders nachdem er am Tag zuvor in einem Gedenkgottesdienst für Margherita de Luca gewesen war. Er hatte das Gefühl gehabt, ihr das schuldig zu sein. Obwohl er sich im Hintergrund gehalten hatte, schien die Anwesenheit eines Unbekannten bei einigen Angehörigen für Irritation und Verstimmung zu sorgen, sodass er noch vor Ende der Zeremonie gegangen war. Es war keine gute Idee gewesen, und hinterher fühlte er sich noch schlechter als vorher.

Die Neueröffnung des Doms empfand er als Rückkehr zu etwas Vertrautem, und so war er einer der ersten Besucher gewesen, wenn auch unter Umgehung der langen Schlangen vor den Sicherheitsschleusen. Ihm stand der seitliche Zugang, vorbei am Bronzeportal des Apostolischen Palastes, zur Verfügung. Der Schweizer Gardist hatte salutiert und ihn einfach durchgewinkt. So oft er auch schon hier drin gewesen war, es kam ihm wie das erste Mal vor. Er durchwanderte den ganzen Dom und unternahm dann den mühsamen Aufstieg bis zur Aussichtsplattform, wobei er auf den Fahrstuhl, mit dem man die erste Hälfte zurücklegen konnte, bewusst verzichtete. Aus irgendeinem Grund war es auf dem schmalen Umgang nicht wie üblich so voll, dass man fast zerquetscht wurde, sondern es befand sich dort nur eine japanische Familie, die sich, nachdem sie ein paar Fotos geschossen hatte, bereits wieder an den Abstieg machte. Cavelli war allein. Er liebte diesen Ort, von dem man einen herrlichen Rundblick auf die Vatikanischen Gärten und ganz Rom hatte. Seine Gedanken wanderten zu den Ereignissen der letzten Wochen zurück.

Vor acht Tagen hatte er eine Einladung des Opus Dei erhalten, im Auftrag von Schwester Callista. Natürlich war er hingegangen, diesmal ganz offiziell durch den Eingang für Männer. Schwester Callista hatte ihn allein in ihrem Büro empfangen, und sie hatten Tee getrunken und eine lange Unterhaltung gehabt. Offenbar hatte sie die Ereignisse erstaunlich gut verkraftet, obwohl sie auch davon sprach, wie sehr sie es erschüttere, sich so in Angelo Montechiesa geirrt zu haben. Er war fast wie ein Sohn für sie gewesen, und dies sei die größte Enttäuschung ihres Lebens. Daran ändere auch der Umstand nichts, dass Montechiesa sein gesamtes Vermögen dem Opus Dei vermacht hatte. Relativ unbeeindruckt nannte sie eine neunstellige Summe und wies darauf hin, dass es unter Mitgliedern eher die Regel als die Ausnahme war, das Opus im Testament großzügig zu bedenken. Schließlich hatte sie Cavelli gebeten, Stillschweigen über die Vorgänge zu bewahren. Auch wenn Montechiesas Verbrechen in striktem Gegensatz zu den Lehren des Opus Dei standen, würden die Medien mit Sicherheit das Gegenteil daraus machen. Cavelli klärte sie darüber auf, dass er sich bereits gegenüber dem Vatikan zum Schweigen verpflichtet hatte, und Schwester Callista nahm es mit großer Erleichterung auf. Zu seiner eigenen Überraschung hatte er festgestellt, dass er sie mochte, und dies, obwohl sie bis ins Detail dem strengen Bild entsprach, das Außenstehende vom Opus Dei hatten, und dennoch … Es war doch immer etwas anderes, wenn man etwas tatsächlich aus der Nähe betrachtete.

Cavellis Gedanken wanderten weiter. Noch immer hatte es keine weiteren Pestausbrüche gegeben, man durfte also vorsichtig optimistisch sein und davon ausgehen, dass es endgültig vorbei war. Doch es war um Haaresbreite gewesen. Cavelli war, ohne es zu wollen, in diese Affäre verwickelt worden und schauderte bei dem Gedanken, dass es nur Glück gewesen war, das ihm zu Hilfe gekommen war. Oder Zufall. Obwohl es im Umkreis von wenigen hundert Metern wahrscheinlich überproportional viele Menschen gab, die – würden sie die näheren Umstände kennen – von göttlicher Fügung sprechen würden. Cavelli wusste es besser. Doch wieder einmal würde er schweigen. Man vertraute darauf, dass er es tat, und er würde sein Versprechen halten. Er fragte sich, ob der Monsignore ein geheimes Memorandum anfertigen würde, in dem die Vorgänge, soweit sie den Vatikan betrafen, niedergelegt waren. Er vermutete es fast. Es bestand in der Kurie von jeher die Tradition, jeden noch so kleinen Vorgang schriftlich zu dokumentieren. Jedoch würde dieses Schriftstück im Vatikanischen Geheimarchiv abgelegt werden. Für die Öffentlichkeit erst zugänglich siebzig Jahre nach dem Tod des gegenwärtigen Papstes. Cavelli würde es nicht mehr erleben. Und wenn schon. Nachdenklich wanderte er einige Schritte weiter und blickte nach unten auf den winzigen Campo Santo Teutonico. Seine geliebte Elena ruhte bereits dort, und eines Tages würde er neben ihr liegen. Wiedervereint bis in alle Ewigkeit. Ein Gefühl der vollkommenen Ruhe überkam ihn. Noch immer war er ganz allein hier oben. Einige Minuten stand er so versunken da, dann riss er sich los und machte sich auf den Weg zu der Treppe, die nach unten führte.

Dichtung und Wahrheit

Wie immer in den Romanen um Don Cavelli sind Figuren und Handlung erfunden, die erwähnten Fakten sind jedoch zum allergrößten Teil wahr.

Die Opus-Dei-Zentrale in Rom hat tatsächlich zwei verschiedene Eingänge in verschiedenen Straßen, die Männer bzw. Frauen vorbehalten sind. Auch alle Fakten über das Opus sowie seinen Gründer Josemaría Escrivá sind korrekt. Einige von Angelo Montechiesas Äußerungen und auch Schwester Callistas Anklage sind Zitate aus Escrivás Werk »El Camino«, das inzwischen in fünfundvierzig Sprachen übersetzt und in mehr als einhundertvierundsiebzig Auflagen über drei Millionen Mal verkauft worden ist. Alle von Montechiesa wiedergegebenen historischen Fakten sind real.

Montechiesas Flugschrauber, eine Kombination aus Flugzeug und Hubschrauber, existiert exakt in der beschriebenen Form.

Die Insel Poveglia vor Venedig gibt es wirklich, auch ihre Geschichte ist wahrheitsgetreu wiedergegeben. Selbst das Vorhaben des venezianischen Magistrats, die Insel meistbietend zu versteigern, entspricht der Wahrheit. Um ein Haar wäre sie tatsächlich an einen Millionär verkauft worden, doch sein Angebot war der Stadt zu niedrig.

Die italienischen Orte Civita di Bagnioregio, Santo Stefano di Sessanio und San Candido sind in der Tat sehr abgelegene Orte in Italien, und ersterer ist wirklich nur über eine lange Brücke zu erreichen, allerdings ist diese nicht aus Holz und könnte daher auch nicht abbrennen.

Alle medizinischen und historischen Angaben zur Pest sind korrekt.

Sämtliche Angaben über Vatikanische Baulichkeiten (den Campo Santo Teutonico, den päpstlichen Fahrstuhl im Petersdom, der zum Kaufhaus umgewandelte Vatikanische Bahnhof, das Grab des Elefanten Annone), Vatikanische Gepflogenheiten wie z. B. der Zugang zu päpstlichen Privataudienzen oder Beschreibungen früherer Päpste entsprechen der Wahrheit.

Die Basilika und die Katakomben des Heiligen Sebastian an der Via Appia in Rom gibt es wirklich.

Zwei Wochen nach der Niederschrift von Kapitel XXXXIV wurde der Petersdom aufgrund des Corona-Virus für achtundsechzig Tage geschlossen und in der Zwischenzeit unter höchsten Sicherheitsvorkehrungen desinfiziert. Fotos dieser Aktion findet man hier: www.vaticannews.va/de/vatikan/news/2020-05/vatikan-corona-massnahmen-petersdom-arcangeli-desinfektion.html

D. C.